MARGUERITE

Princesse de Bourgogne

Paru dans Le Livre de Poche :

CHARLES LE TÉMÉRAIRE

CHARLES QUINT

JEAN-PIERRE SOISSON

Marguerite

Princesse de Bourgogne

GRASSET

Avant-propos

Ce livre retrace la vie d'une femme de pouvoir, Marguerite, fille de Maximilien d'Autriche et de Marie de Bourgogne. Il clôt la *Trilogie de Bourgogne,* que j'ai commencée avec la biographie de Charles le Téméraire et poursuivie par celle de Charles Quint.

Marguerite est la petite-fille du premier et la tante du second, qu'elle élève et considère comme son fils. Elle naît à Bruxelles en janvier 1480 et meurt à Malines en décembre 1530. « Cette bonne femme, écrit Michelet, est le vrai grand homme de sa famille.[1] »

A l'approche de la Renaissance, dans cette période de transition qui s'établit à la fin du Moyen Age et que marque l'éclosion des nationalismes, son cas n'est pas isolé : il existe alors en Europe un « gouvernement des femmes » sans précédent dans l'Histoire. Un tel gouvernement n'est pas le fruit d'une volonté politique, mais celui du hasard : fondé sur l'idée dynastique, il résulte du jeu des mariages et des successions. Anne de Beaujeu assure la régence à la mort de son père Louis XI, Isabelle de Castille construit l'Espagne moderne, Louise de Savoie dirige le gouvernement à

1. Michelet, *Renaissance et Réforme*, p. 186.

Paris quand son fils François Ier est prisonnier à Pavie. Marguerite, princesse de Bourgogne, administre les Pays-Bas de 1507 à sa mort.

Toutes ces femmes se connaissent ; à l'exception d'Isabelle de Castille, elles ont été élevées ensemble à la Cour de France. Plus prosaïques, moins romanesques, plus réfléchies que les hommes, elles consacrent leurs efforts à la politique intérieure : les guerres d'Italie ne sont pas leur préoccupation première. Chacune, chez elle, tient sa maison ; ensemble, elles fondent un nouvel ordre européen.

De toutes, Marguerite est la plus volontaire, la plus déterminée, la plus cultivée aussi. Pendant trente ans, au centre de l'échiquier européen. Fille de Maximilien Ier, elle assure l'élection à l'Empire de Charles Quint ; elle gouverne les Pays-Bas qui constituent le socle de la puissance de l'empereur. Au début du XVIe siècle, les Pays-Bas bourguignons comprennent la Belgique, la Hollande, le Luxembourg et le nord de la France : dix-sept provinces qui forment la région la plus riche de l'Europe, la plus turbulente aussi. Marguerite les rassemble, les pacifie, conduit la « centralisation monarchique » que décrit Pirenne[1]. Elle crée des institutions qui vont durer jusqu'à la fin de l'Ancien Régime. Le caractère, le sens du commandement, l'art de choisir les hommes qui l'entourent.

Sa vie est un roman : Marguerite est reine de France à trois ans, princesse d'Espagne à dix-sept, duchesse de Savoie à vingt et un. Dès sa naissance, elle constitue un enjeu de pouvoir entre Louis XI et Maximilien : un

1. Henri Pirenne, *Histoire de Belgique*, tome III.

traité la marie, un autre l'écarte. Reine de France, elle est répudiée par Charles VIII, qui lui préfère Anne de Bretagne : elle a onze ans et doit regagner les Pays-Bas. Son père la marie en 1497 à Juan d'Espagne, qui meurt dans ses bras après six mois d'une union passionnée. Elle épousera en 1501 un troisième homme, Philibert de Savoie, qui succombera à une pleurésie au retour de la chasse : en 1504, à vingt-quatre ans, elle se retrouvera seule – une fois répudiée et deux fois veuve.

Je l'ai suivie en Touraine, en Espagne, en Savoie ; je l'ai accompagnée, année après année, dans son gouvernement des Pays-Bas. Les méthodes qu'elle utilise, la façon dont elle s'impose face aux Etats généraux et surmonte la crise financière, demeurent un modèle d'action politique.

Marguerite est aussi l'un des grands poètes de langue française du XVIe siècle. Elle chante l'amour perdu et les désillusions de la vie :

« *Le temps m'est long et j'ay bien le pourquoy,*
Car ung jour m'est plus long qu'une sepmainne,
Dont je prie Dieu que mon corps tost ramainne
Ou est mon cueur qui n'est plus avec moy[1]. »

---

1. Ms. 10572 de la Bibliothèque royale de Belgique. Max Bruchet, *Marguerite d'Autriche, duchesse de Savoie*, p. 183.

La descendance de Charles le Téméraire

Charles le Téméraire
duc de Bourgogne
(1433-1477)
épouse en 1454
Isabelle de Bourbon
(1435-1465)

Marie de Bourgogne
(1457-1482)
épouse en 1477
Maximilien Ier de Habsbourg
(1459-1519)

Philippe
(1478-1506)
épouse en 1496
Jeanne d'Aragon
(1479-1555)

Marguerite
(1480-1530)
épouse en 1483
Charles de France
(fils de Louis XI)
puis en 1497
Juan d 'Espagne
et en 1501
Philibert de Savoie

Charles Quint
(1500-1558)

La descendance de Charles Ier, duc de Bourbon

Charles Ier, duc de Bourbon
(1401-1456)
épouse en 1425
Agnès de Bourgogne
(1407-1476)

Pierre II, duc de Bourbon
sire de Beaujeu
(1439-1503)
épouse en 1474
Anne de France
fille de Louis XI
(1461-1522)

Marguerite de Bourbon
(† 1483)
épouse en 1472
Philippe II, duc de Savoie
(1443-1497)

Louise de Savoie
(1476-1531)
épouse en 1488
Charles de Valois,
duc d 'Angoulême
(1460-1496)

Philibert le Beau
duc de Savoie
(1480-1504)

Marguerite de Navarre
(1492-1549)

François Ier
roi de France
(1494-1547)

La descendance de Philippe de Bresse, duc de Savoie

Marguerite de Bourbon
1re femme épousée en 1472

Philippe II
dit Philippe de Bresse (1443-1497)
duc de Savoie le 16 avril 1496

Claude de Brosse
dite de Bretagne
2e femme épousée en 1485

Louise de Savoie
(1476-1531)
épouse en 1488
Charles de Valois

François Ier
roi de France

Philibert II, dit Le Beau
(1480-1504)
duc de Savoie le 7 novembre 1497
épouse en 1496 Yolande-Louise de Savoie
puis en 1501 Marguerite d'Autriche

Charles III
(1486-1553)
duc de Savoie
le 10 septembre 1504
épouse en 1521
Béatrice de Portugal

Philippe de Savoie
(1490-1533)
duc de Nemours
épouse en 1528
Charlotte d 'Orléans

Philiberte de Savoie
(1498-1524)
épouse en 1515
Julien de Médicis
frère de Léon X

L'HÉRITAGE
DE BOURGOGNE

Janvier 1477 : la nouvelle parvient progressivement à Gand, par petites touches, de manière diffuse et incertaine. C'est d'abord une rumeur, qui s'amplifie : le duc de Bourgogne a été battu à Nancy, le duc est mort.

A Gand résident son épouse Marguerite et sa fille Marie, qui devient « Mademoiselle de Bourgogne ». Les deux femmes sont unies dans la même attente et partagent la même inquiétude. Le 24 janvier 1477, la nouvelle de la mort de Charles le Téméraire leur parvient : le lendemain, elles prennent le deuil[1].

A Plessis-lès-Tours, Louis XI est plus vite et mieux informé qu'elles. Dans la nuit du 8 au 9 janvier, des chevaucheurs arrivent et annoncent la défaite bourguignonne. Cette nouvelle cause au roi une si grande joie qu'il ne sait « quelle contenance tenir[2] ».

Il rassemble son monde, entend la messe, fait dresser une table dans sa chambre, décide aussitôt d'envoyer

---

1. Selon le témoignage de Jean le Doulx, président de la Chambre des comptes (Maurice Arnould, *Les Lendemains de Nancy dans les « pays de par deçà »*, p. 10-11).

2. Philippe de Commynes, *Mémoires* (Paris, Imprimerie nationale, 1994), p. 324.

en Lorraine ses meilleurs capitaines. Il écrit à Georges de La Trémoille une lettre demeurée célèbre : « Il est temps d'employer vos cinq sens de nature à mettre le duché et le comté de Bourgogne en mes mains. Entrez dans le pays, prenez-le ! » Et il donne ordre au maréchal de Crèvecœur d'envahir l'Artois.

Dans les Pays-Bas, « tout laisse présager un terrible avenir ». Les villes grondent. La Cour s'interroge sur les intentions du duc de Lorraine, des Suisses et, plus encore, du roi de France. Malgré la trêve de 1475, les armées de Louis XI se sont mises en marche : jusqu'où iront-elles ? Elles ont pénétré en Bourgogne et en Picardie. Les duchesses écrivent au roi, en appellent à sa bonté et à sa clémence, lui qui s'est réfugié en Bourgogne dans sa jeunesse et a porté Marie sur les fonts baptismaux !

Louis XI a souvent évoqué devant Commynes ce qu'il ferait si Charles le Téméraire venait à disparaître. Tenant un langage de modération, il donnait sa préférence au mariage du dauphin avec l'héritière de Bourgogne, malgré la différence d'âge : Marie a vingt ans, le dauphin à peine sept. Mais le jour où il apprend la mort de Charles le Téméraire, il abandonne ce « sage projet » et cesse de « prendre les choses par le bout où il devrait les prendre ». Il rêve de conquêtes militaires.

Quelle instance peut décider de l'avenir des pays bourguignons ? A Dijon, le débat s'engage devant les Etats le 25 janvier. L'évêque de Langres, dont dépend Dijon, appuie la cause royale ; Jean de Chalon, prince d'Orange, l'un des plus grands noms de Bourgogne, se rallie à Louis XI à la suite d'une décision de justice dans une affaire de succession qui lui est défavorable. Les troupes françaises campent devant les murs de la ville. Le clergé hésite et la noblesse, divisée, s'agite. Les assemblées du tiers état sont passionnées : elles s'interrogent sur l'avenir des « franchises bourguignonnes ». Une majorité se rallie à Louis XI en y mettant quelques formes : si le duc n'est pas mort, comme le prétend la rumeur, le roi devra lui rendre son duché !

Pour les pays « de par-deçà », les Etats généraux se rassemblent à Gand le 3 février : Marie les a convoqués le 26 janvier – dès l'annonce du décès de son père[1]. Pas un instant, elle n'a songé à différer leur réunion : au contraire, elle en a avancé la date. Elle va affronter une révolution à laquelle elle n'est pas préparée. Elle jouera de sa jeunesse, de son inexpérience, lâchera du lest quand il le faudra et laissera la révolution brûler sa poudre.

Les députés flamands, en particulier ceux de Gand, aspirent à la paix. Le conflit avec Louis XI n'a jamais été le leur. Le duc Charles voulait la guerre ; eux ne la souhaitaient pas : lui mort, tout devrait s'arranger ! Ils ne pensent qu'à régler de vieux comptes, revenir sur les humiliations passées, retrouver les voies d'une expansion paisible. Ils vont légiférer, empiéter sur les pouvoirs de la nouvelle duchesse, mettre à mal la centralisation conduite par Philippe le Bon et Charles le Téméraire. Devant eux, Marie se présente en souveraine, analyse les conséquences de l'offensive française, dénonce les dangers qui menacent l'Artois et la

1. L'expression « de par-deçà » désigne tantôt la Bourgogne et la Franche-Comté, tantôt les Pays-Bas : en réalité, écrit Pierre Cockshaw, « par-deçà » signifie « ici » et « par-delà », « là-bas » (« A propos des pays de par-deçà et des pays de par-delà », p. 387).

Flandre. Elle confie aux Etats généraux le soin d'organiser la défense des Pays-Bas.

La situation dépend de Louis XI. Dès sa prise de fonctions, Marie lui a envoyé une ambassade composée de ses principaux conseillers, Guillaume Hugonet et Guy de Brimeu. A Péronne, le roi les reçoit et déploie sa séduction. Son objectif, le seul dans l'immédiat, est la prise d'Arras. Il va l'atteindre : la ville lui ouvre ses portes le 4 mars.

Les Etats généraux ne veulent pas laisser la duchesse négocier seule : ils décident le 28 février d'envoyer au roi, à leur tour, une délégation que conduit l'abbé de Saint-Pierre-lès-Gand. Commynes décrit l'entrevue :

« Marie de Bourgogne, déclarent les délégués, a la volonté de se conduire en toutes choses selon le conseil des Etats de son pays.

— Ah, leur répond Louis XI, vous êtes mal informés ! Votre duchesse entend conduire ses affaires non par votre intermédiaire, mais par d'autres, qui ne veulent pas la paix comme vous-mêmes : vous serez désavoués. »

Le roi leur apprend que Guillaume Hugonet et Guy de Brimeu lui ont remis une lettre écrite pour partie de la main de Marie, pour partie de celle de sa belle-mère, pour partie de celle d'Adolphe de Clèves.

Les ambassadeurs n'ont qu'une hâte : regagner Gand, qu'ils trouvent en ébullition. Les Etats généraux ont pris la décision d'éloigner la duchesse douairière pour cause de trahison. Là encore, Louis XI a fait répandre la rumeur que les Anglais voulaient enlever Marie, que Marguerite d'York était chargée de mener l'entreprise. La duchesse douairière s'est défendue : « Si je suis étrangère de naissance, je ne le suis pas de cœur ! » Mais elle doit s'incliner et quitter Gand ; elle gagne Audenarde, qui constitue son douaire, avec Malines et Termonde.

Le jour du retour des ambassadeurs, des messagers annoncent la reprise des hostilités dans l'Artois : Louis XI n'a guère tardé. A cette nouvelle, la duchesse envoie Jean de La Bouverie, président du Parlement de Malines, demander l'aide des Etats généraux. La guerre, que les Flamands espéraient éviter par la négociation, reprend. L'Artois va être occupé ; on ne sait comment résistera le Hainaut ; les frontières de la Flandre sont découvertes.

Le 13 mars, Marie se rend dans la salle des Etats ; Jean de La Bouverie l'accompagne. Guillaume Hugonet est resté chez lui et Guy de Brimeu a quitté la ville. Ils savent, l'un et l'autre, que leur vie est en danger. Les ambassadeurs rendent compte de leur mission. Lorsque des précisions leur sont demandées, ils évoquent une lettre confidentielle que la duchesse aurait adressée à Louis XI sans l'accord des Etats. Marie se lève : cette lettre n'existe pas, je ne l'ai pas écrite ! Un délégué de Gand lui fait face. Selon Commynes, c'est « un homme de peu d'honneur » : il sort la lettre, la lit, la tend à la duchesse. Dans le tumulte, Marie bredouille, appelle à la pitié, « cherche refuge dans sa jeunesse, son inexpérience et ses malheurs [1] ». En vain ! Les députés crient à la trahison, s'indignent du mensonge de leur souveraine.

Une équipe nouvelle prend le pouvoir à Gand : elle chasse les échevins, décide d'arrêter le chancelier

1. Yves Cazaux, *Marie de Bourgogne,* p. 210.

Hugonet dans son hôtel et Guy de Brimeu dans la chartreuse où il s'est réfugié. Tous deux sont incarcérés, comme Guillaume de Clugny, coadjuteur de l'évêque de Thérouanne, et Jean de Melle, trésorier de Gand. L'ordre d'arrestation est établi à la requête des Etats de Flandre, de Brabant, de Hollande et de Zélande.

Cette journée capitale ouvre la révolte municipale, journée de haine, de rancœur et de méfiance mêlées. Quoi qu'il advienne désormais, Marie restera fidèle à la mémoire de son père. Elle écrit à l'archiduc Maximilien, lui confirme son intention de l'épouser et lui rappelle l'engagement pris par le duc Charles. Les événements du 13 mars 1477 expliquent ainsi l'arrivée à Gand, le 18 août suivant, d'un jeune homme de dix-neuf ans, fils d'empereur, qui sera lui-même empereur : Maximilien d'Autriche.

Dans l'immédiat, que peut décider Marie ? Si elle remet ses conseillers à leurs juges naturels, ce sera l'acquittement, qui déchaînera la violence : Hugonet et Brimeu sont d'avance condamnés à payer de leur vie l'apaisement des esprits. Commynes évoque à leur sujet une possible concussion : contre la promesse du mariage de Marie avec le dauphin, Louis XI les aurait achetés, et ils auraient promis de le servir. Mais aucun document ne prouve leur trahison. L'un et l'autre ont servi l'Etat bourguignon avec une grande fidélité ; la dignité de leur mort impose le respect.

Marie ne les abandonne pas – bien au contraire. Alors que leur procès se déroule, le lundi 31 mars, elle part seule vers l'hôtel de ville en longue robe noire de deuil : elle réclame son droit souverain de faire grâce. Les échevins ne l'écoutent pas. Elle gagne la place du

Marché du Vendredi, s'adresse à la foule du balcon où son père se tenait en juin 1467 lors de la révolte de Gand. Scène prodigieuse : cette jeune fille de vingt ans, héritière des grands ducs d'Occident, supplie ses sujets de ne pas condamner à mort ses conseillers ! Elle a les larmes aux yeux, sa voix se brise : « Une partie du peuple souhaite, note Commynes, que son plaisir soit fait et qu'ils ne meurent pas » ; d'autres, plus nombreux, abaissent leurs piques les unes contre les autres « comme pour combattre[1] ». Le procès se poursuivra : Hugonet, Brimeu, Melle sont condamnés à mort.

La question leur est appliquée. Les membres disloqués, ils sont conduits au lieu de leur supplice le jeudi 3 avril 1477 à quinze heures, l'heure de la mort du Christ : le XVe siècle aime les symboles. Hugonet, le matin même, a écrit à sa femme l'une des plus belles lettres de l'époque, d'amour, de réconfort et de confiance en Dieu :

« La mort est commune à toutes gens… La mienne est sans cause ! Sachez, ma mie, que je suis résolu à la recevoir sans aucun regret. Ecrit ce Jeudi saint, que je crois être mon dernier jour. »

Dans les mois qui suivent la mort de Charles le Téméraire, Louis XI agit comme s'il faisait « siennes la précipitation et la cruauté » de son adversaire, comme s'il voulait, selon l'usage primitif, le manger « pour s'approprier sa force[2] ». Le roi a vaincu le duc Charles, il l'a détruit mais, dans les régions les plus secrètes de son cœur, il veut lui ressembler. De diplomate, il

1. Philippe de Commynes, *Mémoires,* p. 350.
2. Paul Murray Kendall, *Louis XI*, p. 378.

devient l'homme de guerre qu'il a rarement été : il conduit lui-même ses troupes au combat ; il est blessé devant Arras. Il fait passer par l'épée les habitants d'Avesnes et détruit la ville. En juin 1478, pour réduire Douai et Valenciennes, il lance des milliers de faucheurs « à l'assaut des blés mûrissants[1] ». En juin 1479, il ordonne le bannissement de la population d'Arras, hommes, femmes et enfants : trois mille familles doivent quitter la capitale de l'Artois, à laquelle le roi donne, par dérision, le nom de « Franchise[2] ».

Partout, dans l'Artois comme en Bourgogne, Louis XI applique « le même système de corruption, de répression, de terreur[3] ». Beaune ne cède qu'à la force, Dole et Vesoul sont brûlées, leurs habitants massacrés ; longtemps, des maquis résisteront dans le Charolais. La guerre, coupée de périodes de trêves, durera jusqu'à la paix d'Arras de décembre 1482.

La grande affaire devient le mariage de Marie de Bourgogne. Dans ses *Mémoires*, La Marche décrit en une phrase l'empressement de toute l'Europe : « Madame était requise du roi d'Angleterre pour lord Scales, frère de la reine ; le roi de France voulait l'avoir pour Monseigneur le dauphin, Monseigneur de Clèves pour son fils et Monseigneur de Ravenstein pour le sien[4]. »

1. Idem, p. 377.

2. Dans le beau livre qu'il vient de consacrer à Louis XI, Jean Favier note que « le roi avait la vindicte longue » (Jean Favier, *Louis XI*, p. 749).

3. Jean-Philippe Lecat, *Quand flamboyait la Toison d'or*, p. 372.

4. Olivier de La Marche, *Mémoires* (éd. H. Beaune et J. d'Ar-

Les Etats, eux-mêmes, sont partagés. Après leur rencontre avec Louis XI, les députés de Bruges ont rédigé un compte rendu qui témoigne de leurs hésitations. Marie est-elle tenue par les engagements de son père ? Leur réponse est négative. Quelle alliance est la plus profitable aux intérêts de l'Etat bourguignon ? Les possessions de l'empereur Frédéric III sont bien éloignées et de « faible secours ». L'alliance anglaise serait mal acceptée par le roi de France et « il en résulterait une guerre perpétuelle ». Le mariage de Mademoiselle de Bourgogne avec le dauphin est la seule solution qui peut conduire à la paix : « Le pays n'est pas en état de faire grande résistance. » Mais les députés partagent le sentiment que « jamais l'on n'obtiendra du roi un traité favorable à moins qu'on ne lève la main et que l'on ne présente le visage ! ».

Louis XI rejette l'offre d'un mariage français et, par son refus, justifie l'attitude de Marie. Pour s'opposer au danger que représentent les armées françaises, l'alliance impériale devient le seul choix qui puisse préserver l'intégrité de l'Etat bourguignon.

La duchesse reprend la politique de Charles le Téméraire : « Mon père a souhaité mon mariage avec le fils de l'empereur. Il s'est engagé et m'a engagée avec lui. Je n'aurai pas d'autre mari que Maximilien ! »

Frédéric III envoie une ambassade à Bruxelles et à Bruges. L'évêque de Metz, qui la conduit, demande le 16 avril 1477 au nom de l'empereur la main de Marie pour Maximilien. Le 18 avril, le Conseil ducal donne

---

baumont, 1883-1888), t. III, p. 243. Le duc de Clèves est alors Jean ; son frère cadet, Adolphe, porte le titre de seigneur de Ravenstein.

son accord et, le dimanche 27 avril, Marie s'unit par procuration à Maximilien d'Autriche, que représente le duc de Bavière. Reste à obtenir le consentement des Etats réunis à Louvain pour une session extraordinaire. Marie se rend devant eux le 14 mai, plaide son choix, confirme leurs privilèges, s'engage à ce que son mari les respecte également. Elle appelle à l'union sacrée pour la défense des Pays-Bas. En deux mois, la situation s'est renversée : Marie ne rencontre pas d'opposition.

Maximilien quitte Vienne pour rejoindre Gand le 21 mai. Herman Vander Linden a publié des documents qui décrivent, jour après jour, le voyage du jeune prince autrichien[1]. En juillet, Maximilien arrive à Cologne, où une ambassade bourguignonne l'attend. Le 5 août, à la tête de sept cents cavaliers, qui arborent des queues de renard à la pointe de leurs lances, il entre aux Pays-Bas par Maastricht. A Louvain, Bruxelles, Termonde, la foule l'acclame comme un sauveur. Il est jeune, beau ; il apporte une réponse au double danger qui menace le pays : le désordre intérieur et l'invasion étrangère. Marie va devenir d'Empire « par le cœur et par la chair », soutenue, à l'instant décisif de son mariage, par tout son peuple.

Le lundi 18 août dans la soirée, Maximilien arrive à Gand, se fraye un passage jusqu'à la place du Marché du Vendredi, se repose quelques instants dans l'auberge qui lui a été réservée. A la lueur des torches, il gagne le palais de Ten Walle. Dans une chambre de parade, ayant à ses côtés sa belle-mère Marguerite

1. Herman Vander Linden, *Itinéraires de Marie de Bourgogne et de Maximilien d'Autriche,* p. 118-125.

d'York et les membres de son Conseil, Marie l'attend. Maximilien et Marie ne parlent pas la même langue : ils s'entendent « assez par signes », note La Marche. Leur mariage est célébré le lendemain dans la chapelle du palais : le mardi 19 août 1477, à six heures du matin, à l'heure du mariage de son père, Marie de Bourgogne s'unit à Maximilien d'Autriche.

Ce ne sera plus la Bourgogne seule que la France trouvera désormais devant elle : ce seront, alliés à l'Etat bourguignon, d'abord l'Empire d'Allemagne, puis les royaumes d'Espagne. Maximilien écrit à Louis XI pour protester contre les destructions opérées par les troupes françaises dans les Etats de sa femme, lui fait grief d'avoir rompu la trêve de Soleuvre[1]. « Licitement et sans autre réquisition », il prend les armes pour la défense des pays bourguignons. Le contrat de mariage, délibéré par le Conseil, règle la succession de Marie. Son fils aîné deviendra duc de Bourgogne et héritera de l'ensemble de ses possessions : l'indépendance de l'Etat bourguignon est assurée.

Maximilien et Marie forment un couple très uni : toutes les chroniques l'attestent. Pour Commynes, Marie « aimait fort son mari et était dame de bonne renommée[2] ». Vivre auprès d'elle devient ce que Maximilien désire le plus au monde. Cinq siècles après, leur union dégage encore « le parfum délicat du bonheur[3] ». Avec ses longs cheveux blonds, Maximilien est beau : pour Molinet, c'est même « Narcisse ressuscité ». Gai,

---

1. Le traité de Soleuvre, en septembre 1475, a décidé une trêve de neuf ans entre la France et l'Etat bourguignon.

2. Philippe de Commynes, *Mémoires,* p. 387.

3. Yves Cazaux, *Marie de Bourgogne,* p. 306.

sportif, il chante et se mêle aux fêtes populaires. Maximilien et Marie font chambre commune ; le soir, ils écoutent de la musique et jouent aux échecs. L'hiver, ils patinent sur les prairies gelées des environs de Bruges. Marie apprend à Maximilien le français, Maximilien à Marie le vieil allemand. Ce sont des souverains, comme la Flandre et le Brabant les aiment, proches, menant la vie d'une famille bourgeoise. Ils résident à Bruges, à Bruxelles dans le château où Marie est née, puis de nouveau à Bruges.

Marie donne naissance à trois enfants : Philippe à Bruges le lundi 22 juin 1478, Marguerite à Bruxelles le lundi 10 janvier 1480 et François à Bruxelles le lundi 10 septembre 1481. Trois fois un lundi ! L'aîné, Philippe, reçoit le prénom de son arrière-grand-père, comme une évocation des temps heureux de la paix ; Marguerite celui de la duchesse douairière, Marguerite d'York, qui a élevé sa mère ; le dernier, François, celui du duc de Bretagne, l'allié du Téméraire. François meurt en décembre 1481.

Quelques mois plus tard à Bruges, en mars 1482, c'est l'accident de chasse, la mort de Marie, la fin d'un bonheur simple et, plus encore, celle d'une époque : les Pays-Bas connaîtront de nouveau la guerre civile, qui s'ajoutera à la guerre contre la France.

L'air est pur et limpide ; Marie, « folâtre et gaie », chasse l'épervier. En traversant un canal, elle tombe de cheval. Commynes commente : « Elle chevauchait un cheval ardent. Il la fit tomber sur une grande pièce de bois.[1] » Elle est écrasée, la cage thoracique est défon-

1. Philippe de Commynes, *Mémoires,* p. 404.

cée, les mains sont disloquées et même retournées. Elle est ramenée à Bruges : jour après jour, son état empire. La fièvre la prend et ne la quitte plus. Elle meurt le 27 mars 1482. De son lit, malgré sa souffrance, elle a dicté son testament : elle confie à son mari la tutelle de ses enfants et le gouvernement de ses pays.

Les Etats généraux n'acceptent pas cette décision, qui ouvre une crise, dans laquelle Louis XI interviendra à nouveau et dont la conclusion par le traité d'Arras marquera sa dernière victoire.

FORTUNE, INFORTUNE

Fortune infortune fort une,

Le destin accable fort une personne.

CHAPITRE I

Reine de France

Louis XI apprend la mort de Marie de Bourgogne à Beaujeu, chez sa fille Anne, alors qu'il se rend en pèlerinage à Saint-Claude. Il a subi une première attaque cérébrale en mars 1481, une seconde en septembre : la mort le guette et il la redoute. « Aucun homme ne craignit autant la mort », écrit de lui Commynes, qui le connaît bien.

Pour retarder l'échéance, il se réfugie dans la superstition. Il achète toutes les reliques qu'il trouve et, s'il ne peut les acquérir, il les emprunte : au pape, le linge d'autel que saint Pierre a utilisé ; à Laurent le Magnifique, la bague de l'évêque Zinobius qui protège de la lèpre[1]. Il a peur de la lèpre, il a peur de toutes les maladies… Son dernier recours est François de Paule, qui vit dans un ermitage de Calabre. Lorsque le saint arrive, il s'agenouille devant lui et lui demande de « prier Dieu de lui allonger la vie ». Il est trop intelli-

1. Il entend dire que les tortues des plages du Cap-Vert guériraient de la lèpre : il fait armer à Honfleur une flotte pour aller les ramasser ! (Jean Favier, *Louis XI*, p. 898).

gent pour croire en de tels exorcismes, trop prosaïque pour éprouver une foi véritable. Mais ses reliques lui occupent l'esprit dans son refuge de Plessis-lès-Tours, entre ses lévriers et ses oiseaux.

Il se traîne à Saint-Claude : c'est là qu'il a fui en août 1456 son père, le roi Charles VII, et rejoint les terres de son oncle Philippe le Bon. En chemin, l'annonce de la mort de Marie le ragaillardit. Seule, la politique le maintient en vie – le temps qu'il règle l'affaire de la Bourgogne.

Il travaille jour et nuit, s'informe de la situation à Gand, à Bruges, à Bruxelles. Dans chaque ville, il envoie plusieurs messagers : chacun se croit singulier et ignore que la mission dont il est investi a été aussi confiée à d'autres. Louis XI soudoie les échevins, achète ce qui est à vendre. Il fait répandre les rumeurs qui l'arrangent. L'archiduc Maximilien dans l'ombre préparerait la guerre : lui confier le pouvoir, ce serait choisir « la ruine et la destruction du pays[1] ». Maximilien, encore si populaire à Noël, devient un étranger à Pâques !

Louis XI dépêche à Gand Olivier Le Daim, son confident le plus proche, qui est d'origine flamande. « Messieurs, déclare Le Daim, le Roi vous propose la paix dans l'intérêt de la Flandre et pour votre bonheur. » Il suggère qu'une ambassade soit envoyée en France pour en discuter les termes. Il fait si bien qu'elle se met en route le 15 mai 1482, moins d'un mois après la mort de Marie. A Paris, les délégués flamands ne peuvent rencontrer le roi, qui est à Cléry. Ils

1. Louis Brésin, *Chroniques de Flandre et d'Artois*.

découvrent la « mystification » que représente leur voyage. Ils veulent rendre compte, mais ils en sont empêchés : « Toutes les routes qui conduisent en Flandre et même toutes les rivières sont coupées. » A Cléry, Louis XI les reçoit enfin et n'évoque même pas l'éventualité de la paix.

Il faut lire la chronique de Louis Brésin sur l'histoire de la Flandre et de l'Artois aux XVe et XVIe siècles. Brésin est un moine de l'abbaye de Watten près de Saint-Omer ; il écrit peu après la mort de Charles Quint. Il s'appuie sur des documents d'archives, des mémoires, des témoignages personnels. Il raconte par le détail la crise politique qui suit la mort de Marie de Bourgogne dans une langue savoureuse qui s'attache aux choses de la vie.

Pendant que « le temps se passe en pourparlers qui n'avancent à rien », Louis XI donne ordre au maréchal de Crèvecœur de conquérir l'Artois. Crèvecœur quitte Saint-Riquier le 10 juillet 1482 et s'empare d'Aire, avec le concours de dix mille Suisses, le 27 juillet. La ville n'est pas défendue : Jean d'Olhain, qui la commande, se rend sans combattre.

Les Flamands comprennent que Louis XI les a bernés. Ils cherchent à organiser la défense de leur pays, font appel à l'archiduc. Maximilien est à Louvain : il n'attend que cela, il accourt, il se met à leur disposition. Sa démarche produit le meilleur effet : les pouvoirs que les Etats lui refusaient au printemps lui sont accordés dans l'été. Le 4 août à Gand, il prête serment « comme tuteur et gouverneur de son fils ».

Le temps est venu d'une guerre sans pitié : Louis XI fait donner ses alliés, le duc de Gueldre au nord et le seigneur de Sedan à l'est. Le premier s'empare de l'évêché d'Utrecht pour y installer son frère ; le second marche sur Liège : il veut remplacer Louis de Bourbon par son fils[1]. Face à cette double menace, que peuvent les milices flamandes ?

Les députés se sont laissé « égarer » et ils le regrettent : du moins, c'est le langage qu'ils tiennent aux envoyés du roi. Ils n'ont qu'un seul objectif : la paix à n'importe quel prix. Pour obtenir l'arrêt des combats, ils sont prêts à céder à Louis XI l'Artois et d'autres provinces encore, plus lointaines, comme la Franche-Comté.

Il faut respecter leur dignité : Louis XI propose le mariage de Marguerite avec le dauphin. Quand, en mai 1482, les négociations s'engagent à Alost, Marguerite a deux ans. L'archiduc ne s'oppose pas au mariage de sa fille, mais à la cession de l'Artois. Sans l'Artois, quel intérêt présente pour le roi le mariage de son fils avec Marguerite ?

Pour faire plier Maximilien, les Gantois ont un atout majeur : ils détiennent ses enfants. Sous leur pression, les discussions reprennent à Arras en octobre. Pour l'archiduc, elles sont menées par Jean de Lannoy, les abbés de Saint-Pierre-lès-Gand et d'Haumont, Jean de Berghes et Jean d'Auffray. Louis XI est représenté par le maréchal de Crèvecœur, le président du Parlement de Paris, Jean de La Vacquerie, et son maître d'hôtel, Jean Guérin. L'évêque d'Arras propose sa médiation et sa résidence : en quelques jours, un projet de traité est rédigé.

Louis XI se serait contenté de l'Artois ou, à la

1. Louis de Bourbon, évêque de Liège, est le beau-frère de Charles le Téméraire.

rigueur, de la Franche-Comté : les Etats généraux vont lui donner l'un et l'autre ! Commynes les juge sévèrement : « Messieurs de Gand, écrit-il dans ses *Mémoires*, les lui firent bailler toutes deux.[1] »

Que peut Maximilien ? Il a vingt-trois ans, il est isolé : son père l'empereur et le roi d'Angleterre – le frère de Marguerite d'York – ne bougent pas. Les conseillers de son épouse, pour la plupart, ont été exécutés ou bannis. Les Etats généraux ont pris le pouvoir, mais sont incapables d'entreprendre une action politique : une assemblée peut s'opposer, renverser un gouvernement, elle ne saurait elle-même gouverner.

Le traité dépèce la Bourgogne – ou ce qu'il en reste. Qu'importe ! Le sentiment national n'existe pas encore dans les Pays-Bas. La paix est signée le 24 décembre 1482 dans l'église Notre-Dame d'Arras – la ville que Louis XI a pillée et dont il a déporté les habitants…

Le roi gagne sur toute la ligne. En 1477, il n'a pas voulu marier son fils à Marie de Bourgogne – et il a eu tort. En 1482, le traité d'Arras lui livre la fille de Marie qui apporte en dot l'Artois, la Franche-Comté, le Charolais et le Mâconnais. Le traité ne fait pas mention du duché de Bourgogne dont le roi s'est emparé après la mort du Téméraire : inutile de revenir sur le passé…

Il prévoit que la princesse Marguerite sera amenée « incontinent » à Arras et remise à Anne de Beaujeu, la fille de Louis XI. Le roi la fera « garder, nourrir et entretenir comme sa propre fille et l'épouse du dauphin son fils[2] ».

---

1. Philippe de Commynes, *Mémoires,* p. 413.
2. Louis Brésin, *Chroniques de Flandre et d'Artois*, p. 21.

Les Etats ont obtenu, malgré tout, quelques concessions : dans une négociation, il faut toujours lâcher sur des détails et Louis XI sait négocier. Lille, Douai et Orchies restent bourguignons. Saint-Omer ne veut pas devenir français. Soit ! Le roi n'entrera pas en possession de la ville tant que le mariage de son fils et de Marguerite ne sera pas consommé.

Dans tous les Pays-Bas, l'allégresse est générale. A Bruges, on fête à la fois la fin de la guerre et le « pape des fous » ; à Gand, le traité d'Arras est célébré comme la victoire des représentants des villes sur le gouvernement central. Maximilien a dû « suivre les mouvements impétueux des Gantois » : c'est Commynes qui l'écrit encore. Maximilien ne l'oubliera pas ; son petit-fils Charles Quint non plus.

Les pays qui constituent la dot de Marguerite passent sous juridiction française : le traité organise leur annexion. Ils ne pourront être rétrocédés au « souverain naturel » des Pays-Bas – Philippe le Beau et non son père – que si le mariage est rompu ou si Marguerite meurt sans postérité : c'est la fin de l'Etat bourguignon.

Marguerite devient « Madame la Dauphine ». Elle était délaissée, prisonnière des milices gantoises. On la sort, on l'honore, on la fête : elle est le gage de la paix retrouvée.

Elle a trois ans ; elle est blonde comme son père, resplendissante de santé. Mais il neige sur la Flandre. Comment faire voyager un enfant si jeune par un temps si rigoureux ? Maximilien argue du climat pour retarder le départ de sa fille. Mais Louis XI, avant de mourir, veut assister au mariage de son fils avec l'héritière de Bourgogne. Il dansera à la noce ! Il le promet. De plaisir, il le jurerait même.

Marguerite quitte Gand le lundi 24 avril 1483. Une délégation, que conduisent Adolphe de Clèves et le chancelier de Brabant, prend le chemin de la France. Le cortège avance à petites journées ; le mercredi 26 avril, il arrive à Lille. « Madame la Dauphine » est portée dans les bras de sa nourrice, Madame de Bousanton. Elle est vêtue d'une robe de satin noir ; au cou, de grosses perles et, sur la tête, une toque de velours noir. Tous ces détails sont donnés par Brésin – et d'autres encore : sa litière est couverte de drap d'or ; elle est suivie de dix chariots de voyage aux armes de Bourgogne, sur lesquels ont pris place les dames et demoiselles d'honneur.

Des spectacles sont donnés à chaque carrefour : ici, les tonneliers présentent la nativité de la Vierge ; là, les tisserands le patriarche Jacob ; plus loin, les « chaussetiers » l'histoire de la reine Esther, les « bonnetiers » celle de Madeleine, et les « tanneurs » celle de saint Grégoire, qui donna au corps du Christ la forme d'un doigt[1].

Les Flamands sont reçus au palais Rihour, dans lequel Philippe le Bon organisa le banquet du Faisan[2]. Leur séjour se prolonge jusqu'au 11 mai : la délégation française n'est pas arrivée. Or Anne de Beaujeu a reçu de son père l'instruction de rattacher l'Artois à la France et d'amener la dauphine à Amboise. Louis XI a accepté que la remise de Marguerite ait lieu à Hesdin et non à Arras... Par Béthune et Saint-Pol, Madame

1. Louis Brésin, *Chroniques de Flandre et d'Artois*, p. 27-29.

2. Le banquet du Faisan s'est tenu à Lille le 17 février 1454 dans le palais Rihour.

gagne donc Hesdin, où elle arrive le 13 mai dans la soirée.

Le jeudi 15 mai, Anne de Beaujeu se rend dans la chambre de Marguerite « à l'heure de son coucher » ; son mari l'accompagne. Elle demande à Madame de Ravenstein et Madame de Gruuthuse de « voir l'enfant tout nu ». Elle a mission du roi de l'examiner : Marguerite, raconte Brésin, lui est montrée « à son plaisir ». Scène étonnante ! La fille de Louis XI prend la petite-fille du Téméraire dans ses bras : elle la tourne, la retourne, l'examine comme le ferait un médecin. Marguerite est robuste et bien formée : elle pourra avoir des enfants[1].

Cette précaution prise, « les gens de Louis XI s'emparent de leur proie[2] ». Dans la grande salle du palais, le vendredi 16 mai, le chancelier de Brabant donne lecture du « traité de mariage et de paix », et rappelle les engagements qu'il comporte. La dauphine est « livrée aux mains de Monseigneur de Beaujeu, qui sitôt après la rend à sa nourrice[3] ». Les représentants des villes de l'Artois, par leur présence, donnent « une sorte d'investiture nationale » à leur nouvelle souveraine, que l'acte dressé nomme « comtesse d'Artois, de Bourgogne palatin, d'Auxerrois, de Mâconnais, dame de Salins, de Bar-sur-Seine et de Noyers » : le XVe siècle est procédurier[4].

1. Louis Brésin, *Chroniques de Flandre et d'Artois*, p. 31.

2. Max Bruchet, *Marguerite d'Autriche, duchesse de Savoie*, p. 10.

3. Louis Brésin, *Chroniques de Flandre et d'Artois*, p. 31.

4. Max Bruchet, *Marguerite d'Autriche, duchesse de Savoie*, p. 10.

Arrivant en terre française, la dauphine découvre de nouveaux visages : son escorte flamande a été renvoyée à l'exception de sa nourrice[1].

Son entrée à Paris le 2 juin 1483 prend un caractère triomphal : Louis XI veut donner une consécration populaire à sa victoire diplomatique d'Arras. Marguerite passe sous des arcs de triomphe et les clés de la ville lui sont remises. Le roi a donné l'ordre qu'elle soit traitée comme la future reine de France.

Elle arrive à Amboise, au terme de son voyage, le dimanche 22 juin : les fiançailles se déroulent le jour même en présence de délégués venus de toutes les provinces du royaume. Le dauphin, le futur Charles VIII, a treize ans, dix de plus que Marguerite… Deux échevins d'Amiens nous ont laissé le récit de cette journée : Charles est allé attendre Marguerite à l'entrée d'Amboise, puis il a revêtu « une longue robe de drap d'or ». A l'officier royal qui l'interroge, il répond, « de telle façon que chacun puisse l'entendre tout autour », qu'il veut bien prendre Madame Marguerite pour épouse.

Le mariage est célébré le lendemain dans la chapelle du château : le prêtre qui a baptisé Charles reçoit « le consentement des époux » – si l'on peut dire ! Le dauphin passe un anneau au doigt de Marguerite, qu'entourent sa gouvernante et Anne de Beaujeu. Il s'endort pendant le sermon et ne se réveille que pour prêter serment « de ne pas changer de femme pour le meilleur et le pire »… C'est un enfant chétif : les jambes torses, le nez busqué. « Il est peu entendu, avoue Commynes,

1. Jeanne de Jousne, épouse de Gilles de Bousanton, a été la nourrice de Philippe le Beau avant d'être celle de Marguerite.

mais si bon qu'il n'est pas possible de voir meilleure créature. »

Louis XI s'était promis de danser au mariage de son fils, mais il ne peut quitter Plessis-lès-Tours, où il meurt le 30 août 1483 sans avoir vu sa belle-fille.

Les premières années de Marguerite en France « s'écoulent en jours heureux[1] ». Madame est un gros bébé blond, qui est traité comme une reine et, d'ailleurs, porte ce titre depuis la mort de Louis XI.

De la Touraine à l'Anjou, elle est conduite de château en château dans les bras de sa nourrice, et, dans chaque village, les habitants viennent la saluer. Sa maison, qui comprend quatre-vingt-sept personnes, est dirigée par un gentilhomme breton, Jacques d'Epinay, seigneur de Segré, dont l'épouse est la gouvernante de la « petite reine[2] ».

Les comptes du maître de la chambre aux deniers de la reine, Louis Ruzé, mentionnent les déplacements mois par mois, retracent les menues dépenses, de l'achat de poupées au salaire du nain avec lequel Marguerite aime jouer. La « petite reine » est présente à Montrichard en janvier 1485 : les femmes du pays dansent devant elle et lui souhaitent la bonne année. Le Jeudi saint, elle lave les pieds des pauvres, auxquels

1. Max Bruchet, *Marguerite d'Autriche, duchesse de Savoie*, p. 12.

2. L'hôtel de Marguerite comprend une vingtaine de dames et demoiselles d'honneur, six maîtres d'hôtel, un grand écuyer, un maître de la chambre aux deniers, un médecin, un chapelain, etc. Une véritable Cour (Max Bruchet, *Marguerite d'Autriche, duchesse de Savoie*, p. 12).

elle donne une pièce d'or : tous ces détails, et d'autres encore, sont connus par les comptes de Louis Ruzé[1].

Madame de Segré conduit son éducation, devient sa confidente, sa mère adoptive. Marguerite n'a pas connu sa mère et son père Maximilien est lointain, tout à son aventure impériale : il est élu « roi des Romains » à Francfort en février 1486. Marguerite n'a plus de liens avec sa famille d'origine, si ce n'est quelques lettres de Marguerite d'York qui donnent des nouvelles de Philippe, le frère aîné, retenu prisonnier par les milices flamandes puis libéré : Philippe vit à Malines chez sa grand-mère par alliance.

Louis XI a voulu que Marguerite reçoive une éducation française : elle doit devenir une princesse française par la culture et le comportement. Pour les Belges, qu'elle gouvernera pendant vingt-trois ans, elle sera toujours une étrangère. « C'est à tort, commente Pirenne, que Michelet a vu en elle une Flamande. De son enfance à la cour des Valois, elle conservera des goûts et un esprit tout français.[2] »

Pour partager ses jeux, Marguerite est entourée d'enfants de son âge – de la famille royale et des familles princières qui lui sont liées : Louis d'Orléans sera Louis XII ; Jeanne de France, seconde fille de Louis XI, épousera Louis XII ; Suzanne de Bourbon, fille d'Anne de Beaujeu, le connétable de Bourbon ;

---

1. Florence Trombert, « Une reine de quatre ans à la Cour de France : Marguerite d'Autriche, 1484-1485 », analyse le compte de Louis Ruzé des années 1484-1485 conservé à la Bibliothèque nationale.

2. Henri Pirenne, *Histoire de Belgique,* tome III, p. 74.

Louise de Savoie, Charles de Valois : elle sera la mère de François Ier, et son frère, Philibert de Savoie, épousera Marguerite. Tous ces enfants sont cousins à un degré plus ou moins éloigné : la grand-mère de Marguerite est une Bourbon, comme la mère des enfants de Savoie.

Anne de Beaujeu a créé cette « école de futurs dirigeants », estimant, dans l'intérêt du royaume, que leur éducation était une priorité. Quand Louis XI meurt, elle a vingt-trois ans : « femme fine et déliée comme il en fut jamais », selon le jugement de Brantôme. Intelligente et autoritaire, elle est « la vraie image de son père[1] ».

Elle appartient à cette génération de femmes qui prennent le pouvoir à la fin du XVe siècle et gouvernent pendant que les hommes font la guerre. Déjà, au siècle précédent, Christine de Pizan a montré, dans *La Cité des Dames*, les dispositions des femmes pour la politique : « Il n'est aucune tâche trop lourde pour une femme intelligente.[2] »

Anne de Beaujeu résume ses principes dans un livre qu'elle destine à sa fille, publié en 1504, *Les enseignements d'Anne de France, duchesse de Bourbonnais et d'Auvergne, à sa fille Suzanne de Bourbon* [3]. Le premier conseil qu'elle donne à cette dernière est de se tenir à l'écart des querelles politiques : « Ne vous occupez que de vous. Ne vous mêlez pas de politique ! » Elle ajoute qu'une princesse doit toujours se comporter

1. Brantôme, *Recueil des Dames,* dans l'édition de la Pléiade, p. 167.

2. Christine de Pizan, *La Cité des dames*, livre Ier, p. 63.

3. L'ouvrage a été réédité à Moulins en 1878 (Ed. Chazaud).

« d'une manière froide et assurée » et ne jamais revenir sur sa parole. Les apparences, enfin, sont essentielles : les négliger, « affecter une fausse simplicité, c'est malséant et même malhonnête ».

Elle apprend à Marguerite son métier de reine – l'art de se tenir dans le monde, d'écouter et de commander. Elle lui donne les meilleurs professeurs, lui fait lire les meilleurs ouvrages. Marguerite découvre le latin dans une bible manuscrite du XIVe siècle qu'elle gardera toute sa vie. Sur la dernière page, d'une écriture maladroite – elle a six ans – elle note le nom de ses demoiselles d'honneur : « Mademoiselle de Bresen, la petite Françoise Pinguette, Charlotte de Bousanton, Gabrielle et Antoinette Bresille, Ysabeau de Montalembert, Jeanne de Bertheaume.[1] »

En octobre 1484, Jean Perréal devient son professeur de dessin : il a vingt et un ans[2]. Il lui inculque cette formation artistique qui fera de Marguerite la princesse la plus cultivée de son temps. Marguerite chante et joue de plusieurs instruments. Elle est gaie, espiègle, avec un don de la repartie qu'elle gardera toute sa vie. Une enfance heureuse.

Très en avance pour son âge, très robuste aussi. Comme sa mère, Marguerite aime le grand air et la

1. François Avril a relevé ces noms déformés et les a rapprochés de ceux des demoiselles d'honneur de Marguerite au début de son séjour à Amboise (Marguerite Debae, *La Bibliothèque de Marguerite d'Autriche*, p. 308).

2. Jean Perréal, peintre et valet de chambre de Louis XII, a été attaché très jeune au service de Marguerite. Jean Lemaire de Belges le fera désigner en 1509 comme maître d'œuvre de l'église de Brou : il aura alors quarante-six ans.

chasse ; elle conduit ses chevaux, ses chiens et ses faucons. A huit ans, dans la cour d'Amboise, elle forme des trophées de vénerie. Son animal préféré est le perroquet que Sigismond d'Autriche a jadis donné à sa mère. C'est le souvenir tangible de Marie de Bourgogne auprès d'elle : jamais elle ne s'en séparera. Ce perroquet inspirera plus tard à Jean Lemaire de Belges les poèmes de *L'Amant vert*.

Quant au roi, Marguerite le voit rarement. Elle lui écrit des lettres pleines d'humour et de gaieté. Les réponses de Charles VIII, plus convenues, sont l'œuvre de la régente – qui supplée la carence, amoureuse ou épistolaire, de son jeune frère[1]. « Ne vous occupez pas de politique », conseille Anne de Beaujeu. Pauvre Marguerite ! Alors qu'elle n'a pas trois ans, la politique s'est emparée d'elle et ne l'a plus laissée. Comment pourrait-il en être autrement ? L'empereur est son père et le roi de France son mari.

Pour elle, le destin bascule quand meurt, le 9 septembre 1488, le duc de Bretagne, François II, l'allié du Téméraire. Sa fille Anne, âgée de onze ans, est duchesse de Bretagne : qui épousera Anne, tiendra la Bretagne ! Réunir la Bretagne à la France devient l'objectif premier d'Anne de Beaujeu. Déjà, la régente a imposé à François II, avant sa mort, le traité de Sablé, qui subordonne le mariage de sa fille à l'accord du roi de France.

La tentation est grande de se venger pour ceux qu'offusque la puissance des Valois : le roi d'Angle-

1. Comte Henry Carton de Wiart, *Marguerite d'Autriche*, p. 27.

terre craint la perte de son influence sur les côtes de Bretagne et le roi d'Aragon regrette d'avoir abandonné à Louis XI la Cerdagne et le Roussillon.

Dans cette lutte diplomatique qui s'engage, les Etats de Bretagne cherchent, pour leur jeune duchesse, un époux qui ait assez d'influence pour la protéger et soit assez lointain pour ne pas se substituer à elle – un « protectorat » qui respecte l'autonomie bretonne. Maximilien se met sur les rangs. Après la mort de Marie de Bourgogne, François II a souhaité qu'il épousât Anne : le temps paraît venu de reprendre ce projet.

Maximilien donne souvent l'impression de danser sur la vie. Un mélange d'empereur et d'aventurier : il a songé à se faire élire pape à la mort de Jules II. Il a lancé beaucoup d'entreprises qu'il n'achèvera pas. Sans cesse, une idée nouvelle traverse son esprit. Il préfère, comme tous les Habsbourg, les voies du mariage à celles de la conquête : pour prendre la France à revers et se venger du traité d'Arras que Louis XI lui a imposé, pourquoi ne pas épouser Anne de Bretagne ? Bien qu'elle boite légèrement, Anne est gracieuse, intelligente et énergique. Elle est jeune, mais lui n'est guère âgé : en 1489, il a trente ans.

Il charge son ami d'enfance, Wolfgang von Polhaim, grand maréchal de sa Cour, de conduire la négociation. Les conseillers de la jeune duchesse sont favorables à cette union ; Anne voit dans son mariage avec l'empereur, qu'approuvent ses alliés les rois d'Angleterre et d'Aragon, une sauvegarde pour son pays. Le mariage par procuration est célébré le 19 décembre 1490 dans la cathédrale de Rennes. Pendant plusieurs mois, les actes publics bretons vont être rédigés au nom de

« Maximilien et Anne, roi et reine des Romains, duc et duchesse de Bretagne[1] ».

Grand émoi à la Cour de France ! Malgré le traité d'Arras, malgré le mariage du roi avec Marguerite, de nouveau la maison de Bourgogne menace le royaume ! Voici la résurgence des vieilles alliances, si contraires aux intérêts du pays, entre le roi d'Angleterre, l'empereur et les rois d'Espagne !

La France risque d'être prise en tenailles : ce sera, tout au long du XVIe siècle, l'obsession française. Pour Anne de Beaujeu, comme pour François Ier, il faut desserrer l'étau – et vite. La riposte de la régente constitue l'un des traits les plus audacieux de l'histoire de France[2].

Dès l'annonce du mariage d'Anne de Bretagne et de Maximilien, une expédition militaire est organisée, que Charles VIII commande en personne malgré son jeune âge. Ni Henri VII ni Ferdinand d'Aragon n'ont les moyens d'intervenir ; Maximilien lui-même n'obtient pas, de la Diète qu'il réunit à Francfort, les crédits nécessaires à la levée d'une armée. On lui accorde le recrutement de deux mille lansquenets. Une paille ! La Bretagne est envahie. Toutes les places tombent aux mains des Français à l'exception de Rennes, où la duchesse s'est réfugiée. Le capitaine anglais qui commande la garnison lui propose de rejoindre les Pays-Bas. Anne refuse : elle veut « vivre et mourir » avec ses sujets.

Anne de Beaujeu choisit de négocier. Un accord est

1. Max Bruchet, *Marguerite d'Autriche, duchesse de Savoie*, p. 15.

2. Comte Henry Carton de Wiart, *Marguerite d'Autriche*, p. 31.

conclu le 15 novembre 1491 : Anne de Bretagne épousera le roi de France. L'un et l'autre sont déjà mariés... Qu'importe ! Contrairement au traité de Sablé, la petite Bretonne n'a pas demandé le consentement du roi pour épouser Maximilien et le mariage de Charles VIII avec Marguerite n'est pas consommé. « A la vérité, il resterait bien à savoir ce qu'en pensent les principales intéressées : la jeune reine des Romains et la jeune reine de France.[1] » On se passera de l'avis de la seconde et la première devra s'incliner – de bon ou de mauvais gré. Pour le surplus, pour le droit bousculé dans cette combinaison politique, les juristes et les théologiens auront après coup la tâche d'arranger les choses. Ce qu'ils feront.

Mise en demeure de choisir entre son époux et son duché, Anne de Bretagne choisit son duché, d'autant que son époux ne l'a pas défendue et n'est même pas venu la rejoindre. Par le traité de Rennes, elle devient reine de France : son mariage avec Charles VIII est célébré le 6 décembre suivant dans la chapelle du château de Langeais. Il n'y a pas lieu d'attendre...

Maximilien est ridicule : il est évincé – et par son propre gendre ! Il cherche à soulever l'Europe contre la France. Peine perdue ! Les rois d'Espagne et d'Angleterre compatissent – sans plus.

Marguerite est écartée. On s'est passé de son avis. Quelles peuvent être les réactions d'une fillette de douze ans ? Le dépit et le ressentiment.

Marguerite est plus instruite que les enfants de son âge, plus éveillée aussi. Elle est victime de la poli-

1. *Idem*, p. 31.

tique : un premier traité l'a mariée, un second la sépare de son époux ! Dans un rêve, elle s'est vue dans un parc où fleurissait une marguerite. Un âne a brouté la fleur… « Les larmes aux yeux et plein de regret », le roi vient lui dire adieu à Baugé ; il la préfère à Anne, mais n'a pas le choix. Dunois, qui a contribué au mariage breton, s'impatiente dans l'antichambre : il entre, interrompt cette scène d'attendrissement et entraîne le roi dehors. Lemaire de Belges rapporte l'entrevue, les propos de Charles, la réponse « d'un grand courage viril » de Marguerite : « A cause de ma jeunesse, personne ne pourra dire ou présumer que ce qui arrive l'a été par ma faute[1] ! »

Maximilien demande que sa fille lui soit renvoyée et la dot rendue. Anne de Beaujeu ne veut pas restituer, malgré le traité d'Arras, l'Artois, la Franche-Comté, l'Auxerrois et le Mâconnais : vainement, l'empereur dénonce la « déloyauté française ». Il finit par recourir aux armes avec l'appui du roi d'Angleterre. Henri VII débarque à Calais en octobre 1492 et assiège Boulogne. Une armée impériale, que commande Albert de Saxe, prend Arras en novembre et, en décembre, Maximilien envahit la Franche-Comté. Il bat les Français à Dournon en janvier 1493 et Dole lui ouvre ses portes.

Marguerite a quitté Amboise pour Melun. Madame de Segré s'efforce de la consoler en lui ouvrant de nouveaux horizons :

« Madame, vous ne devez pas vous ennuyer. Vous êtes la fille d'un grand roi et la sœur d'un grand prince : vous ne pouvez manquer d'être une grande

1. Jean Lemaire de Belges, *La Couronne margaritique*, p. 73-74.

princesse. Puisque vous n'avez pu avoir le roi de France, vous en aurez un autre[1] ! »

Anne de Beaujeu veut la séparer de Charlotte de Tarente, qui l'a suivie à Melun. Trop, c'est trop ! Marguerite écrit à sa « bonne tante » : « Charlotte est tout le passe-temps que j'ai et, quand je l'aurai perdue, je ne sais ce que je ferai. »

Quelle amertume et quelle maturité de la part d'un enfant de douze ans ! Marguerite ajoute : « Quel que soit le sort qui m'est réservé, je veux rester en votre bonne grâce… Vous avez souhaité que je sois mieux traitée que je ne l'ai été dans le passé ! Ce propos m'a réjouie, puisqu'il témoigne que vous avez encore souvenance de moi… »

Les mois succèdent aux mois et Marguerite, qui a été transférée à Meaux, est toujours prisonnière. Elle exprime sa colère dans les premiers vers qu'elle rédige. Elle a été rejetée par le roi qui, de plus, refuse de lui rendre sa liberté :

> « *O mes Flamens estes vous endormiz ?*
> *Tous les Franchois vous tenez pour amis*
> *Que vous devez tenir pour ennemis*[2]. »

Un accord est enfin conclu entre Maximilien et

---

1. Max Bruchet, *Marguerite d'Autriche, duchesse de Savoie*, p. 26. Bruchet se fonde sur la déclaration de Jacques de Segré en novembre 1504, citée dans les *Procédures politiques du règne de Louis XII* (Paris, 1885, p. 113).

2. La complainte de Marguerite d'Autriche sur la rupture de son mariage avec Charles VIII (Max Bruchet, *Marguerite d'Autriche, duchesse de Savoie*, p. 315).

Charles VIII : Marguerite peut regagner les Pays-Bas. Le 12 juin 1493, à Vendhuile, le duc de Vendôme la remet aux représentants de Philippe le Beau : le marquis de Bade, le comte de Nassau, le grand bailli de Hainaut. Le lendemain, à huit heures du soir, l'archiduchesse d'Autriche, qu'elle est redevenue, entre dans Cambrai, où Marguerite d'York l'attend.

Aux habitants qui l'accueillent aux cris de « Noël ! Noël ! », elle jette d'une voix forte : « Ne criez pas Noël, mais vive Bourgogne ! » Le lendemain, elle est reçue à Valenciennes en souveraine : « Les rues sont tendues le plus richement, le plus triomphalement que l'on puisse faire », note le chroniqueur des pays de Flandre et d'Artois[1].

Le cortège avance entre deux haies de flambeaux jusqu'à l'hôtel de La Salle le Conte. A chaque carrefour, il s'arrête et les corporations jouent des pièces de circonstance. Au « coin des Tuiliers », le peuple se presse pour entendre les lamentations d'Habacuc sur les misères des Justes et ses prophéties sur l'invasion du pays des Méchants : tous songent, au-delà des Chaldéens de la Bible, à l'infortune de la fille de Maximilien.

Le 15 juin, Marguerite se sépare de son escorte française. Elle remet à ses dames d'honneur des pièces d'argenterie et des bijoux : elle n'oublie « ni les échansons, les valets tranchants, de chambre et de pied ni les

1. Louis Brésin, *Chroniques de Flandre et d'Artois*, p. 71. Mais Brésin se trompe sur les dates : il donne le 29 mai pour l'entrée à Cambrai et le 30 mai pour Valenciennes. Les dates exactes sont le 13 juin pour Cambrai et le 14 juin pour Valenciennes (Max Bruchet et Eugénie Lancien, *L'Itinéraire de Marguerite d'Autriche*, p. 5).

sauceurs, les lavandiers, les gardiens d'ours ». Des larmes dans la voix, elle se sépare de Madame de Segré[1].

A l'approche de Malines, son frère Philippe le Beau, « souverain naturel des Pays-Bas », se porte à sa rencontre et lui manifeste « grand honneur et grande joie[2] ». Il a fait aménager pour elle le château du Quesnoy.

---

1. Molinet, *Chroniques*, dans l'édition Buchon, tome IV, p. 389.

2. La légende voudrait que Maximilien soit venu, lui aussi, l'accueillir : c'est pure fiction. L'empereur, à cette époque, est à Vienne.

CHAPITRE II

Princesse d'Espagne

Au Quesnoy, Marguerite apprend la mort de son grand-père l'empereur Frédéric III, survenue le 19 août 1493 après un règne de cinquante-trois ans. Elle ne l'a pas connu. Elle l'imagine, comme dans les vieux manuscrits, portant d'une main le globe terrestre et, de l'autre, brandissant l'épée de justice :

> *« O empereur de Rome redoubte*
> *Mon grandpère de vertu illustre.*[1] »

A Amboise, Marguerite a reçu une éducation française. Au Quesnoy puis à Namur – où finalement elle s'installe – elle retrouve ses racines familiales. Par sa mère, elle est l'héritière des ducs de Bourgogne et, par son père, des empereurs d'Allemagne.

Marguerite d'York dirige cette nouvelle étape de son éducation ; elle aime Marguerite comme sa fille, comme

1. La complainte de Marguerite d'Autriche sur la rupture de son mariage avec Charles VIII (Max Bruchet, *Marguerite d'Autriche, duchesse de Savoie*, p. 314).

l'enfant de sa chair qu'elle aurait voulu avoir. De Malines, elle fait de fréquents voyages à Namur ; elle est devenue le point de ralliement d'une famille éclatée.

Marguerite d'York est un personnage de Shakespeare : son père Richard d'York a été décapité et son jeune frère égorgé ; elle a été fiancée à Pedro de Portugal avant d'épouser Charles le Téméraire, dont elle n'a pas eu d'enfant. Elle est disponible, elle n'a pas d'autre raison d'être que d'entourer Philippe et Marguerite de son affection.

Jeanne de Segré a rejoint la France ; comme gouvernante, Marguerite retrouve Jeanne de Hallewin, qui a rempli la même fonction auprès de sa mère. Pour diriger son hôtel, son père nomme Jean Carondelet, qui appartient à une vieille famille de Franche-Comté toute dévouée à la maison de Bourgogne.

Marguerite sait le français et le latin ; elle apprend l'anglais et le castillan : elle parfait l'éducation commencée à Amboise. Elle se complaît dans les récits de chevalerie qui content les exploits de ses ancêtres ; elle rêve de beaux seigneurs, de joutes et de galanterie. Elle écrit des vers, s'occupe de ses chevaux, élève des chiens et des oiseaux. Pour un temps, hors des orages de l'Histoire.

Quelques événements rythment sa vie : le retour de son père, l'empereur Maximilien, et l'émancipation de son frère Philippe le Beau. Avec ce dernier, elle accueille à Maastricht sa nouvelle belle-mère, Bianca Sforza ; elle assiste à l'entrée du couple impérial à Anvers le 18 août 1494[1].

1. Max Bruchet, *Marguerite d'Autriche, duchesse de Savoie*, p. 22.

Son père Maximilien développe des ambitions dynastiques qui, toutes, sont dirigées contre la France. Il a épousé Bianca pour sa dot, quatre cent mille couronnes d'or. Bianca est frivole, extravagante, toute à sa toilette. Peu importe ! Maximilien n'a pas oublié Marie ; il ne cherche pas l'amour auprès de sa nouvelle épouse. C'est le Milanais qui l'intéresse : Bianca est le moyen de développer son influence en Italie.

Contre Charles VIII, qui marche sur Naples, il conclut avec le pape et le roi d'Aragon la Ligue de Venise. Il marie son fils et sa fille aux enfants des Rois Catholiques. Il fonde l'union des maisons d'Autriche et d'Espagne, qui modifie pour trois siècles le cours de la politique européenne.

Juan d'Aragon épouse Marguerite d'Autriche par procuration à Malines le 5 novembre 1495, et Philippe d'Autriche, Jeanne d'Aragon, la sœur de Juan, à Lierre le 20 octobre 1496.

Ferdinand d'Aragon et Maximilien d'Autriche sont sans doute les deux souverains les plus intelligents, les plus retors, les plus politiques de leur époque : ils se méfient l'un de l'autre, avancent masqués, se réservent la possibilité de changer de pied et le font souvent. Guicciardini, qui a été ambassadeur de Florence auprès du roi Ferdinand, écrit de ce dernier qu'il était « un prince d'une puissance et d'une prudence extrêmes » : de fait, le modèle du prince de Machiavel. Maximilien pourrait l'être également.

Ferdinand souhaite que Marguerite gagne l'Espagne la première avant le départ de Jeanne pour les Pays-Bas. Maximilien veut le contraire : que Jeanne arrive d'abord à Anvers. Pendant plusieurs mois, les deux souverains s'affrontent dans une lutte de prestige.

Maximilien l'emporte : il a le bon sens pour lui. Il ne dispose pas de la flotte capable de conduire Marguerite en Espagne. Jeanne arrive donc la première dans les Pays-Bas.

Née à Tolède le 7 novembre 1479, elle est de quelques mois à peine l'aînée de Marguerite. Instruite, lisant comme elle le latin, elle ne lui ressemble guère physiquement, mais elle est tout aussi volontaire.

A son arrivée en Flandre, Philippe n'est pas là pour l'attendre : il chasse en Autriche avec son père. Quand il la rejoint à Lierre, c'est, dès le premier regard, l'amour fou. Jeanne a dix-sept ans, Philippe dix-huit. Elle est brune, ses yeux sont noirs, effilés en amande ; Philippe est blond, grand, vigoureux. Beaux l'un comme l'autre, ils ne parlent pas la même langue mais leurs yeux expriment leur désir : « un chapelain doit les unir, en toute hâte, immédiatement[1] ».

L'amour commande la vie de Jeanne d'Aragon. Rien d'autre ne comptera désormais pour elle que la présence de Philippe, la chaleur de Philippe dans ses bras. En neuf ans, elle lui donnera six enfants, qui tous vivront, parfois très vieux, et régneront sur presque toute l'Europe[2]. Quand Philippe mourra, personne n'intéressera plus Jeanne – pas même ses enfants. Charles Quint éloignera d'elle Catherine, sa dernière

1. Peter Lahnstein, *Dans les pas de Charles Quint*, Paris, La Table ronde, 1983, p. 36.

2. Eléonore, l'aînée, sera reine de Portugal puis de France ; Charles sera Charles Quint ; Isabelle, reine de Danemark ; Ferdinand, empereur d'Allemagne ; Marie, reine de Hongrie et Catherine, reine de Portugal.

fille. Jeanne s'enfermera dans le silence – et le souvenir de Philippe.

Devant le sort qui la frappera, Marguerite n'aura pas la même réaction. Elle est plus forte, plus rustique que Jeanne, mais elle n'aura pas d'enfant et devra se contenter d'élever les enfants de Jeanne.

Regagnant ses ports, la flotte espagnole conduit Marguerite dans sa nouvelle patrie. Une suite de plus de cent personnes l'accompagne : Philippe de Bade la dirige, qui porte le titre de grand écuyer. S'appuyant sur les comptes de la recette générale des Pays-Bas, l'historien Max Bruchet a dressé la liste des officiers, des diplomates et des hauts fonctionnaires qui composent la délégation : parmi eux, Louis Barangier, le secrétaire, l'ami qui ne quittera plus Marguerite, et Jean de Rochefort, qui écrira le récit du voyage[1].

A peine Marguerite a-t-elle pris la mer le 22 janvier 1497 à Flessingue, le vent se lève. Avec une telle force que l'escadre espagnole doit chercher refuge en Angleterre. Le roi Henri VII accourt : « Nous croyons que le tumulte de la mer est désagréable à Votre Altesse… » C'est peu dire ! Marguerite séjourne trois semaines à Hampton Court. Le temps s'améliore et la flotte peut quitter Southampton le 12 février. Mais une nouvelle tempête survient, qui l'oblige à rallier de nouveau le port anglais. En Espagne, la reine Isabelle s'inquiète. Le 21 février, la flotte peut enfin lever l'ancre[2].

---

1. Max Bruchet, *Marguerite d'Autriche, duchesse de Savoie*, p. 23.

2. Max Bruchet et Eugénie Lancien, *L'Itinéraire de Marguerite d'Autriche*, p. 7.

Rochefort a décrit, en quelques lignes très sobres, la traversée :

« Le mardi, nous partons du port à petit vent, le navire de Madame le premier. Nous gagnons la mer d'Espagne : calme plat. Le vendredi, un orage se déclare. La flotte ne peut gagner Laredo. Dans la tempête, nous sommes entraînés vers la Galice, Madame toujours devant. Deux heures après minuit, le vent se lève plus fort encore et nous sommes ramenés à Laredo. Madame n'y est pas : son navire est arrivé dans un autre port[1] ».

Marguerite surprend ses dames de compagnie par son courage : les unes, malades, sont prostrées dans leurs cabines ; les autres l'entourent de leurs cris et de leurs pleurs. Elle les rassure et compose les deux vers célèbres :

« Cy-gist Margot, la gentil' damoiselle,
Qu'ha deux marys et encore est pucelle. »

Elle débarque à Santander le 6 mars 1497[2]. Personne ne l'attend, si ce n'est le connétable de Castille, Bernardino Fernández de Velasco, dépêché en hâte pour l'accueillir, qui va régler avec Jacques de Croy du côté flamand le cérémonial de sa rencontre avec Juan d'Espagne. Rien ne presse : il faut laisser au roi Ferdinand et à son fils le temps d'arriver, permettre

1. Brassart a publié le récit de Jean de Rochefort dans le *Bulletin de la Commission royale d'histoire* de 1883.

2. Consulté par la reine Isabelle, seul Christophe Colomb donne Santander comme port possible d'arrivée du bateau de Marguerite, alors que la flotte a accosté à Laredo.

aussi aux navires de la flotte espagnole de se regrouper dans le port de Santander. Peu à peu, débarquent les domestiques, les bagages, les carrosses que la princesse et sa suite vont utiliser[1].

La rencontre a lieu à quelques lieues de la côte, dans le village de Villasenil. Les fourriers ont réquisitionné les plus belles maisons ou, du moins, « les moins inconfortables[2] ». Le 11 mars, le roi et le prince attendent sur la route l'arrivée de Marguerite. Il fait grand froid ; la veille, il a neigé. Sur le premier regard, les premières paroles échangées, nul document n'a été conservé, à l'exception de ce témoignage de Molinet – mais qui n'est pas du voyage : « Madame Marguerite voulut baiser la main du roi, qui d'abord s'y refusa. Elle persévéra dans son entreprise de telle façon qu'elle baisa, selon son désir, la main du roi et du prince son époux.[3] »

Le cortège s'ébranle vers le village. Juan change de vêtements, s'habille d'un pourpoint de brocart et d'une casaque de satin blanc fourrée de zibeline. Précédé de torches, car la nuit est venue, il gagne la maison qu'occupe Marguerite. A l'étage, dans la pièce principale éclairée aux bougies, à peine dix personnes peuvent se tenir. Juan d'Espagne s'avance, à la fois, « grand air et

1. Deux ouvrages récents renouvellent les recherches sur le séjour de Marguerite en Espagne : Angel Alcalá et Jacobo Sanz, *Vida y muerte del príncipe don Juan* (1999) ; et Louis Cardaillac, *L'Espagne des Rois catholiques, le prince don Juan, symbole de l'apogée d'un règne* (2000).

2. Louis Cardaillac, *L'Espagne des Rois catholiques,* p. 138.

3. Molinet, *Chroniques*, dans l'édition Buchon de 1828, tome V, p. 69.

pauvre mine[1] ». Marguerite le regarde et lui sourit : ce regard sur lui, jusqu'à son dernier jour, vivra en lui. L'amour consiste souvent en des images qui obsèdent l'esprit.

Marguerite remarque la pâleur, mais aussi la beauté du jeune homme. Juan a des yeux noirs immenses, ombragés de longs cils, une bouche d'enfant. Il n'est pas l'adolescent malingre qu'elle a redouté. Il rayonne d'intelligence et une flamme intérieure paraît le consumer. Marguerite sait tout de suite qu'elle aimera passionnément ce jeune homme timide et sensible. L'archevêque de Séville met sa main dans celle de Juan et les bénit. Le roi prononce quelques mots d'accueil, chaleureux mais convenus.

Déjà, Juan se retire : le protocole ne permet pas que les fiancés prennent ensemble ce premier repas. Mais, dès qu'il le peut, il revient. Il voudrait qu'il lui soit permis de s'agenouiller en silence, de la regarder de toutes ses forces, à longs traits, comme on apaise une grande soif. Il est maladroit car, jamais encore, il n'a touché une femme.

Il est seul ou presque – accompagné de son précepteur et de son valet de chambre. Marguerite l'attend, entourée de ses dames d'honneur. Elle engage la conversation en castillan, la poursuit en français : ils se parlent par bribes, puis les mots leur viennent et les entraînent l'un vers l'autre. Marguerite raconte sa traversée, Juan son attente. Il décrit sa vie à Almazán, dans le palais au bord du Duero où il veut la conduire. Marguerite comprend qu'elle devra le rassurer et

1. Comte Henry Carton de Wiart, *Marguerite d'Autriche*, p. 59.

l'apaiser, l'approcher avec des mains très douces, avec beaucoup de patience. Il faudra qu'ils apprennent ensemble les gestes de l'amour. A minuit, quand ils doivent se séparer, Juan est entré dans la vie de Marguerite : il devient pour elle « le prince de l'espérance », comme il l'est déjà pour le peuple espagnol.

Juan est né à Séville dans le vieux palais de l'Alcazar le mardi 30 juin 1478. Huit ans après sa sœur aînée : plusieurs grossesses de la reine Isabelle n'ont pu arriver à leur terme. Pour avoir un fils, Isabelle s'est rendue sur la tombe de saint Juan de Ortega, qui a vécu au XIIe siècle et fondé un monastère, non loin de Burgos. Sa sépulture est devenue un lieu de pèlerinage ; son cilice est utilisé comme remède à la stérilité des femmes. Un chapelain de la reine, qui porte le même nom que lui, a conseillé le pèlerinage.

Scène étonnante de la fin du Moyen Age : la grande Isabelle la Catholique, qui a vaincu le roi de Portugal, soumis les rebelles de Castille, construit avec Ferdinand un Etat moderne, s'avance pieds nus vers le tombeau du saint ; elle revêt le cilice que ce dernier a porté, prie à genoux et, derrière elle, les moines psalmodient. L'année qui suit, elle a un fils, qu'elle appelle Juan, et, deux ans après, une fille, qu'elle appellera Juana. Le chapelain sera nommé évêque d'Almería[1].

Alors qu'Isabelle invoque saint Juan et promet de construire à Rome un couvent si elle a un fils, Ferdi-

---

1. Les Rois catholiques auront cinq enfants : Isabelle née à Duenas le 1er octobre 1470, Juan à Séville le 30 juin 1478, Jeanne à Tolède le 9 novembre 1479, Marie à Cordoue le 29 juin 1482 et Catherine à Alcalá de Henares le 15 décembre 1485.

nand fait appel à un médecin *converso* de Séville, Lorenzo Badoz, réputé être le meilleur accoucheur d'Andalousie. Badoz réussit à conduire la grossesse à son terme.

Pour le roi, ce n'est pas le pèlerinage sur la tombe du saint, mais l'habileté du praticien juif qui est à l'origine de la naissance de son fils. Il dotera la fille de Badoz, fera rendre à ce dernier ses biens lorsqu'ils seront saisis par l'Inquisition. Le débat ouvert par la naissance de Juan marque ainsi « la ligne de partage qui s'établit entre deux époques » : certains accordent encore la priorité au surnaturel et au merveilleux ; d'autres plus novateurs, comme Ferdinand d'Aragon, témoignent déjà d'un esprit moderne et incarnent les prémices de la Renaissance[1]. Ce mélange de mysticisme et de réalisme constitue d'ailleurs l'une des forces des Rois Catholiques.

Conformément à la tradition de la Castille, quatre gentilshommes, désignés par Ferdinand, assistent à l'accouchement. La mère du roi Pierre le Cruel a été jadis soupçonnée d'avoir substitué un garçon à une fille : depuis elle, les reines de Castille accouchent en public. Isabelle se soumet à l'usage mais demande que son visage soit couvert d'un voile. Offrant son corps à la vue des gentilshommes, elle ne veut pas montrer sa douleur[2].

Après la naissance de Juan, la Castille vit un moment d'exaltation. Le franciscain Iñigo de Mendoza

---

1. Louis Cardaillac, *L'Espagne des Rois catholiques*, p. 44.

2. Une semaine plus tôt à Bruges, est né Philippe le Beau. Louis XI ayant fait courir la rumeur que le nouveau-né était une fille, le bébé fut présenté nu à la foule, du balcon du *Prinsenhof*.

compare la reine Isabelle à la Vierge Marie : toutes deux sont venues au monde pour restaurer ce qui était perdu, l'une dans l'humanité, l'autre dans le royaume. Juan est « un nouveau rédempteur qui fera trembler les nations[1] ».

Il est préparé pour le pouvoir, éduqué pour le pouvoir, comme Marguerite l'est en France dans le même temps.

Sa mère choisit pour lui les meilleurs professeurs : Diego de Deza, dominicain de Salamanque, et Pierre Martyr de Anghiera, l'un des grands humanistes du XVIe siècle.

Juan a huit ans quand, à Salamanque, Deza devient son professeur : il lui enseigne la lecture et l'écriture, lui apprend la grammaire et le latin. Pour Gonzalo Fernández de Oviedo, l'un de ses pages, qui écrit l'histoire de sa vie, Juan devient « expert en tout ce qu'une personne royale doit savoir[2] ». Tout ? L'histoire sainte et l'histoire de l'Espagne, l'héraldique et le dessin, la musique et le chant. La reine Isabelle, qui adore son fils et l'appelle « mon ange », conservera toujours les cahiers des premiers exercices de latin de Juan.

Pierre Martyr de Anghiera est un historien d'origine italienne, qui a parcouru l'Europe, rejoint l'Espagne en 1487, assisté à la prise de Grenade. Il rêve d'une synthèse entre les armes et les lettres, propose aux jeunes Espagnols l'idéal de l'homme de la Renaissance. Comme Erasme le souhaitera pour Charles Quint, Martyr attend de Juan qu'il soit « un roi sage », un prince

1. Louis Cardaillac, *L'Espagne des Rois catholiques*, p. 42.
2. *Idem*, p. 127.

prudent. Dans une lettre à Luis de Torres, il ajoute : « Qu'il vive et vous verrez alors le bonheur de l'Espagne et du monde chrétien.[1] »

Qu'il vive ! Martyr sait de quoi il parle, car Juan est un enfant fragile. A dix ans, à Murcie, une crise de dysenterie le cloue au lit. Une forte fièvre, du sang dans les selles : les médecins pensent qu'il va mourir. Le onzième jour, une éruption de boutons le délivre.

Quel diagnostic établir aujourd'hui ? Louis Cardaillac émet l'hypotèse d'une « dysenterie amibienne contractée au cours de ses nombreux voyages, soit en buvant de l'eau polluée, soit en consommant des légumes et des fruits contaminés[2] ». De cette amibiase, Juan ne guérira pas. Il est sensible au moindre microbe : ses chroniqueurs notent qu'il souffre régulièrement d'angine, de congestion pulmonaire et d'eczéma.

Cette fragilité ne contrarie pas son apprentissage du pouvoir. Ses parents l'installent en avril 1496 à Almazán, un bourg fortifié dans la haute vallée du Duero. Ils organisent pour lui une vie monacale ; autour du prince, ils forment une Cour qui ne comprend que des hommes, tôt levés et soumis à une règle rigoureuse. Juan atteint ainsi ses dix-huit ans sans avoir connu les femmes : d'où son émoi lorsqu'il rencontre Marguerite à Villasenil, sa maladresse, son désir de l'épouser au plus vite.

J'ai suivi, en novembre 2000, l'itinéraire que Juan et Marguerite ont emprunté de Villasenil à Burgos, puis

1. *Idem*, p. 132.

2. *Idem*, p. 96.

de Burgos à Almazán. Comme eux, j'ai traversé les monts Cantabriques, parcouru les plateaux de Castille, remonté la vallée du Duero. Dans le froid, le vent et le soleil.

J'imagine Marguerite dans sa litière sous une couverture ou, quand le chemin devient mauvais, chevauchant à côté de Juan. Tout est nouveau pour elle : la langue, les coutumes, le décor. Quel contraste entre ces montagnes pierreuses, sèches et fauves, et les horizons bas du pays de son enfance !

Juan est profondément accordé à l'Espagne, mystique et sensuel comme elle. Marguerite va s'éprendre de Juan et de l'Espagne : la nature est faite pour donner le bonheur aux âmes fortes.

Le 18 mars, Marguerite arrive à Burgos, telle la princesse d'un conte de fées. Le roi Ferdinand lui a laissé sa jument favorite : il chevauche à sa gauche, Juan à sa droite. Marguerite est jeune, belle, rayonnante : elle est acclamée. « Si tu la voyais, écrit Martyr au cardinal de Santa Cruz à Rome, tu te figurerais qu'elle est Vénus en personne.[1] »

Dans la clameur des cloches, à la lueur des torches, les princes gagnent la Casa del Cordón, où la reine Isabelle les attend. A ses côtés, se tiennent les seigneurs de la Cour « en grandes robes de satin cramoisi, pleines de martres, de grosses chaînes au cou ». Tour à tour, ils viennent s'incliner devant la princesse de Flandre, leur future reine. Marguerite trouve sa revanche : si elle n'a pu être reine de France, elle sera reine d'Espagne.

---

1. *Idem*, p. 172.

Aujourd'hui, la Casa del Cordón est devenue une banque, la Casa de Burgos ; magnifiquement restaurée, elle conserve sa beauté et son mystère. Le cordon de Saint-François court sur la façade, entourant les devises des familles de Velasco et de Mendoza. *Un buen morir honra toda la vida* – c'est le vers de Dante : « une belle mort honore toute une vie » – et *Omnia pretereunt preter amare Deum* : « tout disparaîtra sauf l'amour de Dieu »[1]. Vérité de l'Espagne catholique ! Les connétables de Castille construisent l'un des plus beaux édifices du XVe siècle et marquent, dès l'entrée, la primauté de Dieu qui donne un sens à leur vie. Ils reçoivent les Rois Catholiques, qui sont d'ailleurs en Espagne partout chez eux ; ils s'effacent et la Casa del Cordón entre dans l'Histoire : Christophe Colomb y verra ses privilèges confirmés, Philippe le Beau y mourra, Charles Quint s'y arrêtera sur le chemin de Yuste[2].

Les cérémonies du mariage vont durer un mois. Elles se déroulent en trois étapes.

La première – les épousailles ou *desposorios* – a lieu dès le lendemain, dimanche des Rameaux : dans un salon de la Casa del Cordón, le cardinal de Cisneros reçoit le consentement des jeunes époux. Pour l'Eglise, Juan et Marguerite sont désormais mari et femme : le pape Alexandre VI a accordé une dispense permettant leur mariage pendant le carême. Seuls sont présents les membres de la famille royale et quelques intimes ; les

1. Matías Martínez Burgos, *La casa del Cordón ó el palacio de los condestables de Castilla*, p. 42.

2. Jean-Pierre Soisson, *Charles Quint*, p. 309-310.

témoins sont le connétable de Castille et son épouse, qui est la fille naturelle du roi Ferdinand.

Selon leur habitude, les Rois Catholiques font retraite pour la Semaine sainte dans le monastère de la Trinité. Juan et Marguerite sont heureux seuls avec eux-mêmes : ils ne quittent guère leur chambre, sauf pour des promenades dans le jardin et les offices dans l'église du couvent. Ils lavent le jeudi les pieds des pauvres et le vendredi suivent le chemin de croix.

La reine Isabelle adopte sa belle-fille : elle découvre en Marguerite la vitalité qui manque à Juan, une spontanéité et une joie de vivre qui la délivrent elle aussi de ses angoisses. Une promesse de bonheur pour son fils et pour l'Espagne.

Après le carême, les Rois Catholiques regagnent Burgos : ils offrent le dimanche de Pâques un grand repas à tous les notables de la province. Marguerite y paraît avec un teint éblouissant : Martyr note qu'elle n'utilise « ni fard ni teinture » ; il ajoute que les jeunes princes « s'aiment merveilleusement ».

La messe de *velación* est célébrée dans la cathédrale par le cardinal de Cisneros le 3 avril, lundi de Quasimodo. Le primat d'Espagne étend un voile sur la tête des époux « pour toute leur vie et pour l'éternité », selon le rite du mariage qui donne son nom à cette cérémonie[1].

La troisième et dernière étape est la fête populaire – la *boda* – qui se déroule le 14 avril : il a fallu attendre

1. Les historiens hésitent sur la date de la cérémonie de *velación* : le dimanche de Quasimodo pour Louis Cardaillac (p. 174), le lundi pour Max Bruchet (p. 24), le mardi pour Ángel Alcalá (p. 169).

l'arrivée à Burgos des délégations de tous les royaumes, de toutes les villes d'Espagne. Les fêtes sont les plus brillantes de celles organisées sous le règne des Rois Catholiques : les chroniqueurs flamands et espagnols en décrivent la splendeur, qui a frappé les imaginations de l'époque. Juan, futur roi de Castille et d'Aragon, régnera à la fois sur l'Espagne unifiée et le Nouveau Monde : son mariage avec la fille de l'empereur apparaît comme la promesse d'un âge d'or.

Les cadeaux affluent de l'Europe entière. Marguerite d'York, recluse à Malines, envoie à sa petite-fille le collier aux gros grains d'or que Charles le Téméraire lui donna pour son mariage. La reine Isabelle rachète les bijoux de la Couronne qu'elle a dû mettre en gage pour financer la guerre de Grenade : elle offre à sa belle-fille le collier de rubis qui a été la parure de sa jeunesse[1].

Juan a retrouvé sa vigueur. Comme son épouse, il rayonne de bonheur : il assiste à toutes les courses de taureaux, tous les jeux, tous les tournois. Son mariage, décidé par son père, devient un mariage d'amour. La passion marque l'union de Juan et de Marguerite, comme celle de Philippe et de Jeanne et, plus tard, celle de Charles Quint – qui régnera parce que Juan sera mort – et d'Isabelle de Portugal.

Juan a hâte d'emmener Marguerite chez lui à Almazán, dans la principauté que ses parents lui ont donnée pour qu'il apprenne à être roi. A Almazán, il est le maître, il exerce le pouvoir. A Almazán, il sera seul avec Marguerite pour quelques semaines de bonheur.

---

1. Les archives de Simancas conservent la liste impressionnante des cadeaux reçus par Juan et Marguerite.

Pourquoi choisir Almazán[1] ? Isabelle est reine de Castille, Ferdinand roi d'Aragon : leur union a maintenu intactes l'autonomie et les institutions des deux royaumes. Demain, Juan héritera à la fois de la Castille et de l'Aragon : ses parents l'installent dans une ville à la frontière de leurs domaines respectifs. Une ville symbole : c'est à Almazán, en avril 1375, que la paix a été signée entre les deux pays, que l'infante Eléonore d'Aragon a épousé Henri de Castille. Les Hurtado de Mendoza y ont construit un beau palais, qui devient la résidence de Juan. Les pièces ouvrent, à l'étage supérieur, sur une galerie de onze arcades qui domine le Duero.

Almazán se trouve à près de mille mètres d'altitude : le climat, froid et sec, convient à la santé fragile du prince.

Beauté d'Almazán : à l'entour, la terre est rouge, parfois violette ; les collines, couvertes de pins et de gros rochers, sont bleues et grises ; entre elles, apparaissent dans le lointain des trouées mauves. Terres de grands espaces, apaisées et ouvertes, propices à la chasse. Au pied des remparts de la ville, le Duero serpente au milieu de prairies humides, que peuplent des saules, des prèles et des peupliers. J'ai éprouvé, comme Juan, un coup de cœur pour Almazán.

Par une décision de mai 1496, les Rois Catholiques ont donné à leur fils les villes de Salamanque, Logroño, Alcaraz, Ubeda, Baeza, Ronda, Loja, Écija, Trujillo et Cáceres. Ils ont ainsi constitué une véritable principauté avec un double objectif : que Juan dispose

---

1. Ángel Alcalá et Jacobo Sanz, V*ida y muerte del principe don Juan* : « Por qué Almázan », p. 133 et suivantes.

de revenus propres et qu'il apprenne à gouverner. Le prince préside chaque matin son Conseil, que dirige Martín Fernández de Angula, l'un des meilleurs administrateurs de Castille – qui deviendra évêque de Cordoue.

La reine Isabelle rédige elle-même les instructions qui règlent la vie de son fils :

« Pour que le prince comprenne bien ce qu'est l'office du pouvoir, il faut d'abord qu'il l'exerce et qu'il apprenne en toute circonstance à rendre la justice. »

Gonzalo Fernández de Oviedo a décrit le fonctionnement de la maison de Juan, l'emploi du temps de ce dernier heure par heure : il a accompagné le prince jusqu'à sa mort. Son livre, *Libro de la cámara real del Príncipe Don Juan*, lui a été commandé par Charles Quint pour servir à l'éducation de Philippe II[1].

A Almazán, Juan vit entouré de ses conseillers, de ses amis, de ses musiciens. Chaque jour, il chasse à courre ou au faucon et, souvent, Marguerite l'accompagne : ils ont la même passion de la chasse et de la musique. Le soir, ils chantent et jouent aux échecs. Ils « s'aiment merveilleusement », pour reprendre l'expression de Martyr : Juan avec acharnement, la volonté de retenir une vie qu'il sent lui échapper ; Marguerite avec plus de retenue. Elle est trop jeune, peut-être trop égoïste pour réaliser que son mari ne vivra pas longtemps. Ce que l'on aime se sauve à tire-d'aile, du côté de l'ombre, sans que l'on y prenne garde. Le bonheur est fragile : Marguerite ne le sait pas encore. Très vite, elle tombe enceinte.

1. Gonzalo Fernández de Oviedo, *Libro de la cámara real del Príncipe Don Juan*.

Dans les premiers jours de juin 1497, les jeunes époux rejoignent Medina del Campo, où les Rois Catholiques les attendent : ils quittent – à regret – Almazán, qu'ils ne reverront ni l'un ni l'autre.

La sœur aînée de Juan, Isabelle, doit épouser le roi Manuel de Portugal : toute la famille royale se rassemble pour assister au mariage[1]. Les princes arrivent le 13 juin à Medina del Campo, où ils vont séjourner trois mois.

Juan est épuisé par le voyage ; il monte à cheval avec difficulté. A Medina, il est atteint par la variole : très vite, ses jours sont en danger. La fièvre ne le quitte pas. Malgré sa grossesse, Marguerite demeure auprès de lui – ce qui n'est guère raisonnable. Les médecins s'inquiètent, demandent à la reine de séparer les jeunes époux. Martyr, qui raconte tout, écrit crûment : « La copulation trop fréquente met le prince en danger. » Il est à l'origine de la « légende du prince mort d'amour ».

Isabelle refuse d'intervenir : « Dieu les a unis, répond-elle, et ils sont faits l'un pour l'autre. » Ce fut sa conviction dès leur première rencontre. Elle ne change pas sa ligne de conduite, mais décide d'envoyer Juan et Marguerite à Salamanque : elle les dispense d'assister au mariage d'Isabelle. A Salamanque, Juan pourra être bien soigné. Diego de Deza est évêque de la ville : Juan logera dans son palais.

Le 13 septembre, la famille royale se sépare. Isabelle ne reverra plus son fils.

---

1. Isabelle a épousé en 1490 Alphonse de Portugal, qui est mort l'année suivante d'une chute de cheval. Elle se remarie en 1497 avec Manuel, le cousin d'Alphonse, qui est devenu roi de Portugal.

Juan entre le 23 septembre 1497 à Salamanque, la ville de son destin. Il n'y est pas revenu depuis 1486 : il avait alors huit ans et accompagnait ses parents. Il a reçu en mai 1496 la charge du gouvernement de Salamanque : il a accompli cette mission avec une grande application. Il a confirmé les privilèges de l'université, décidé le pavage des rues, entrepris l'assainissement de la ville. Il aime Salamanque, qui lui réserve un accueil triomphal, cette ville intellectuelle austère, ocre, presque rousse, comme Giono l'écrit de Bologne. Martyr décrit la marche du cortège vers la cathédrale « au son des trompettes et des chants d'allégresse » ; les rues sont jonchées de brassées du thym qui « parfume les bords du Tormes ».

Salamanque reçoit Juan comme l'espoir d'une époque nouvelle : « Elle attend de son futur roi, amoureux et protecteur des lettres, un patronage encore plus efficace que celui qu'il accorde aux autres villes.[1] »

Juan est malade. On organise des fêtes en son honneur et il ne peut y assister ! Deza veille sur lui ; ses médecins ne le quittent plus. Fièvre et vomissements ; des pertes de sang apparaissent dans les selles. Le 29 septembre, Deza rend compte aux Rois Catholiques que « le prince ne peut plus manger ; son estomac ne supporte plus la nourriture » : la fin est proche. Il ajoute que, s'ils veulent le voir vivant, ses parents feraient bien de gagner Salamanque au plus vite[2].

Juan de La Parra est considéré comme le meilleur médecin de Castille. C'est un *converso* – un juif

1. Lettre du 19 octobre au cardinal de Santa Cruz. Ángel Alcalá et Jacobo Sanz, *Vida y muerte del príncipe don Juan*, p. 177.

2. *Idem*, p. 180.

converti– comme de nombreux praticiens de Salamanque. Il est impuissant face à la maladie, il l'avoue et demande qu'un astrologue vienne au chevet du prince[1].

Juan regarde ses proches, le monde, avec des yeux pleins de compassion. Marguerite est désespérée : il n'a pas vingt ans et il est si jeune, si passionné !

Au duc d'Albe qui lui rend visite, Juan rappelle leurs entretiens passés : « Ne m'avez-vous point dit que l'auteur de la vie et de la mort est plus puissant que tous les princes de la terre ? N'est-ce pas l'heure pour moi de m'en souvenir ? »

Le roi Ferdinand a reçu la lettre de Deza à Valence ; il arrive à bride abattue. Lui, le prince de Machiavel, pleure au chevet de son fils ! Juan le supplie de « supporter avec énergie ce que Dieu a décidé depuis le ciel et qui est irrémédiable ». Il ajoute : « Parvenir, comme les Anciens, à l'aversion de la vie n'est pas facile.[2] »

Il confie à son père sa femme et l'enfant qu'elle porte. Puis il appelle son secrétaire, Gaspar de Gricio, auquel il dicte ses dernières volontés. Il évoque la vie qui passe comme une ombre et l'omniprésence de la mort.

Nul document n'atteste la présence de Marguerite dans sa chambre lors des derniers moments, alors que les membres de sa maison l'entourent : Diego de Deza, son médecin, son confesseur et Gonzalo Fernández de Oviedo, qui décrira sa mort. « Uniquement des hommes, tous pétrifiés. »

---

1. Zacuto est un astrologue juif. Mais, peut-être, La Parra a-t-il eu recours à Basurto, médecin de Salamanque. *Idem*, p. 181.

2. Louis Cardaillac, *L'Espagne des Rois catholiques*, p. 205.

Juan fait placer à droite et à gauche de son lit un crucifix pour ne pas perdre de vue le Christ, de quelque côté qu'il tourne la tête. Il transpire, suffoque, invoque le nom de Jésus et meurt le 4 octobre 1497 à minuit.

Deza lui ferme les yeux, essuie la sueur sur son visage, peigne ses cheveux et le revêt de l'habit des dominicains, soutane blanche et scapulaire noir.

Marguerite a-t-elle seulement pu voir le corps de son mari ? Aucun chroniqueur ne le dit. Elle se mure dans sa solitude, coupe ses longs cheveux, s'habille d'une robe de jute noir. Seule, à dix-sept ans. La mort pour toute réponse ! « Espoir j'ay eu », écrira-t-elle plus tard. Six mois de bonheur, Seigneur, est-ce suffisant ?

Aucun membre de sa famille n'est auprès d'elle pour la consoler. Marguerite d'York est à Malines, Maximilien en Autriche – ailleurs, comme toujours. Sa mère est morte, et aujourd'hui son mari ! Seule, la reine Isabelle peut comprendre son désespoir. Mais, sans oser l'exprimer, elle reproche à Marguerite la mort de Juan, ce naufrage familial et dynastique. Elle fera son devoir, et un peu plus, mais elle est meurtrie – comme Marguerite.

Après l'embaumement et les obsèques dans la cathédrale de Salamanque, la dépouille de Juan est conduite à Avila : le prince a demandé à être inhumé dans l'église des dominicains de Santo Tomás.

La construction du monastère vient d'être achevée. Les Rois Catholiques, que Juan accompagnait, ont visité le chantier en 1492 ; ils ont décidé d'établir leur résidence dans le palais voisin, qu'ils rejoignent pour la Toussaint. Austérité et dépouillement : leurs chambres ouvrent sur un cloître.

L'église, en forme de croix latine, possède une seule

nef. L'autel et le chœur se trouvent sur des tribunes, qui ne communiquent pas avec la nef et ne sont pas reliées entre elles : on y accède de la galerie supérieure du cloître voisin. Au-dessus de l'autel, un retable de Pedro Berruguete dépeint la vie de saint Thomas. A la croisée du transept s'élève le sépulcre de Juan, en marbre blanc, seul dans la nef, comme le sont les tombeaux des rois de Castille dans la chartreuse de Miraflores près de Burgos[1]. Isabelle et Marguerite ont élevé un mausolée qui demeure l'un des plus beaux témoignages de l'art espagnol de la Renaissance. Juan est représenté, couché sur un lit de parade, la tête ornée d'une couronne, les mains jointes, une épée sur la poitrine. Il est beau, le visage serein : il s'est endormi dans la paix du Christ[2].

Sur le conseil du comte de Tendilla, qui a été ambassadeur à Rome, la reine s'est adressée à un sculpteur italien, Domenico Fancelli, qui réalisera plus tard son propre tombeau dans la chapelle royale de Grenade. Fancelli exécute, précisément à Grenade, plusieurs croquis du visage de Juan à partir d'un tableau appartenant au comte de Tendilla. Puis il sculpte à Carrare une statue qui magnifie le prince : par-delà la mort, Juan est vivant pour l'éternité.

Ni Marguerite ni Isabelle ne verront le tombeau du prince, que Fancelli réalisera seulement en 1512. Marguerite aura alors pris la décision d'être inhumée non à Avila, mais à Brou – à côté de Philibert de Savoie.

---

1. De nos jours, un autel moderne, dressé sur un podium, rompt l'harmonie d'ensemble : il s'apparente à une profanation.

2. Eduardo Ruiz Ayucar, *Sepulcros artísticos de Avila*, p. 109-112.

En octobre 1497, l'Espagne tout entière prend le deuil : le rêve d'un règne apaisé, d'une époque nouvelle s'effondre. La mort de Juan ouvre une crise de succession : de nouveau, la peur s'étend sur l'Espagne. « Tous les gens de métier, raconte Commynes, ont cessé de travailler pour quarante jours. Tout homme est vêtu de noir et les nobles et les gens de bien chevauchent des mules couvertes jusqu'aux genoux de drap noir. » Des bannières noires flottent aux portes des villes : l'espoir a déserté l'Espagne[1].

Les Rois Catholiques sont désespérés : « Lorsqu'ils sont assis en public, ils gardent constamment le regard fixé l'un sur l'autre. Ainsi, ils révèlent ce qu'ils cachent au fond d'eux-mêmes[2]. »

A Alcalá de Henares, ils attendent l'accouchement de Marguerite, qui va durer plusieurs jours et ne sera que la lente expulsion d'un enfant mort. Il faut lire Jean Lemaire : « Je me tais de son mal d'enfant, duquel elle travailla douze jours et douze nuits, sans arrêt et sans pouvoir manger ni dormir[3] ». Le 8 décembre 1497, Marguerite donne naissance à une fille morte « intra utero »[4]. Brisée, abîmée pour la vie : Marguerite n'a pas d'enfant et n'en aura jamais.

---

1. Philippe de Commynes, *Mémoires,* dans l'édition Dupont de 1843, tome II, p. 578 (l'édition récente de l'Imprimerie nationale ne comprend pas les dernières années des *Mémoires*, et notamment l'année 1497).

2. Louis Cardaillac, *L'Espagne des Rois catholiques*, p. 212.

3. Jean Lemaire de Belges, *La Couronne margaritique*, tome IV des *Œuvres*, dans l'édition Stecher, p. 137.

4. Philippe de Commynes : « Madame Marguerite accoucha d'une fille toute morte » (p. 578).

Isabelle de Portugal a rejoint ses parents : sur elle, désormais repose l'avenir de l'Espagne. Le 23 août 1498 à Séville, elle donne naissance à Miguel, mais elle meurt des suites de l'accouchement. La reine Isabelle va veiller le petit Miguel jour et nuit, l'emmenant l'été à Grenade dans le palais des jours heureux : Miguel y mourra le 20 juillet 1500.

En moins de trois ans, les Rois Catholiques perdront ainsi leur fils, leur fille aînée et le fils de cette dernière. La roue du destin a tourné… Jeanne, leur deuxième fille, qui a épousé Philippe d'Autriche, héritera des royaumes de Castille et d'Aragon – mais elle deviendra folle à la mort de son mari.

Juan del Encina décrit le trouble qui s'empare de l'Espagne :

> *« La fleur de notre espérance a séché.*
> *Des épines sont nées, la rose a séché.*
> *La fleur a séché et les ronces sont apparues*[1]. »

La fleur a séché ! Marguerite suit ses beaux-parents de ville en ville, prostrée, sans réaction. Que ressent-elle ? Le désespoir et la honte. Elle a aimé, elle a souffert et le prolongement de cet amour, de cette souffrance, un enfant, elle n'a pas été capable de le faire.

Elle demeure populaire : Jean Lemaire rapporte qu'elle est « contrainte d'attendre la nuit dans l'ombre des oliviers » pour entrer dans les villes, tant la foule se presse autour d'elle[2]. Mais son séjour en Espagne n'a plus de signification.

---

1. Louis Cardaillac, *L'Espagne des Rois catholiques*, p. 218.
2. Jean Lemaire de Belges, *La Couronne margaritique,* p. 91.

Le roi Ferdinand la retient pour une question d'argent. En septembre 1499 à Grenade, son retour dans les Pays-Bas est enfin décidé. Son père et son beau-père ont trouvé un arrangement : elle peut quitter l'Espagne avec ses manuscrits, ses bijoux, ses cadeaux de mariage. Mais Ferdinand refuse de payer les frais du voyage : pour partir, Marguerite doit emprunter quelques milliers de couronnes à des banquiers andalous.

A l'automne, elle se dirige vers le nord, traverse Burgos, la ville du bonheur ; par Bilbao, elle gagne la France. A Bayonne, Jacques de Luxembourg l'attend avec une escorte : sa gouvernante Jeanne de Hallewin est venue, comme Antoine de Berghes, Jacques d'Oignies et la fleur de la noblesse bourguignonne[1].

Marguerite chemine lentement au pas des chevaux de sa litière, sur les chemins de ce royaume de France qui devait être le sien. Il a neigé sur les Pyrénées et il fait froid, très froid. Elle trouve à nouveau la neige dans le Poitou. Elle arrive à Paris en février 1500 : le jour précis n'est pas connu. Comment ne pas évoquer le passé ? Ici, elle a été reçue en juin 1483 comme la future reine de France, il y a dix-sept ans. Charles VIII est mort à Amboise en avril 1498, le roi qui devait être son mari… Personne, aujourd'hui, ne l'attend à Paris, bien que Louis XII, avec lequel elle a joué enfant, ait donné des ordres pour qu'elle fût bien reçue.

A Arras, Guillaume de Chièvres vient à sa rencontre et lui fait presser l'allure : à Gand, Jeanne a donné

---

1. Le compte de Jean de Sonvans relatant les dépenses du voyage n'a malheureusement pas été conservé (Max Bruchet, *Marguerite d'Autriche, duchesse de Savoie*, p. 26).

naissance à un fils, qui sera Charles Quint. Marguerite est sa marraine : elle voudrait que son filleul ne s'appelle pas Charles mais porte le prénom de son grand-père, Maximilien. Pour s'opposer à la France, la Bourgogne ne suffit pas : Maximilien, c'est le rêve de l'Empire, de la chrétienté rassemblée.

Marguerite arrive à Gand le 4 mars 1500. Trois jours après, Charles est baptisé dans la cathédrale Saint-Jean et reçoit le titre de duc de Luxembourg.

En avril, Marguerite rejoint au Quesnoy le château que son frère a aménagé pour elle, et qu'aimait son grand-père Charles le Téméraire. Elle est seule avec ses souvenirs. Elle tombe malade, gravement. Est-ce le contrecoup de tant d'épreuves ? Elle appelle Marguerite d'York à son secours.

CHAPITRE III

Duchesse de Savoie

Celle-ci accourt.

Grande, blonde, plantureuse, Marguerite d'York a été d'une beauté singulière ; à cinquante ans, elle le demeure, les yeux plus gris, le maintien plus austère[1]. Depuis vingt ans, elle est écartée de tout – du pouvoir, de son pays d'origine, de sa famille d'adoption. Elle vit avec sa souffrance, la projette dans la souffrance des autres : elle aime Marguerite plus encore parce qu'elle souffre comme elle. Marguerite a vingt ans, l'âge qu'elle-même avait quand elle a quitté l'Angleterre et épousé Charles de Bourgogne : l'âge des rêves et des promesses.

A vingt ans, Marguerite est déjà veuve et, pour la deuxième fois, renvoyée dans son pays ! Mais elle est robuste ; elle croit à la vie, au bonheur. Elle dort, se repose et guérit. Dans la journée, elle chasse et écrit des poèmes.

Son père ne va pas la laisser longtemps tranquille.

---

1. Marguerite d'York est née en 1446, à la fin de la guerre de Cent Ans.

Elle n'a pas quitté l'Espagne que, déjà, il a songé pour elle à un nouveau mariage : il a approché Louis XII, le duc de Milan. Le roi d'Ecosse s'est mis sur les rangs : Maximilien l'a écarté ; il préférerait le prince de Galles. D'autres idées encore l'assaillent : il pense au roi de Hongrie.

Une combinaison va l'emporter, qui n'est pas de lui mais de son fils. Jeanne la Folle est devenue l'héritière des royaumes de Castille et d'Aragon : Philippe le Beau rêve des couronnes d'Espagne, il ressent l'appel du large après la révolte des villes de Flandre qu'il a dû subir. Pour gagner l'Espagne, il a besoin de l'accord de Louis XII. Sa sœur Marguerite devient un enjeu de pouvoir : il recherche pour elle un mariage qui convienne au roi et à l'empereur et puisse servir sa politique. Son choix se porte sur Philibert de Savoie.

La Savoie est un Etat bicéphale qui s'étend du pays de Vaud au Piémont, de la Bresse au comté de Nice. Elle se déploie de part et d'autre des Alpes : alors que commencent les guerres d'Italie, elle occupe une position stratégique. A la Cour de Savoie se forment, tout naturellement, un parti français et un parti milanais. Le roi de France convoite la Bresse et le duc de Milan, le Piémont. L'un et l'autre attendent le moment de saisir leur proie.

Au début du XVIe siècle, la Savoie est sous influence française : le duc Amédée IX a épousé en 1452 Yolande de France, et Louis XI en 1457 la sœur d'Amédée, Charlotte de Savoie. Philippe de Bresse, le jeune frère d'Amédée et de Charlotte, a épousé, lui aussi, une princesse française, Marguerite de Bourbon. Deux enfants sont nés de cette union : Louise de Savoie, la mère de François Ier, et Philibert, qui a succédé à son père en 1497. Philibert et Louise ont été élevés à la Cour de France. Philibert a participé à la campagne d'Italie : il a reçu Louis XII à Turin, il l'a accompagné à Milan[1].

Gagnant l'Espagne, Philippe le Beau conclut avec le roi de France, en août 1501, le traité de Lyon : son fils Charles épousera la fille de Louis XII. Le mariage de Marguerite s'inscrit dans le prolongement de cette entente nouvelle entre les Pays-Bas, la France et l'Espagne.

Philibert de Savoie est né à Pont-d'Ain le 10 avril 1480. Un lundi comme Marguerite ; il a le même âge, il a grandi avec elle à Amboise. Il a épousé en mai 1496 sa cousine Yolande-Louise, qui avait alors dix ans. Elle est morte en septembre 1499 avant que le mariage soit consommé.

Philibert est beau, très beau : pour Gattinara, le futur chancelier de Charles Quint, c'est même le plus bel homme de son temps. Grand, sensible et généreux, il aime les plaisirs violents, les tournois, les chasses et les femmes. Lemaire le décrit comme « vert en âge, gaillard de corps et d'ardent courage, adonné totalement à l'exercice voluptueux et juvénile de la chasse[2] ». Il a l'aisance d'un athlète accompli, avec un penchant inné pour le faste et l'éclat. Il devient l'idole de son peuple pour sa jeunesse et sa force, sa gaieté et sa générosité.

La vie lui sourit, il la brûle. Il se décharge des tâches

---

1. Samuel Guichenon, *Histoire généalogique de la royale maison de Savoye,* tome I, p. 608-611. Cette œuvre magistrale du XVIIe siècle a été rééditée en 1976 par les Editions Horvath.

2. Jean Lemaire de Belges, *La Couronne margaritique,* p. 19.

du gouvernement sur ses conseillers et sur son frère René, « le bâtard de Savoie », qui dirige à Chambéry le parti français. La gestion des affaires publiques n'est pas son affaire. Il court après de nouvelles sensations avec, parfois, dans le regard, un voile d'inquiétude : « Il se dégoûte vite, écrit Cambiano, des choses qu'il a le plus ardemment convoitées.[1] »

Marguerite est belle et sensuelle comme lui. A vingt ans, elle ne peut vivre accrochée au souvenir de Juan ; elle veut être associée au choix de son futur mari. Malgré les épreuves subies, elle aime rire et chanter, jouer et danser. La vie est en elle plus forte que le malheur : dans la vie, écrit Chardonne, « il y a une force insensée qui nous surpasse, qui nous impose d'agir et d'aimer[2] ». Marguerite possède cette force qui lui fait regarder chaque matin comme un commencement. Philibert est pour elle la promesse d'une existence paisible, d'une vraie vie de femme après les orages de l'adolescence. Le choix d'un homme fort, de son âge, de sa langue et de sa culture.

Les négociations du mariage sont conduites par Gérard de Plaine, dont le père Thomas a été chancelier de Bourgogne et qui deviendra président du Conseil des Pays-Bas. Elles sont rondement menées. S'étant assuré de l'accord de Louis XII, Philippe le Beau envoie, en novembre 1500, Gérard de Plaine en Savoie. Les instructions qu'il lui remet n'ont été retrouvées ni dans les archives de la Cour de Bourgogne ni dans celles de la Cour de Savoie. Après avoir

1. Jules Baux, *Histoire de l'église de Brou*, p. 31.
2. Jacques Chardonne, *Les Destinées sentimentales*, p. 377.

donné son accord à Gérard de Plaine, Philibert adresse à Philippe le Beau une ambassade, que conduit Amé de Viry. Ses délégués sont reçus au Quesnoy, à Valenciennes, puis à Bruxelles, où le contrat de mariage est signé le 26 septembre 1501.

Marguerite renonce à la succession de sa mère. Son frère s'engage à lui verser une dot de trois cent mille écus d'or, payable à Genève en dix annuités de trente mille écus. Cette somme s'ajoutera aux revenus du douaire d'Espagne, qui s'élèvent à vingt mille écus d'or. De son côté, le duc de Savoie promet à sa future épouse, en cas de veuvage, un douaire de douze mille écus d'or, garanti sur les revenus du comté de Romont, du pays de Vaud, du Faucigny, au besoin sur d'autres terres.

La curie romaine a été saisie d'une demande de dispense en raison de la parenté des époux. La mère de Philibert, Marguerite de Bourbon, est la sœur d'Isabelle de Bourbon, l'épouse du Téméraire. La bulle papale autorisant le mariage est signée par Alexandre VI à Rome le 1er octobre 1501 : là aussi, les choses n'ont pas traîné[1]. Le 13 novembre, Philibert désigne son frère René pour épouser Marguerite par procuration.

Une difficulté va surgir. Les négociateurs des Pays-Bas veulent obtenir davantage sur le plan financier. L'administration bourguignonne a analysé les clauses du douaire : elle estime que les garanties proposées par le contrat de mariage ne sont pas suffisantes. Elle

1. Emmanuel de Quinsonas a publié la bulle du pape dans ses *Matériaux pour servir à l'histoire de Marguerite d'Autriche*, troisième partie, p. 41.

LA SAVOIE AU XVIe SIÈCLE

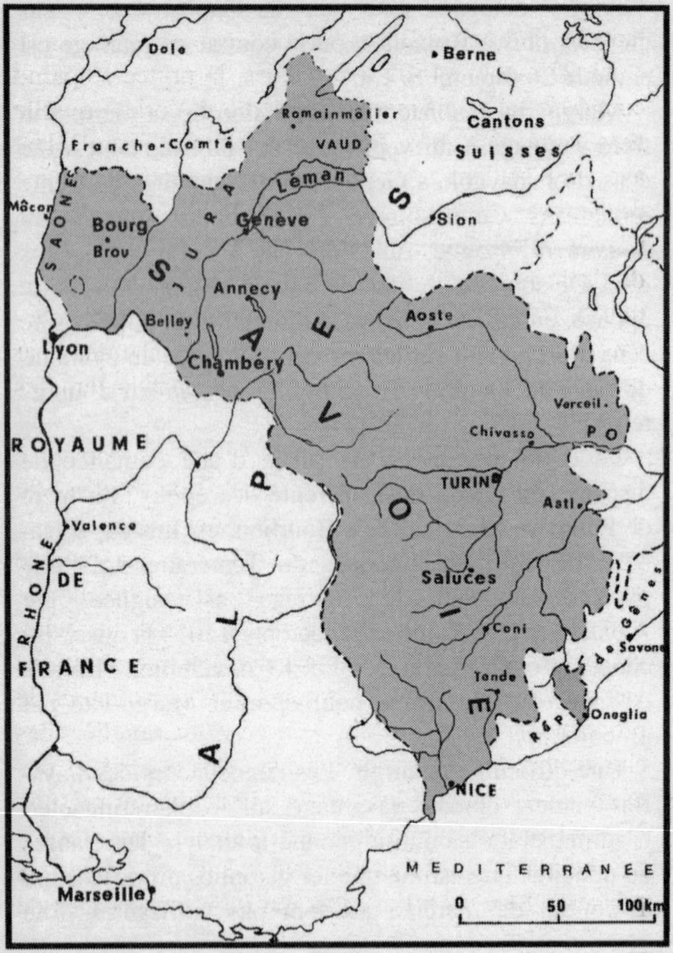

Carte établie par le Pr Gérard Mottet en collaboration avec Julien Mercé.

demande qu'elles soient étendues aux comtés de Bresse et de Bâgé. Elle obtient satisfaction : Philibert ne peut refuser les dernières conditions qu'exigent les représentants de Philippe le Beau.

Le 27 octobre 1501 à Bruxelles, la princesse prend congé de sa grand-mère Marguerite d'York – qu'elle ne reverra plus. Son frère l'accompagne jusqu'à Hal avec une brillante escorte : Gérard de Plaine, Antoine de Berghes, Etienne de Chassey, Philibert de Veyré, Claude de Neufchâtel, le prince d'Orange et le marquis de Rothelin[1]. Avec les dames d'honneur et les domestiques, c'est une caravane de deux cent cinquante chevaux qui gagne le pays de Vaud. Elle chemine par petites étapes : les jours sont courts et, dans le Jura, les chemins couverts de neige[2].

A la fin du mois d'octobre, Marguerite arrive à Guise : elle entre sur les terres du roi de France. Au nom de Louis XII, le seigneur de Fontaine lui donne pouvoir d'octroyer des lettres de rémission en signe de souveraineté, sauf aux « brûleurs d'églises, violeurs de femmes et pillards de chemins ». A Reims, les échevins, les membres du clergé et des corporations viennent au-devant d'elle, portant croix et bannières de processions. Ils lui offrent « un cerf, un sanglier, des chevreaux, des paons, des faisans, des perdrix et des lapins ». A Châlons, les mêmes victuailles ou presque lui sont proposées : la faim est présente dans l'esprit des habitants du début du XVIe siècle. A Troyes, la princesse loge chez l'évêque, qui lui remet les clés de

1. Tous ces noms figurent dans le compte du receveur général des finances des Pays-Bas, Simon Longin, pour l'année 1501.

2. Molinet, *Chroniques*, tome V, p. 152-167.

son cellier. Elle atteint Bar-sur-Seine le 11 novembre et entre à Dijon trois jours après.

C'est la petite-fille du Téméraire qui reçoit l'hommage de la Bourgogne, comme un regret de l'époque des ducs. « Jamais dame ne fut plus aimée et plus acclamée par les gens de Dijon », note Molinet. Au nom des échevins, Jacques Buffet prononce une harangue qui retrace la généalogie de « Madame Marguerite » ; il rappelle le dernier séjour à Dijon de Charles le Téméraire lors du transfert des corps de ses parents à la chartreuse de Champmol en février 1474. Le duc est mort il y a vingt-trois ans : le temps à peine d'une génération. Son souvenir demeure présent dans les mémoires. Gérard de Plaine, qui répond à Buffet, garde, lui aussi, le souvenir de la grande époque des ducs de Bourgogne.

Par Dole, le 22 novembre, Marguerite pénètre en Franche-Comté. Son voyage s'apparente à une marche triomphale : les habitants l'attendent aux portes des villes, l'escortent et crient « Vive Bourgogne ». Le traité d'Arras les a donnés à la France, celui de Senlis les a rendus à la Bourgogne. La venue de Marguerite leur permet d'affirmer leurs sentiments : ils ne veulent pas être rattachés à la couronne de France.

Une frontière sépare la Franche-Comté de la Bourgogne : la première a appartenu à l'Empire, la seconde au royaume. Cette division est perceptible aujourd'hui encore : deux régions se partagent le territoire des ducs de Bourgogne[1].

---

1. Seul, Edgar Faure, qui fut président du conseil régional de Franche-Comté, pouvait les réunir. La mort ne lui a pas permis de réaliser cette ambition – la dernière de son existence publique.

Marguerite va son chemin, recevant de ville en ville l'hommage de ses sujets : Dole le 22 novembre, Vaudrey le 25, Salins le 26. Les habitants se battent « à coups de bâtons », selon Molinet, pour l'approcher. Plus tard, son père lui donnera la Comté – qui l'adopte déjà [1].

A Salins, le dimanche 28 novembre, a lieu le mariage par procuration. Marguerite porte une robe de velours noir. Devenant duchesse de Savoie, elle abandonne ses vêtements de deuil et s'habille d'une robe de drap d'or, doublée de satin cramoisi. Dans le château, un lit a été préparé : elle s'y couche devant les nobles assemblés, le bâtard de Savoie à ses côtés, une jambe dans le lit selon la tradition. Il plaisante, se retire et se met à genoux : Marguerite est devenue sa souveraine. Elle deviendra son adversaire et le chassera des Etats de son frère.

A Pontarlier, le 1er décembre, l'accord sur le douaire est conclu. Par Vallorbe, Marguerite entre dans le pays de Vaud : elle gagne Romainmôtier, où son époux va la rejoindre.

Romainmôtier est un lieu voué à la prière, à la contemplation, à la rencontre avec Dieu. Dans un vallon retiré, sur la rive du Nozon, une abbaye a été créée au Ve siècle par saint Romain. La plus ancienne de la Suisse : elle a été incendiée, reconstruite au VIIe siècle, détruite à nouveau. Une troisième église a été édifiée au XIe siècle, un chœur gothique élevé au XIVe siècle. Le travail des hommes sans cesse poursuivi pour chanter Dieu. Le pape Etienne II, allant couronner Pépin le

1. De Dijon à Genève, j'ai suivi le chemin qu'emprunta Marguerite dans l'hiver 1500-1501.

Bref, roi des Francs, s'est arrêté en 753 à Romainmôtier ; il a dédié l'église aux apôtres Pierre et Paul. « La parole a habité parmi nous, pleine de grâce et de vérité » : c'est ce sentiment de plénitude et d'humanité que donne Romainmôtier aujourd'hui encore, quinze siècles après la fondation de l'abbaye [1].

Pour quelles raisons Philibert de Savoie a-t-il choisi Romainmôtier pour son mariage ? Romainmôtier si petit, si caché dans son vallon ! Philibert est pressé : sur le chemin de Pontarlier à Genève, Romainmôtier est la première abbaye qui soit sur ses terres, et le prieur, Michel de Savoie, est son cousin [2]. Marguerite doit entrer à Genève comme duchesse de Savoie.

Mais quel contraste entre la cathédrale de Burgos, où Marguerite a épousé Juan, et l'humble prieuré de Romainmôtier, où elle va s'unir à Philibert !

Elle descend de Vallorbe dans sa litière, au pas des chevaux. La neige tombe, la nuit approche : elle a froid. Quelques bruits assourdis lui parviennent dans le lointain, mais elle n'aperçoit le village au fond du vallon qu'au dernier tournant de la route. Philibert n'est pas là pour l'attendre. Le prieur lui a réservé sa chambre : une table, un lit, deux fauteuils sous un plafond bas. Des bûches brûlent dans la cheminée.

Philibert arrive : un tourbillon. Il court la saluer « tout houssé », en costume de voyage [3]. Il se retire,

---

1. L'histoire de Romainmôtier, écrite au début du siècle, a été rééditée en 1988 par les éditions Cabédita de Morges.

2. Michel de Savoie, qui deviendra évêque de Sisteron, est prieur commanditaire de Romainmôtier.

3. Molinet, *Chroniques,* tome V, p. 160.

revêt un habit de velours, revient. Marguerite le contemple tout à loisir : taillé en force, il est encore plus grand, plus beau qu'elle ne l'a imaginé. Des cheveux châtains sur les épaules, il a des yeux bruns, très tendres. Il la prend dans ses bras, l'entraîne dans une danse, improvise un bal. Aux sons d'un orchestre de fortune, Philibert et Marguerite dansent et dansent encore à la lueur des flammes dans la cheminée : c'est le souvenir que gardera la princesse de son mariage.

A minuit, dans une église à peine éclairée et très froide, l'évêque de Maurienne, Louis de Gorrevod, célèbre la messe et reçoit le consentement des époux : Marguerite de Habsbourg, princesse d'Autriche, duchesse de Bourgogne, devient duchesse de Savoie. Devant quelques familiers, comme à Burgos lors de son premier mariage.

Philibert entraîne Marguerite dans la chambre du prieur. Il a renvoyé demoiselles d'honneur et valets. Ils sont seuls, mari et femme. Molinet, qui décrit le mariage de Savoie, ajoute : « Ils se couchèrent ensemble jusqu'à douze heures au jour[1]. » Le lendemain, ils dînent et dansent à nouveau.

Le 4 décembre, par Rolle et Coppet, les époux gagnent Genève[2]. La ville n'est pas prête pour les recevoir : ils doivent attendre deux jours. Dans le

1. Molinet, *Chroniques*, tome V, p. 160.

2. J'ai effectué le pèlerinage de Romainmôtier, visité l'église et la maison du prieur – qui n'a guère changé – comme Quinsonas l'a fait au siècle dernier (Emmanuel de Quinsonas, *Matériaux pour servir l'histoire de Marguerite d'Autriche,* première partie, « Un pèlerinage à Romain-Motier », p. 26-76).

prieuré de Saint-Victor, Philibert est rejoint par ses frères, Charles et Philippe[1].

Le 8 décembre, les souverains effectuent leur « joyeuse entrée » à Genève. Sur une haquenée blanche, dans un manteau de drap d'or, Marguerite monte lentement vers la cathédrale Saint-Pierre : elle sourit, elle est heureuse. Les fêtes vont durer tout le mois. Ce sont les dernières de la maison de Savoie. Fêtes éclatantes à l'aube des temps nouveaux : elles marquent la fin du Moyen Age.

Devant Marguerite et pour Marguerite, Philibert participe à des joutes ; il combat et désarme ses adversaires, « le plus fort et le plus puissant », toujours selon Molinet. Il comble sa femme d'un amour impétueux. Pour Marguerite, le passé s'efface.

Au printemps, par la vallée du Rhône, le couple princier gagne Chambéry, qu'il atteint le 15 mai. Puis il entreprend le tour de ses Etats : il entre à Bourg le 5 août, s'installe à l'automne à Pont-d'Ain et, au début de 1503, gagne Turin. Marguerite présente l'image même du bonheur.

Comment l'accueillir ? Quels présents lui offrir ? Ces questions animent les débats des conseils municipaux de Savoie en 1502 et 1503. Dans les archives de Bourg-en-Bresse, Jules Baux, qui fut au XIXe siècle l'archiviste du département de l'Ain, a retrouvé et publié les délibérations – en latin – du conseil de la ville[2]. Les textes portent témoignage, plus que tout

---

1. Charles a quatorze ans, Philippe dix ans. Charles succédera à Philibert.

2. Jules Baux, *Histoire de l'église de Brou*, p. 18-29.

autre document, de l'état d'esprit qui était alors celui des habitants du duché.

La municipalité de Bourg n'a pas d'argent : pour recevoir ses souverains, elle commence par emprunter sept cents florins aux prêtres de l'église Notre-Dame. Quel cadeau offrir ? Certains conseillers proposent d'offrir des tasses et des aiguières en argent ; pour d'autres, des bassins de vermeil feraient mieux l'affaire. Indécis, le maire suggère de demander l'avis du gouverneur de Bresse, Jean de Loriol. Ce dernier est à Genève, qu'à cela ne tienne ! On envoie Geoffroy Guillot, capitaine de la ville, le trouver. Guillot ne peut se présenter à la Cour les mains vides : le Conseil vote l'achat de quatre douzaines de fromages, que Guillot remettra aux souverains. Treize jours après, il est de retour à Bourg : les cadeaux ont été appréciés.

Le gouverneur arrive. Que faut-il offrir à ce dernier ? Un nouveau débat s'engage. Le Conseil opte pour du vin et des confitures. Les mois de mai, de juin et de juillet se passent ainsi en préparatifs : scènes de la vie provinciale proches des pratiques des villes de Flandre. Pour organiser la fête, on recourt à « Maître Pierre » : c'est un bateleur – mal chaussé… Le Conseil lui offre des brodequins neufs.

Le 5 août, les souverains arrivent dans la capitale de la Bresse. Marguerite monte une haquenée couverte d'un drap aux armes de Bourgogne ; elle porte une robe de velours cramoisi, sur laquelle sont incrustés les écussons d'Autriche et de Savoie. A ses côtés, Philibert caracole, ravi de l'enthousiasme populaire que suscite son épouse. Genou en terre, les syndics présentent les clés de la ville. Jean Palluat débite une harangue en leur nom, dont les termes ont été négociés avec le gouverneur. Aujourd'hui encore, les choses se pratiquent ainsi. Sur un éléphant de carton, quatre jeunes filles sont censées illustrer les vertus de la Bresse : la bonté, l'obéissance, la raison et la justice. Plus loin, sainte Marguerite étend la main droite sur la princesse et montre, de l'autre, le trône que Dieu lui réserve dans le ciel. Des anges chantent : « Le ciel envie Marguerite à la terre. » Plus loin encore, Hercule et Jason partent conquérir la Toison d'or : Médée, qui crie sa vengeance, est la fille de l'avocat fiscal. La palme revient aux religieux de Seillon, qui présentent l'allégorie de la pucelle et de la fontaine. Une pucelle de carton laisse tomber, par ses seins de métal colorié, deux jets de vin dans une fontaine à ses pieds : le public rompt les barrières, Marguerite manque d'être renversée…

Elle entre enfin dans le château, où les syndics lui offrent le cadeau qui a été finalement retenu : une médaille d'or de Jean Marende. Sur une face, le prince et la princesse dans un champ semé de fleurs de lys, avec ces mots à l'entour : *Philibertus Dux Sabaudiaie VIII^{us} Margarita Maxi. Aug. Fi. D. Sab.* ; sur le revers, les armes de Savoie et d'Autriche.

A la fin du Moyen Age, les gens étaient pauvres, leur logement misérable, la peste les frappait par milliers, mais ils avaient le sens de la fête et « une capacité illimitée de passion et de fantaisie[1] ». Ils ont plus gémi, plus pleuré, plus crié que nous, mais ils savaient, ce que nous ne savons plus, que « devant la mort ne reste que la joie[2] ». Ils avaient des têtes d'enfants ; ils oscillaient entre la peur de l'enfer et les plaisirs naïfs. Les

1. Johan Huizinga, *L'Automne du Moyen Age*, p. 15.

2. Drieu La Rochelle, *Mémoires de Dirk Raspe*, p. 63 (Gallimard, 1966).

mystères qu'ils présentaient à l'occasion des « joyeuses entrées » expriment leur appétit de la vie.

Marguerite veut plus que les apparences du pouvoir ; elle veut le pouvoir lui-même. Ses nuits ne sauraient la contenter. Son mari a abandonné le gouvernement à son frère René : elle refuse d'accepter une telle situation. Entre la fille de l'empereur et le bâtard de Savoie, la lutte est inégale. René n'imagine pas un instant que la jeune princesse qu'il a épousée par procuration puisse lui ravir le pouvoir.

Sa mère, Libera Portoneri di Carignano, appartient à une famille noble du Piémont. Il a été élevé, comme Philibert et Louise, en France à la cour des Valois. Jeune, il a vécu d'expédients ; l'avènement de son frère a été pour lui « une aubaine inespérée[1] ». Philibert se désintéresse de la politique et René se rend indispensable. Philibert lui donne le comté de Villars, la seigneurie de Gourdans, le comté de Nice ; il le nomme lieutenant général. René obtient même, en octobre 1499, des lettres de légitimation de l'empereur Maximilien. Tout lui sourit : il épouse à Nice Anne de Tende, dont les ancêtres ont régné sur Byzance au temps des croisades. Une ascension aussi rapide devrait lui imposer une certaine retenue ! Or il ne ménage ni le clergé ni la noblesse. Il dépense sans compter : comme il n'a guère de revenus, il puise dans la caisse publique.

Marguerite va exploiter contre lui la réprobation qui s'attache à sa personne et à son action. Pour la première fois, elle donne la mesure de son talent sur le terrain

1. Max Bruchet, *Marguerite d'Autriche, duchesse de Savoie*, p. 37.

politique. Avec une science du gouvernement, un art de la main qui déconcerte. Elle conduit un coup d'Etat en trois temps : elle s'assure d'abord de la confiance du duc ; puis elle discrédite son adversaire ; enfin, elle recourt à l'empereur, son père. Du cousu main !

Philibert ne peut vivre sans elle : les arrières de Marguerite sont donc assurés. Le bâtard a noué des relations avec les cantons de Berne et de Fribourg : il est accusé de trahison, condamné, banni. L'empereur revient sur les lettres de légitimation qu'il lui a accordées : René est retranché de la généalogie savoyarde, perd son nom, devient « René de Bresse » ! En quelques mois, la volonté souriante de Marguerite a changé son destin.

Louis XII accueille René à Amboise, mais ne le défend pas. Le bâtard de Savoie deviendra un grand capitaine, que Brantôme célébrera, mais il ne jouera plus aucun rôle politique : Marguerite n'acceptera jamais de se réconcilier avec lui.

A Pont-d'Ain, Chambéry, Turin, peu à peu, elle avance ses pions. Elle se souvient des leçons d'Anne de Beaujeu et d'Isabelle la Catholique. Elle s'appuie sur son père et sur son frère. En deux ans, elle devient un élément majeur de la politique européenne.

Dans le même temps, Philippe le Beau se dégage de l'influence de ses conseillers bourguignons, les Croy, les Berghes, les Lalaing. Lui aussi rêve de grands espaces : l'Espagne lui importe désormais plus que les Pays-Bas. Comme son père et sa sœur, il affirme « une politique dynastique[1] ». Il s'unit à la France, conclut

1. Henri Pirenne, *Histoire de Belgique*, tome III, p. 66.

Philibert et Marguerite de Savoie

Médaille exécutée par Jean Marende et offerte aux souverains de Savoie en juillet 1502 par la ville de Bourg.

avec Louis XII un nouveau traité, promet le mariage de son fils Charles avec Claude de France. Il ne consulte pas son beau-père Ferdinand d'Aragon, qui le désavoue. Il pensait l'engager : le voici ridicule ! Il tombe malade et se réfugie chez sa sœur. Il entraîne son père dans son entente avec la France : en septembre 1504, le traité de Blois confirme celui de Lyon, stipule une amitié indissoluble entre Maximilien, Philippe et Louis XII – qui « ne seront plus qu'une seule âme dans trois corps[1] »...

Le même mois, Philibert et Marguerite rejoignent le château de Pont-d'Ain, leur résidence préférée, au pied du Revermont, aux confins de la Bresse et du Bugey – pour leurs derniers jours de bonheur.

L'été est chaud et sec. Au cours d'une chasse en forêt, Philibert, échauffé par la poursuite d'un sanglier, s'arrête pour déjeuner auprès de la fontaine de Saint-Bourbaz. Il est en sueur, halète et, à genoux, boit des gorgées d'eau froide. Plus il avale, plus il est oppressé : la tête lui tourne, il s'allonge. On lui amène un cheval, sur lequel il se hisse avec difficulté. Jean Lemaire abandonne le style compliqué qui est le sien pour décrire la tragédie qui se prépare – car Philibert va mourir : « Il mit la main à la poitrine, puis commença à baisser la tête et à se douloir grandement[2]. » Il est « comme un grand cerf ramé » qui se couche dans l'herbe pour ne plus se relever. Une pleurésie se déclare, qui l'emporte en quelques jours. Il meurt dans les bras de son épouse le 10 septembre 1504.

1. *Idem*, p. 67.

2. Jean Lemaire de Belges, *La Couronne margaritique*, p. 28.

Marguerite est de nouveau veuve – à vingt-quatre ans. Elle a perdu Juan, et maintenant Philibert. Marguerite d'York est morte et Philippe a regagné l'Espagne : elle est seule – comme toujours. Elle hurle comme une bête qui ne peut rien faire d'autre pour exprimer sa douleur. Elle coupe ses cheveux, s'habille de bure noire. Elle veut se jeter d'une fenêtre. Pourquoi le sort s'acharne-t-il ainsi sur elle ?

Que reste-t-il ? Comme dans la *Pieta* du Prado de Van der Weyden – l'un de ses tableaux préférés – une croix vide sur un ciel immense. Au pied de la croix, la douleur.

C'est alors qu'elle choisit sa devise : *Fortune infortune fort une*. Dans la souffrance, le cœur de l'homme et le cœur du monde ne font qu'un : le désespoir de Marguerite s'accorde à toutes les misères de l'humanité, qu'elle côtoyait mais ne voyait pas. Elle lit Christine de Pizan qui fut, comme elle, veuve très jeune et, avant elle, « de liesse bannie[1] ».

Elle se réfugie dans la poésie :

« Espoir j'ay eu, partant de mon enffance,
Et tousjours ay et veulx avoir espoir
La ou l'ay mis, car vous debves scavoir
Que tout mon bien il gist et mon avance.

Pour la source et bonne redevance
De tous malleurs que je pourroye avoir,
Espoir j'ay eu.

1. Christine de Pizan, *Cent ballades d'amant et de dame*, XLVIII, Editions Jacqueline Cerquiglini, p. 80.

Tout tant que j'ay, sans point de deffaillance,
De la vie vient non pas de mon pouvoir ;
Si peult l'on bien, par mes ditz, parcevoir
Que contre tous maleurs pour resistance
Espoir j'ay eu[1]. »

1. Marcel Françon, *Albums poétiques de Marguerite d'Autriche*, p. 175.

LE TEMPS DU POUVOIR

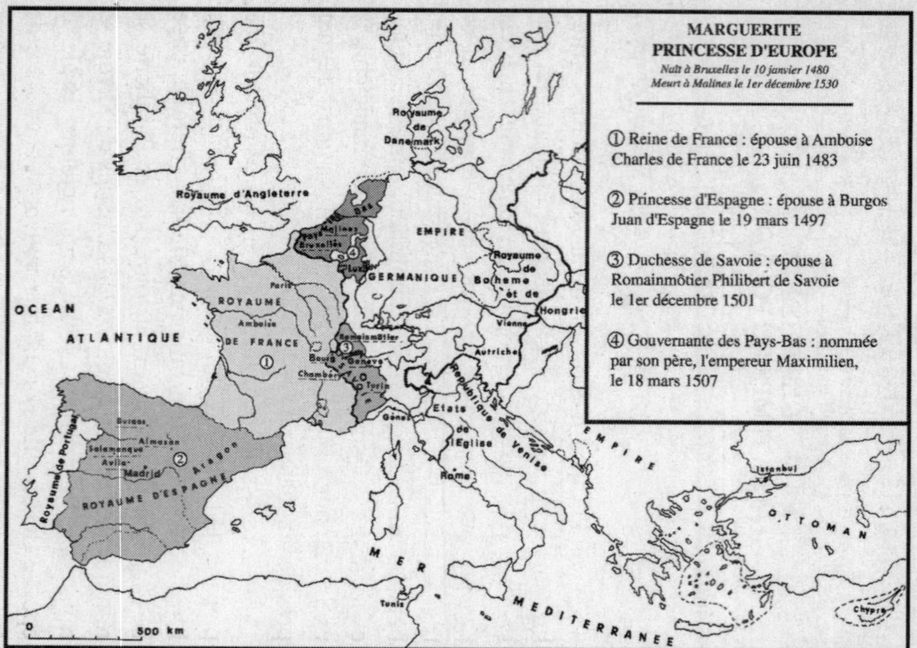

Carte établie par le Pr Gérard Mottet en collaboration avec Julien Mercé.

CHAPITRE IV

La mort de Philippe le Beau

Quand Philibert meurt, son demi-frère Charles – dix-huit ans – lui succède. « Chétif, petit et même un peu bossu », petit au moral comme au physique : il n'est pas préparé au pouvoir et, dès son avènement, il se révèle incapable de gouverner, de choisir son camp, ballotté entre Louis XII et Maximilien, entre la France et l'Empire[1]. Quémandant ici une aide financière, là une couronne : indécis, misérable. Il va ainsi régner près de cinquante ans – de 1504 à 1553.

D'abord asservi aux intérêts français, il obtient une pension de Louis XII. En février 1515, il marie sa sœur Philiberte de Savoie à Julien de Médicis, frère du pape Léon X. Julien meurt un an plus tard et Philiberte se réfugie à la Cour de France. Mais Charles de Savoie se rapproche de Charles Quint : en octobre 1521, il épouse Béatrice de Portugal et devient le beau-frère de l'empereur. Il rêve, voudrait être roi de Chypre – espoir

1. Max Bruchet, *Marguerite d'Autriche, duchesse de Savoie*, p. 77.

fou, sans rapport avec sa situation politique et ses capacités personnelles.

Chypre est possession vénitienne : il s'engage dans la Ligue de Cambrai contre Venise, promet à Marguerite la souveraineté – qu'elle convoite – sur la Bresse en échange de la reconnaissance de ses droits à la couronne de Chypre[1].

Marguerite n'a jamais éprouvé la moindre inclination pour son jeune beau-frère, qu'elle regardait à peine. Sans imaginer qu'il pourrait succéder si vite à Philibert ! Elle va livrer contre lui son premier combat. Elle s'accroche à son douaire, qui devient sa raison de vivre : elle veut administrer en souveraine les pays qui forment son héritage.

La rente, que prévoit son contrat de mariage, a été fixée à douze mille écus par an : elle est garantie par les revenus des pays de Vaud, de Romont, de Faucigny et, s'il le faut, des comtés de Bresse et de Bâgé. Après la disgrâce du bâtard de Savoie, Philibert a donné à sa femme, en juillet 1502, le comté de Villars et, en septembre 1503, la seigneurie de Thonon. C'est beaucoup ! De telles libéralités limitent singulièrement les pouvoirs du nouveau duc de Savoie.

Le débat sur le douaire est « dominé par le principe d'autorité[2] ». Ce n'est pas l'argent que Marguerite recherche en priorité, mais la souveraineté sur les pays dont elle encaisse les revenus : elle a pris le goût du

---

1. Louis de Savoie épousa en 1459 Anne de Lusignan, fille du roi de Chypre. Mais l'île est devenue en 1489 une possession vénitienne.

2. Max Bruchet, *Marguerite d'Autriche, duchesse de Savoie*, p. 91.

pouvoir. Dans son château de Pont-d'Ain, elle se sent « perdue et oubliée » : elle l'écrit à son père[1]. La gestion de son douaire prend une importance démesurée, devient le lien qui l'attache à la vie.

Charles III n'a pas l'intelligence de comprendre cette situation et d'effectuer les concessions qui pourraient éviter le conflit. Il s'enferme dans la lettre de textes que ses légistes interprètent sans ouverture d'esprit.

Marguerite fait appel à l'empereur : le combat paraît inégal entre une femme volontaire, qui n'a plus rien à perdre, et un prince frêle, timoré, hésitant. Cependant, ce dernier l'emportera : la fille de Maximilien, la tante de Charles Quint, tout au long d'un conflit qui durera jusqu'à sa mort, « ne parviendra pas à vaincre la résistance du loyalisme savoyard[2] ».

La fin de l'année 1504 se passe en propos aigres-doux : le duc consent à laisser le domaine utile des pays du douaire à « l'archiduchesse d'Autriche et de Bourgogne », mais multiplie les restrictions : défense de prendre le titre de « dame de Vaud » que Marguerite entend porter ; défense de nommer un gouverneur, des baillis et des juges ; défense de vérifier les conditions de levée des impôts.

Sans s'embarrasser des textes, Marguerite recourt à l'arbitrage de son père. Le duc de Savoie est vicaire du Saint Empire : elle oblige les conseillers de Charles III à se rendre à Strasbourg – où se trouve Maximilien. Le 5 mai 1505, en présence de l'empereur, un accord est conclu, qui va constituer la charte du douaire : Margue-

1. Comte Henry Carton de Wiart, *Marguerite d'Autriche*, p. 96.

2. Max Bruchet, *Marguerite d'Autriche, duchesse de Savoie*, p. 91.

rite garde la Bresse, le Faucigny et le pays de Vaud; éventuellement, en cas d'insuffisance de revenus, le comté de Villars et la seigneurie de Gourdans. Elle nommera le gouverneur de Bresse, les membres du Conseil et de la Chambre des comptes. Enfin, elle conservera les joyaux que son mari lui a offerts, dans l'attente du versement de sa dot.

Le traité de Strasbourg est ratifié par Charles III le 5 août 1505, avec la réserve que le pays de Vaud ne pourra jamais être détaché des Etats de Savoie – clause que Marguerite accepte le 14 août.

L'entente ne dure guère. Marguerite quitte la Savoie en octobre 1506 pour devenir régente des Pays-Bas. Les gens du duc vont désormais la considérer comme une étrangère, persuadés qu'elle n'aura plus à cœur la défense d'intérêts lointains. Ils s'efforceront de restreindre son domaine et de limiter son autorité. Marguerite ne se laissera pas faire. Toute sa vie, elle défendra son pré carré. Avec cet acharnement qui la marque: tenir, résister, il n'y a rien d'autre.

Charles veut lui prendre la châtellenie de Surpierre dans le pays de Vaud: elle s'y oppose et lui écrit que, s'il pense qu'elle va céder, il « s'en met grandement dans la vue[1] »! S'il persiste dans son intention, elle fera donner les Suisses! Gattinara s'inquiète: il est trop sage pour commettre une telle faute. Il intervient auprès de Maximilien, qui calme sa fille, mais rappelle au duc de Savoie que Marguerite a quitté Pont-d'Ain à sa demande pour « se consacrer au bien de l'Empire »:

1. Lettre de Marguerite de janvier 1508 (Max Bruchet, *Marguerite d'Autriche, duchesse de Savoie*, p. 95).

il enjoint à Charles III de respecter le traité de Strasbourg.

Le duc fait la sourde oreille. Gattinara, bien qu'il soit sujet du Piémont – et donc de Savoie –, rédige un mémoire agressif : il n'a cure de la colère de Charles. Désormais, il sert Marguerite – et elle seule : « Je ne fais, lui écrit-il, que mon devoir, même si je dois déplaire au duc de Savoie[1]. »

Quand Marguerite se rapproche de la France et négocie le traité de Cambrai, Claude de Seyssel, ambassadeur de Louis XII – savoyard de naissance et de cœur – comprend qu'il faut apaiser la régente des Pays-Bas : Charles III s'incline, promet d'abandonner la souveraineté sur la Bresse – ce qu'elle désire avant tout. Il ne tiendra pas parole et le conflit rebondira.

En 1524, deux membres du Conseil des Pays-Bas – et non des moindres –, Nicolas Perrenot de Granvelle et Claude de Ray, se rendent en Savoie. La mission de Nicolas Perrenot, qui deviendra six ans plus tard le chancelier de Charles Quint, dure quarante jours – sans résultat : il ne peut vaincre à Chambéry et Annecy l'entêtement savoyard.

Entre Charles et Marguerite, la querelle porte non seulement sur les terres mais sur les joyaux. Marguerite a reçu de Philibert une croix, une escarboucle et un « monde d'or » : récupérer ces pièces devient pour Charles une obsession ! En 1506, Marguerite rend la croix, que Gattinara lui-même va porter au duc. Mais Charles ne rembourse pas la dot et Marguerite garde les autres joyaux. Ce ne sera qu'en janvier 1537 que

1. Lettre du 3 mars 1508.

Charles Quint, devenu son héritier, les restituera à son beau-frère[1].

Quand Gattinara et Gorrevod ont gagné les Pays-Bas, ils ont laissé leurs épouses à Bourg. Ils résident à Malines mais demeurent président et gouverneur de Bresse. Une fois par an, ils rendent visite à « Madame la Présidente » et « Madame la Maîtresse ». Bourg est redevenue une petite ville de province, paisible, endormie, où chacun commande et personne n'obéit. « Monsieur le Vice-Bailli », « Monsieur le Vice-Président », « Monsieur le Lieutenant de Bresse » se disputent la première place : ces « chats fourrés », que Max Bruchet prend plaisir à décrire, s'échauffent pour des vétilles. Ils pourraient être heureux s'ils étaient un peu plus sages ! Tous sont de bons vivants, hospitaliers, se délectant en leurs demeures de leurs volailles et de leurs vins, plus soucieux de leurs vendanges que des intérêts de l'archiduchesse.

Gattinara, Gorrevod, Marnix et Barangier reviendront toujours à Bourg pour leurs vacances : ils trouveront les gens et les choses sans changement, « dans l'immobilité de la petite ville[2] ».

Evinçant René de Savoie, Marguerite constitue un gouvernement qui se révélera, dans la durée, l'une des meilleures équipes ministérielles du XVIe siècle. Elle trouve sa vérité dans le pouvoir – qui devient sa raison d'être. Les conseillers qu'elle nomme ne l'abandonneront jamais et elle ne les changera guère : elle n'aime pas les figures nouvelles et, quand elle accorde sa

1. Mandement de Charles Quint du 2 juin 1537 (Max Bruchet, *Marguerite d'Autriche, duchesse de Savoie*, p. 102).

2. *Idem*, p. 107.

confiance, elle ne la retire pas. Sans son équipe, elle ne parviendrait pas au premier rang. Pour gouverner, il faut d'abord savoir s'entourer : cette condition vaut pour toutes les époques et tous les pays.

Ses conseillers les plus anciens l'ont accompagnée en Espagne, comme Louis Barangier, d'autres l'ont rejointe en Savoie, comme Jean de Marnix et Mercurino de Gattinara. Certains ont appartenu à l'hôtel de son frère Philippe le Beau, comme Laurent de Gorrevod, Guy de La Baume et Antoine de Lalaing. L'équipe, à la façon d'un cabinet ministériel, s'est constituée par strates successives ; elle s'est soudée dans les difficultés. Marguerite a le talent de rassembler et de stimuler.

Mercurino de Gattinara est né en 1465 dans une famille piémontaise de petite noblesse. Juriste de formation, il est nommé en 1502 juge du comté de Villars[1]. Il s'impose par sa connaissance des dossiers et son acharnement au travail : président du Conseil de Bresse en 1504, il devient l'année suivante président du Conseil privé. Il ne recherche pas l'argent et n'est pas un homme de cour : il n'aime pas les honneurs, fait un seul repas par jour, travaille sans cesse. Il lit, annote, écrit d'une belle écriture ronde des pages que l'Histoire a conservées : il croit à la trace écrite qu'un homme laisse, et rédige sa propre biographie.

Il devient indispensable : il négocie le traité de Strasbourg et gère le domaine privé. Lorsque Maximilien donne à sa fille, en février 1509, le comté de Bourgogne – l'actuelle Franche-Comté – il prend la prési-

1. Jean-Pierre Soisson, *Charles Quint*, p. 90-92.

dence du Parlement de Dole. Il quitte ses fonctions devant l'opposition de la noblesse comtoise quand il juge qu'il ne fait plus l'affaire. S'il indispose, il se retire ! Il rejoint un couvent aux environs de Bruxelles : l'exemple même d'un grand serviteur de l'Etat, qui ne cède pas aux pressions et garde, en toute occasion, sa liberté de parole. Sa seule faiblesse : grand chancelier, il voudra à la fin de sa vie – après la mort de sa femme – être nommé cardinal. Il le sera.

Il repose dans sa petite église de Gattinara, près de Verceil : sur sa tombe, une inscription rappelle son désir d'être « foulé aux pieds » dans la mort – comme il a été « opprimé par le travail » durant sa vie.

Louis Barangier est le plus ancien collaborateur de Marguerite, son confident, l'homme de tous les secrets. Nommé maître d'hôtel en mars 1500, il suit Marguerite en Savoie, comme il l'a accompagnée en Espagne : il devient son premier secrétaire. A Bourg, il épouse une Bressane : c'est un sage qui, selon sa belle-mère, n'aurait qu'un défaut : trop aimer le vin frais ! Mais il est bon vivant : à Malines, il dévore des harengs par douzaines. Quand il sera las de l'agitation de la Cour, il demandera à être relevé de ses fonctions et se retirera à Dole comme greffier du Parlement. Il a acheté une belle propriété dans les environs, à Aubigny, où il mourra en mars 1522.

Travailleur comme Gattinara et Barangier, Jean de Marnix appartient à une famille de Tarentaise, pauvre mais honorable : son père Claude était greffier, son oncle André maître des comptes. Il entre au service de Marguerite en 1502 et devient son second secrétaire. Il ne la quittera plus, sera à Malines son trésorier général et, en 1530, l'un de ses exécuteurs testamentaires. Pratique, tenace, il tient tête à l'empereur Maximilien, qui s'énerve et le rabroue : « Dites à ma fille qu'elle m'envoie la prochaine fois un chevalier de l'Ordre pour traiter avec moi. C'est une trop haute matière pour vous ! »

Marnix remplit les fonctions d'un directeur de cabinet : toujours disponible, au courant de tous les dossiers. En 1519, il participera aux négociations qui permettront l'élection de Charles Quint : en liaison avec Fugger, il versera les « rétributions » qui décideront les grands électeurs. Arrivé pauvre à la Cour de Savoie, il édifie en dix ans une fortune, achète dans le Jura la seigneurie de Toulouse, où il mourra en 1531.

D'origine comtoise, Laurent de Gorrevod est savoyard par ses charges et ses seigneuries. Ancien écuyer de Philippe le Beau, il est nommé gouverneur de Bresse en 1504. Il a servi Philippe, sert Marguerite, servira Charles Quint : sa vie est tout entière dévouée aux Habsbourg. Marguerite le nommera chef de ses finances et, en novembre 1516 à la mort de Guy de La Baume, son chevalier d'honneur – le secrétaire général du palais. Chevalier de la Toison d'or la même année, il sera fait comte de Pont-de-Vaux en janvier 1521. Charles Quint l'appellera auprès de lui en mars 1522 comme grand maître de son hôtel. A sa mort, il demandera à être enterré aux côtés de Marguerite : il repose dans l'église de Brou[1].

Guy de La Baume, auquel Gorrevod a succédé comme chevalier d'honneur, porte l'un des grands noms de Savoie : comte de Montrevel, seigneur de La

1. Son frère, Louis de Gorrevod, évêque de Maurienne à vingt-six ans, sera cardinal en 1530.

Roche. Il a été chambellan de Philippe le Beau. Quand Marguerite arrive en Savoie, il devient son chevalier d'honneur et le reste quinze ans. Il a le sens de la famille – comme tous d'ailleurs, mais d'une façon plus affirmée que les autres : son fils Pierre sera abbé, évêque, archevêque et cardinal – sans talent particulier. Son fils Claude, marquis de Saint-Sorlin, lui succédera dans la plupart de ses fonctions. Sa fille Jeanne épousera Simon de Rye.

Antoine de Lalaing mérite une mention particulière. Lui aussi, toute sa vie, a servi la maison de Bourgogne : chambellan de Philippe le Beau, il fait partie du premier voyage en Espagne de 1501 ; après l'émancipation de Charles, il est nommé en 1516 chef des finances des Pays-Bas et, quand Gorrevod rejoint Charles Quint en Espagne, devient le chevalier d'honneur de Marguerite : il est le confident des dernières années, le grand favori, « plus écouté à lui seul que tous les autres membres du conseil[1] ». Il a le même âge que Marguerite, le même goût des lettres, le même amour de la musique. A-t-il été un peu plus que chevalier d'honneur ? Il a épousé la veuve de Jean de Luxembourg, qui est beaucoup plus âgée que lui ; il voit Marguerite chaque jour. Mais les affirmations de Henne, le grand historien du XIXe siècle, qui évoque une intrigue amoureuse, ne reposent sur aucun fondement[2].

Gattinara, Gorrevod, Marnix, La Baume ont gouverné la Savoie, géré le domaine privé. Ils administre-

1. Max Bruchet, *Marguerite d'Autriche, duchesse de Savoie*, p. 62.

2. *Idem*, note 3, p. 61.

ront les Pays-Bas avec la même ardeur et le même art de la main. Le Conseil privé représente la base même de la puissance de l'archiduchesse : il constitue l'équipe rapprochée qui intervient dans tous les domaines où s'exerce l'influence de Marguerite. Indissociable de son action.

A Bourg, ses membres prennent l'habitude du travail en commun : Gattinara définit des règles de fonctionnement qui ne seront guère modifiées par la suite. Le Conseil privé se réunit deux fois par semaine, le lundi et le jeudi, à deux heures de l'après-midi, en présence de Marguerite et, si celle-ci est absente, sous la présidence de Gattinara. L'ordre du jour est arrêté par ce dernier : « Ne seront rapportées au Conseil et mises en délibération que les requêtes ayant été présentées à Madame par le président, pour mieux peser leur intérêt et afin qu'elles soient plus sûrement traitées » : l'ordonnance de décembre 1516 sur l'organisation du Conseil se borne à codifier – sur le tard – des procédures expérimentées en Savoie.

Le Conseil privé fonctionne comme, de nos jours, le Conseil des ministres. Pour chaque dossier, Gattinara présente une communication, dont les conclusions sont soumises à discussion. Les décisions prennent la forme de « mandements » : à l'issue de la séance, le président donne aux secrétaires les instructions nécessaires à leur rédaction. Tous les samedis, il tient une réunion au cours de laquelle il vérifie les « mandements » de la semaine. Aucun acte n'est signé par Marguerite, qui n'ait été au préalable examiné par le président du Conseil. Les papiers de la chancellerie de Marguerite – conservés dans les archives de Lille – témoignent de la minutie avec laquelle cette procédure est appliquée :

ordre de Marguerite de préparer un acte ; minute de ce document – souvent surchargé – écrite par Marnix, Barangier ou un autre secrétaire ; rédaction définitive ; visa du chef des finances ; mention d'enregistrement ; apposition du sceau et signature de la duchesse : pour chaque texte, la procédure comporte sept étapes. Rarement administration n'a été plus réglementée.

Marguerite travaille beaucoup ; elle lit et annote avec ce souci du détail qu'elle a hérité de Charles le Téméraire et qu'elle transmettra à Charles Quint. Ses corrections sont parfois éloquentes : les archives de Lille conservent ainsi une lettre autographe de novembre 1512 que Marguerite adresse – ou du moins se propose d'envoyer – à son père : elle se plaint de l'opposition des Etats généraux, elle n'a « plus un denier » et tout lui semble perdu. Elle ajoute : « Je préférerais être encore dans le ventre de ma mère… Monseigneur, j'ai toujours fait de mon mieux pour vous servir et vous obéir, et je m'aperçois que vous ne m'en savez pas gré… » Marnix juge que le texte ne peut partir en l'état : il le corrige, supprime les passages trop sensibles – que l'on peut encore lire sous les ratures[1].

A côté des « mandements » existent des « lettres closes », qui émanent directement du cabinet, quand l'urgence ou le secret impose une procédure allégée. Cette pratique demeure aujourd'hui : seules les décisions

---

1. Max Bruchet donne le document tel qu'il a pu le reconstituer sous les ratures de Marnix. La lettre est signée : « Votre très humble et très obéissante fille, Marguerite ». Aucun document ne traduit mieux l'angoisse de la régente devant les difficultés de la situation. Novembre 1512 : deux mois avant l'arrestation à Malines de Juan Manuel. Marguerite s'est vite reprise…

les plus importantes sont soumises au Conseil des ministres. Chaque jour, le président de la République et le Premier ministre signent des instructions particulières qui ne sont pas publiées au *Journal officiel.* A la Cour de Malines, en dehors de l'administration officielle – très organisée et donc lente –, fonctionne une chancellerie privée plus expéditive, qui comporte une seule règle : chaque lettre présentée à la signature de la régente doit comporter un résumé de deux lignes du secrétaire qui l'a rédigée. Bonne pratique, qui n'est plus guère observée…

Une organisation particulière régit les finances : les fonctionnaires qui ont la charge de celles-ci ne dépendent pas du président du Conseil mais forment, sous l'autorité du chevalier d'honneur, un comité de quelques membres. Dans les résidences de Marguerite, une chambre spéciale leur est réservée pour délibérer : nul ne peut y pénétrer s'il n'appartient au service des finances.

L'Etat bourguignon, tel que l'a dessiné Charles le Téméraire, est « d'abord une administration financière[1] ». Marguerite ne pourrait faire face à la crise budgétaire qui marque son gouvernement si elle n'avait à sa disposition l'administration d'une qualité exceptionnelle héritée de son grand-père. Sous les ordres du trésorier général, Jean de Marnix, deux hommes d'expérience tiennent les comptes : Jérôme Lauwerin et Simon Longin remplissent les fonctions de contrôleur général et receveur des comptes[2].

---

1. Jean-Pierre Soisson, *Charles le Téméraire*, p. 227.

2. L'administration des Pays-Bas connaît la séparation des fonctions d'ordonnateur et de comptable : l'ordonnancement appar-

L'événement qui bouleverse la vie de Marguerite et lui donne un cours nouveau est la mort de son frère Philippe le Beau, survenue à Burgos le 25 septembre 1506 – deux ans après celle de Philibert, presque jour pour jour et dans les mêmes conditions. La mort toujours présente dans la vie de Marguerite.

Philippe est son frère aîné, qui l'a accueillie à son retour de France puis d'Espagne. Deux ans seulement les séparent : Philippe est l'être auquel elle tient le plus depuis la mort de Marguerite d'York. Elle l'a reçu à Pont-d'Ain en juin 1504 : il arrivait de Lyon, où il était tombé malade. Philippe et Philibert ont chassé ensemble. Philippe a évoqué la construction d'un nouvel ordre européen que les enfants de Maximilien et de Marie pourraient ensemble construire.

Mais, en novembre 1504, Isabelle de Castille meurt à Medina del Campo : Philippe et Jeanne deviennent rois de Castille. Dans les Pays-Bas, on redoute une telle succession. Les Etats généraux expriment leur crainte : « Nous ne verrons plus nos princes parmi nous… Nous serons exposés, comme par le flux et le reflux d'une mer agitée, à toutes les bourrasques d'une cour étrangère[3] ! » A Valladolid, le Conseil presse Jeanne de rejoindre l'Espagne, mais Jeanne ne veut pas quitter Philippe. D'ailleurs, elle tombe enceinte : son cinquième enfant, Marie, naît à Bruxelles le 15 sep-

---

tient au chef des finances, l'exécution de la dépense relève du trésorier général.

3. Alexandre Henne, *Histoire du règne de Charles Quint en Belgique*, tome I, p. 67.

tembre 1505 : Marie sera reine de Hongrie, puis régente des Pays-Bas.

Philippe, avant de gagner l'Espagne, veut soumettre le duc de Gueldre : Charles d'Egmont est le petit-fils du duc Arnould qui a vendu son duché à Charles le Téméraire[1]. Il a été élevé à la Cour de Bourgogne, a combattu les Français avec Maximilien ; fait prisonnier, il a été retenu cinq ans en captivité par Charles VIII. Libéré en 1491, muni par le roi de troupes et d'argent, il rêve de reconquérir le domaine de ses ancêtres : la guerre qu'il engage contre la maison d'Autriche va durer un demi-siècle. Pour faire valoir ses droits, il ne reculera devant aucun moyen. Soutenu par la noblesse et les villes, il résistera à deux empereurs, Maximilien et Charles Quint.

Philippe ne peut laisser derrière lui un tel ennemi. A Haguenau en mars 1505, son père a confirmé l'investiture qu'il lui a accordée sur le duché de Gueldre et le comté de Zutphen. Il obtient des crédits des Etats généraux, lève une armée, marche sur Nimègue, franchit le Rhin, investit Arnhem : rien ne semble s'opposer à son avance. En juillet, à Rosendael, Charles d'Egmont consent à une trêve de deux ans.

Cependant, Louis XII s'est rapproché de Ferdinand d'Aragon : par un traité signé à Blois le 12 octobre 1505, il a accordé à Ferdinand la main de sa nièce Germaine de Foix[2]. Pour gagner l'Espagne, Philippe et Jeanne doivent emprunter la voie de mer.

Le 10 janvier 1506, ils embarquent à Flessingue. La

---

1. Charles d'Egmont est né le 9 novembre 1467.

2. Germaine est la fille de Jean de Narbonne et de Marie, sœur de Louis XII.

tempête se lève, un incendie se déclare à bord de leur vaisseau : le *Julien* perd ses mâts et ses voiles. Dans la brume, il parvient à rejoindre la côte anglaise. Philippe et Jeanne passent trois mois à Londres et concluent une alliance avec Henri VII : Charles épousera Marie, la fille du roi d'Angleterre, et Philippe promet à ce dernier la main de sa sœur. Mais Marguerite refusera de se remarier.

A peine débarqués à La Corogne, Philippe et Jeanne apprennent le mariage de Ferdinand avec Germaine de Foix. Philippe entre en lutte contre son beau-père, qu'il contraint à l'exil.

Il prend les rênes du gouvernement pour quelques mois. Il meurt à Burgos le 25 septembre : il a dîné chez son ami Juan Manuel, essayé des chevaux, joué à la paume. Il a bu de l'eau glacée : la fièvre, qui se déclare dans la nuit, ne l'abandonne plus. A vingt-huit ans, une congestion pulmonaire l'emporte – comme son beau-frère Philibert de Savoie.

Jeanne sombre dans le désespoir et la folie. Elle ne quitte pas le cercueil de son mari et refuse qu'on l'approche. Elle le conduit à Grenade, où Philippe doit être inhumé : par deux fois, à la Toussaint puis à Noël, elle fait ouvrir le cercueil et contemple longuement le corps embaumé. Peu après, à Torquemada, elle met au monde le 14 janvier 1507 son sixième enfant, Catherine, qui sera reine de Portugal.

Elle s'enferme dans deux pièces à Tordesillas. Elle était faite pour l'amour, plus que pour le pouvoir. Elle est la reine Jeanne, que décrit Montherlant dans *Le Cardinal d'Espagne* : « Je suis morte de chagrin le jour que mon époux est mort. » Est-elle folle ? Les *Cortes* se refusent à prendre parti dans la lutte pour le pouvoir qui déchire l'Espagne. Charles Quint ira rendre visite à sa mère à chaque étape de son règne, sans comprendre cette passion de l'amour qui l'a détruite. Dans l'ombre, Jeanne demeure couchée sur le souvenir de celui qu'elle a aimé, affirmant un mépris sans borne de la réalité[1].

Aux Pays-Bas, les Etats généraux confient la tutelle des enfants de Philippe le Beau à leur grand-père Maximilien – non sans appréhension : ils ont peur que cette décision ne les brouille avec la France. Avec raison : Louis XII concentre des troupes à la frontière de l'Artois et renouvelle son soutien à Charles d'Egmont. Les Etats lui dépêchent une délégation : il la fait emprisonner dès qu'elle arrive à Lyon.

Quelle autre solution dégager pour la tutelle des enfants ? Maximilien, par lettres patentes du 18 mars 1507, désigne sa fille Marguerite pour élever Charles et ses sœurs – et assurer le gouvernement des Pays-Bas.

Le 29 octobre 1506, Marguerite a quitté les Etats de Savoie, qu'elle ne reverra pas. Elle gagne la Souabe pour définir avec son père les modalités de sa mission. Le 26 mars 1507, elle entre dans les Pays-Bas par Maastricht – comme Maximilien trente ans plus tôt allant à Gand épouser Marie de Bourgogne. Le 4 avril, elle célèbre la fête de Pâques avec ses neveux à Malines, où elle établit sa résidence.

A Louvain, le 22 avril 1507, les Etats la proclament régente des Pays-Bas. Selon la tradition, elle se rend de ville en ville pour prêter serment au nom de son père : à

1. Jean-Pierre Soisson, *Charles Quint*, p. 23.

Bruxelles le 24 avril, à Valenciennes le 13 mai, à Arras le 17, à Lille le 21, à Gand le 25, à Bruges le 3 juin[1]. Elle s'installe définitivement à Malines le 7 juillet. Aussitôt, elle convoque les Etats généraux pour les obsèques de son frère et la reconnaissance de Charles comme duc de Bourgogne.

Dans l'église Saint-Rombaut, Charles s'avance, portant manteau et chaperon noirs, suivi des chevaliers de la Toison d'or. Il prend place devant le sarcophage dressé au milieu de la nef ; l'évêque d'Arras officie, entouré de seize prélats. A l'offertoire, les chevaux de parade de Philippe le Beau sont conduits à l'autel, couverts de housses de soie, l'une aux armes de Bourgogne, l'autre aux armes de Castille. Des chevaliers de la Toison d'or portent l'étendard, l'écu, l'épée du roi défunt. Le roi d'armes s'écrie par trois fois : « Le roi est mort ! » Puis il appelle « Monseigneur Charles, archiduc d'Autriche, prince des Espagnes ». Charles se lève. Le roi d'armes : « Monseigneur est en vie ! Vive Monseigneur ! » Charles saisit l'épée de justice : à sept ans, il est duc de Bourgogne, souverain des Pays-Bas[2].

A Marguerite revient la tâche de diriger le gouvernement : Jeanne est enfermée à Tordesillas et Maximilien court l'Europe – rêvant d'Italie.

1. Maximilien est, en droit, le tuteur de son petit-fils Charles – par la décision des Etats généraux.

2. Jean Lemaire de Belges, *Chronique de 1507*, p. 105-131.

LES PAYS-BAS BOURGUIGNONS
AU DÉBUT DU XVIe SIÈCLE

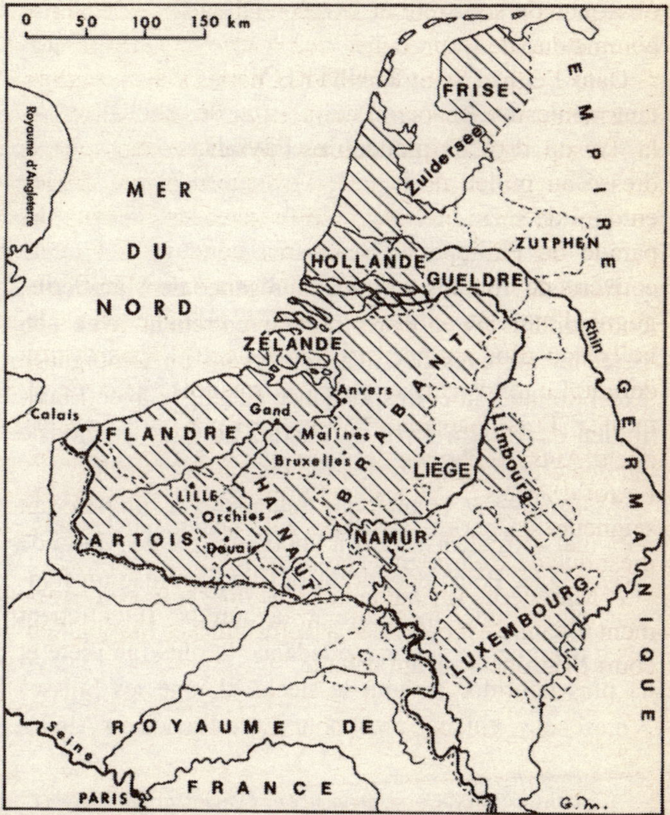

Carte établie par le Pr Gérard Mottet en collaboration avec Julien Mercé.

CHAPITRE V

La régence des Pays-Bas

Pour suivre mois par mois la régence de Marguerite, comprendre les rapports qu'elle entretient avec son père, les archives de Lille conservent un témoignage exceptionnel : la correspondance échangée avec Maximilien de 1507 à 1519, qu'André Le Glay, archiviste du département du Nord, a publiée au XIXᵉ siècle[1].

Marguerite ne connaît pas l'allemand et son père sait très mal le français, qu'il a appris auprès de Marie de Bourgogne. Pour répondre à sa fille, il utilise un français phonétique, incertain et savoureux. Il entretient avec Marguerite la correspondance la plus familière et la plus débridée de tout le siècle. Il juge les Suisses « meschans, villains, prest pour traïre France ou Almai-

---

1. André Le Glay, *Correspondance de l'empereur Maximilien Ier et de Marguerite d'Autriche, sa fille, gouvernante des Pays-Bas* (2 volumes, Paris, 1839). Les recherches de Le Glay font suite à la publication par Jean Godefroy des *Lettres de Louis XII et du cardinal d'Amboise* (4 volumes, Bruxelles, 1712). Godefroy et Le Glay ont été, aux XVIIIᵉ et XIXᵉ siècles, les deux grands archivistes du Nord : Max Bruchet s'inscrit dans leur tradition.

gnes[1] » : il écrit le français comme il le parle. Les lettres qui sont de sa main commencent par ces mots : « ma bonne fille ». Elles traitent aussi bien de la situation internationale que des maladies de sa femme ou de ses petits-enfants. Il veut que son cuisinier apprenne à « faire des pâtés à la manière des Pays-Bas » ; il demande que ses petits-enfants quittent Malines où une épidémie de peste s'est déclarée. Quand il veut marier Marguerite au roi d'Angleterre, il invente un système selon lequel Marguerite pourrait, « quatre mois par an », s'occuper des affaires des Pays-Bas. Elle résiderait tour à tour à Londres et Bruxelles : elle gouvernerait ainsi « l'Angleterre et la maison de Bourgogne ». Elle ne serait plus « perdue et oubliée[2] »...

Ce père attentionné est un chef d'Etat hors des réalités ; ses instructions sont souvent « étranges » et il s'en excuse à l'avance. Marguerite le tempère, le canalise, mais lui obéit. Elle a, au plus haut point, le sens de la famille ; son rôle est de servir la maison de Habsbourg et de préparer le règne de son neveu. A la place qui est la sienne : elle tient les Pays-Bas.

Dans des conditions très difficiles : à peine est-elle reconnue par les Etats, Charles d'Egmont pénètre en armes dans le Brabant et la Hollande : ses troupes prennent Doesburg et poussent jusqu'à Bois-le-Duc ; son allié Robert de La Marck avance en direction de Saint-Hubert. La guerre de Gueldre occupe la scène ; elle demeurera omniprésente tout au long de la

1. André Le Glay, *Correspondance de l'empereur Maximilien Ier et de Marguerite d'Autriche,* tome I, p. 7.

2. *Idem*, p. 11-12.

régence. Avec ses retournements sans fin, les campagnes ravagées, les villages brûlés.

Avec l'intervention aussi du roi de France – incessante malgré les dénégations de Louis XII. Le roi envoie à Charles d'Egmont de l'argent et des renforts : le Zuyderzee devient « le théâtre de combats acharnés[1] ».

Pour financer la guerre, le 20 juillet 1507, Marguerite demande aux Etats généraux d'autoriser la perception d'un florin sur chaque feu. Commence, là encore, un conflit qui ne prendra fin qu'à la mort de Marguerite. Les Etats refusent, s'ajournent, se tournent vers les Etats provinciaux, qui détiennent le pouvoir de décision. Leur opposition, le désordre des finances, l'absence de forces militaires, tout se conjugue pour rendre quasi impossible le gouvernement du pays.

L'Etat bourguignon regroupe une pluralité de territoires qui, tous, conservent leur autonomie administrative et financière. Les Etats généraux ne sont que la réunion des Etats provinciaux, comme l'Etat bourguignon n'est que le rassemblement sous un même souverain de pays divers par la langue, la culture et l'économie.

Leurs députés sont soumis au « régime du mandat impératif » : ils ne peuvent autoriser une levée d'impôt qui ne soit au préalable approuvée par les Etats provinciaux[2]. De plus, à la différence de ce qui existe en France, ils ne forment pas une assemblée élue. Leurs

1. Alexandre Henne, *Histoire du règne de Charles Quint en Belgique*, tome III, p. 153.

2. Robert Wellens, *Les Etats généraux des Pays-Bas des origines à la fin du règne de Philipe le Beau (1464-1506).*

membres sont choisis par les Etats provinciaux, qui ne sont pas élus eux-mêmes : la coutume désigne les prélats, les barons et les villes qui siègent en leur sein. Aucune règle ne préside à leur composition : certaines députations comprennent quelques délégués, d'autres – comme la Flandre – plusieurs dizaines de personnes.

Les chefs des abbayes représentent pour l'essentiel le clergé ; et les nobles, les campagnes. Pour le tiers état, seules les villes les plus importantes envoient des députés, qui tiennent le rôle principal dans les assemblées[1]. L'opposition entre Marguerite et les Etats prend ainsi la forme d'une lutte renouvelée entre le gouvernement des Pays-Bas et les communes urbaines.

Le principal obstacle auquel la nouvelle régente se heurte est la restauration du particularisme provincial qui a marqué le règne de sa mère.

En 1477, la révolution municipale a dénoué le faisceau des provinces des Pays-Bas : la politique médiévale l'a emporté sur la construction d'un Etat moderne entreprise par Philippe le Bon et Charles le Téméraire. Trente ans après, le même scénario se reproduit.

Le Grand Privilège de février 1477, que les communes ont imposé à Marie de Bourgogne, a détruit le gouvernement central, cet ensemble d'institutions patiemment créées par les ducs au-dessus des institutions territoriales, dans le but de les relier les unes aux autres et d'« imprimer aux parties hétérogènes de l'Etat bourguignon un caractère commun[2] ». Le rôle central qu'il a retiré au prince, il l'a concédé, du moins en

1. *Idem*, p. 361.

2. Henri Pirenne, *Histoire de Belgique*, tome III, p. 10.

apparence, aux Etats généraux : ceux-ci ont reçu le droit, comme les Etats de chaque territoire, de s'assembler quand ils le voulaient et sans convocation – le droit aussi de décider la guerre. Plus de gouvernement central : les souverainetés locales, duchés, comtés et seigneuries, ont retrouvé leur autonomie avec leurs privilèges hérités de l'époque médiévale.

Le particularisme politique s'est prolongé dans le domaine économique par un retour au protectionnisme. Les métiers, menacés par l'avènement du capitalisme, attribuent leur malaise à l'Etat : ils traquent les fonctionnaires du prince et rétablissent leurs propres monopoles. Ils s'efforcent de contrôler les marchés urbains qui leur échappent : en Flandre, interdiction de fabriquer des draps dans les villages ; à Bruxelles, défense d'importer de la bière fabriquée au-dehors ; dans toutes les provinces, suppression des foires ouvertes aux marchands étrangers. Chacun se replie sur soi.

Philippe le Beau s'est efforcé, du moins au cours des premières années de son règne, de restaurer l'Etat. Dès son émancipation en 1494, il s'est refusé à ratifier les concessions arrachées à sa mère. Il a reconstitué le conseil ducal, rétabli, sous le nom de Grand Conseil, le Parlement de Malines, réprimé les empiètements des Etats provinciaux. Aux membres de la Chambre des comptes de Bruxelles, il rappelle en 1496 que les Etats de Brabant n'ont point d'ordres à leur donner : « Vous n'êtes pas à eux, mais à nous[1]. »

Cependant, son règne ne s'est pas traduit par un retour à l'absolutisme de Charles le Téméraire. Il se

1. Louis-Prosper Gachard, *Inventaire des archives de la Chambre des comptes*, tome I, p. 127.

présente comme un compromis entre les droits du prince et ceux des institutions provinciales. Les étrangers – les « Bourguignons de Bourgogne » comme on les appelle alors – disparaissent presque complètement du conseil ducal. L'impôt est consenti par les Etats : Philippe le Beau cherche à le réduire et pare aux dépenses de la Cour par les revenus du domaine. Il appelle les Etats à définir avec lui la politique étrangère.

Avant son départ pour l'Espagne, il conduit une politique nationale dans le prolongement de celle engagée par Guillaume de Chièvres. Elle traduit le rêve de temps paisibles où l'effort se concentre sur le développement économique, où le pouvoir central dépense peu, où l'entente règne avec les pays voisins.

Ce n'est pas la situation que trouve Marguerite en 1507. La guerre emporte tout. Comment la faire sans moyens et dans un pays qui la refuse ?

Marguerite inscrit son action dans le cadre de la politique dynastique des Habsbourg. Elle gouverne les Pays-Bas sans sympathie ; elle a été élevée en France et ne parle pas le flamand. Elle gouvernerait de la même façon tout autre territoire. Pour les Pays-Bas, elle est et restera jusqu'à sa mort une étrangère.

Peut-elle compter sur son père ? L'attitude de l'empereur, dans ces années difficiles, est incohérente : tantôt, il déclare qu'il ne dispose pas des troupes nécessaires pour envahir la Gueldre ; tantôt, il parle de venir lui-même mater la rébellion et donner « un coup de bâton » à Charles d'Egmont. Il n'a qu'une pensée en tête : l'Italie. Il ne peut renoncer à son « voyage de Rome » pour recevoir la couronne impériale des mains du pape. Il lui faut chasser les Français d'Italie, les punir ainsi de soutenir les Gueldrois. Il plaisante de ses « extravagances de visionnaire », car la lucidité ne l'abandonne pas complètement. Il déroute ses partisans comme ses adversaires.

Marguerite ne peut pas s'appuyer sur son père, qui lui demandera même de lui envoyer de l'argent. A Bruxelles, son seul appui est le Conseil privé, l'équipe que Gattinara a réunie autour d'elle. La noblesse des Pays-Bas ne cache pas ses sentiments anti-autrichiens. A la fin de l'année 1507, Marguerite est aux abois. Elle obtient du Brabant une aide de quarante-deux mille livres – de quoi payer les troupes pendant trois mois seulement… En février 1508, elle convoque les Etats généraux à Gand.

Elle est présente sur tous les fronts. Elle nomme des commissaires spéciaux pour arracher le vote des Etats provinciaux ; elle stimule le zèle de ses capitaines. Cette jeune femme de vingt-sept ans se révèle être un remarquable entraîneur d'hommes. Contrainte à la défensive, sans moyens et sans troupes, elle fait face : il lui faut tenir et elle tiendra.

Quels sont ses atouts ? Sa volonté et son habileté. Sa clairvoyance aussi.

Très vite, elle comprend qu'elle ne pourra pas imposer sa politique par la force. En persistant à contraindre les Etats, elle risque de provoquer un soulèvement qui, en présence de la Gueldre en armes et de la France hostile, « exposerait l'Etat bourguignon à tous les hasards[1] ».

La paix lui apparaît comme le seul moyen de mettre fin à ses embarras, en attendant que les circonstances

1. Henri Pirenne, *Histoire de Belgique*, tome III, p. 77.

lui permettent de réduire Charles d'Egmont. Mais, pour atteindre cet objectif, elle doit se rapprocher de Louis XII. Elle réussit à convaincre son père que la conservation des Pays-Bas est à ce prix. Maximilien déteste les Français, mais suit ses conseils.

Les Etats généraux se rassemblent à Gand le 28 février 1508. A peine sont-ils réunis, un débat s'engage en leur sein entre les députés du Brabant et ceux de la Flandre : lesquels doivent siéger au premier rang ? Qui répondra au nom des Etats aux demandes de la régente ? Les Pays-Bas sont envahis et les députés se disputent sur la préséance accordée au duché de Brabant sur le comté de Flandre ! Une transaction est acceptée le 14 mars par les uns et les autres : « Les Etats du duché de Brabant seront assis au premier rang, mais le pensionnaire de Gand, représentant le comté de Flandre, parlera au nom de tous les Etats. »

Malgré la guerre, l'assemblée est ajournée. Elle se réunit de nouveau à Malines le 9 avril : les Etats affirment leur volonté de « se tenir bien unis ». Ils s'accordent à juger « inutile de lever des troupes » et se séparent. Marguerite les rappelle le 26 avril et leur annonce l'arrivée de son père : cette nouvelle ne modifie en rien leur résolution – bien au contraire. Ils n'ont rien à faire de l'intervention de Maximilien.

En février, l'empereur a quitté Trente, annoncé qu'il partait pour Rome. Il se dirige en réalité vers les Pays-Bas. Il n'a plus d'argent : d'Allemagne, il demande à sa fille, le 10 juin 1508, de lui envoyer dix mille florins pour poursuivre son voyage[1]... En juillet, il adresse

1. Alexandre Henne, *Histoire du règne de Charles Quint en Belgique*, tome III, p. 184.

aux Etats une note qui définit son objectif : il faut abattre Charles d'Egmont, que « le roi de France soutient pour séparer les Pays-Bas du Saint-Empire et de la maison de Bourgogne ». Mais, justement, les Etats ne veulent pas entendre parler du Saint-Empire !

Le pays est au bord de la révolte. Gattinara écrit à Marnix qu'il voit « se préparer une grande mutinerie[1] ».

Les Etats de Namur sont réunis le 16 juillet : les députés prétextent l'absence des prélats pour demander un délai. Les Etats sont à nouveau convoqués le 4 août : ils refusent toute aide tant que les autres provinces n'auront pas donné leur réponse, car « le pays de Namur est toujours appelé le dernier » ! Nouvelle réunion le 20 août, nouvelles pressions des commissaires de Marguerite – et nouveau refus.

Maximilien arrive dans les premiers jours d'août. Les Etats généraux se réunissent le 20 septembre à Malines sous la présidence de Jean Le Sauvage, président du Conseil de Flandre, qui préside également le Conseil privé[2]. Au nom de l'empereur, Le Sauvage

---

1. *Idem*, p. 188. Carton de Wiart, dans sa biographie de Marguerite d'Autriche, prétend que la gouvernante n'a pas hésité « devant un coup d'Etat » : « En juin 1508, écrit-il, nonobstant le refus des villes, elle ordonne de lever l'aide en Brabant. » Le fait n'est pas exact, bien que Carton de Wiart ait repris le texte de Pirenne (*Histoire de Belgique*, tome III, p. 77). Le « coup de force » a eu lieu beaucoup plus tard. En 1508, Marguerite n'a pas encore l'autorité suffisante pour imposer une levée d'impôts contre les Etats.

2. Le chancelier de Brabant meurt : Le Sauvage est candidat à sa succession. L'exemple type du cumul des mandats – et des rémunérations. Henne évoque à son sujet « l'insatiable rapacité des

demande de nouveaux crédits. Mais Maximilien veut-il la guerre ou la paix ? Les Etats, eux, souhaitent la paix : ils refusent tout subside tant que celle-ci ne sera pas faite. Le Sauvage les informe du prochain départ de Marguerite pour Cambrai afin de négocier avec le cardinal d'Amboise. Il leur propose d'envoyer des délégués à Valenciennes pour suivre les discussions qui vont s'engager. C'est la nouvelle attendue ! Les Etats s'ajournent au mois suivant, bien décidés à subordonner leurs décisions à l'issue de la négociation.

Maximilien hésite encore : un jour, il donne son accord à Marguerite pour engager cette négociation ; un autre, il lui interdit de partir pour Cambrai. Cette opposition passive ne facilite pas la tâche de la régente. Tout au plus, l'empereur lui permet de conclure une trêve avec Charles d'Egmont : un accord est signé le 18 octobre à Schoonhoven, que Louis XII ratifie aussitôt. Le lendemain, le roi donne plein pouvoir au cardinal d'Amboise, son principal ministre, pour conduire la négociation[3].

Maximilien ne peut plus tergiverser : le 27 octobre, il autorise sa fille à rejoindre le cardinal à Cambrai.

Marguerite prend la route comme une souveraine : les archers de Bourgogne, cent cavaliers sous le commandement de Louis Rollin d'Aimeries l'escortent ; les membres du Conseil privé et les délégués des Etats l'accompagnent. A ses côtés, chevauchent Mercurino

---

fonctionnaires de cette époque » (Alexandre Henne, *Histoire du règne de Charles Quint en Belgique*, tome III, p. 219).

3. Georges d'Amboise (1460-1510) est l'ami de longue date, le confident de Louis XII. Il partage avec le roi le même amour de l'Italie : il voudra se faire élire pape.

de Gattinara et Jean Pieters, président du Grand Conseil de Malines. Elle prend son temps : plus de deux semaines pour gagner Cambrai par Bruxelles et Valenciennes, où s'arrêtent les députés.

Pendant qu'elle chemine ainsi, les Etats généraux s'assemblent à Anvers en présence de Maximilien et de son petit-fils : dans la joie de la paix prochaine, ils votent une aide de soixante-dix mille florins.

Marguerite arrive à Cambrai le 25 novembre ; Georges d'Amboise l'attend. Tous deux vont négocier seuls, en tête à tête, et durement : Marguerite confie, dans une lettre à son père, qu'elle doit parfois quitter la salle de réunion « avec de grands maux de tête[1] ».

La paix, conclue le 10 décembre 1508, est « tout à l'avantage de la maison d'Autriche[2] ». Charles d'Egmont est abandonné par la France sans obtenir la moindre garantie : ses droits sont déférés à la décision d'arbitres qui seront nommés par l'empereur, les rois de France, d'Angleterre et d'Ecosse. Ses droits ? Le traité le cite comme « Charles d'Egmont, dit de Gueldre » ; il ne fait aucune référence au titre de duc qu'il revendique. La paix s'impose aussi à ses alliés, l'évêque de Liège et le seigneur de Sedan.

Maximilien renonce au mariage de Charles avec Claude de France et, moyennant cent mille ducats, reconnaît Louis XII comme duc de Milan. Pour l'empereur et le roi, l'Italie est toujours la priorité : pour la conquérir, ils font alliance contre la République de Venise.

---

1. Alexandre Henne, *Histoire du règne de Charles Quint en Belgique*, tome III, p. 206.

2. Henri Pirenne, *Histoire de Belgique*, tome III, p. 78.

Le retour de Marguerite à Malines est triomphal : les Etats accueillent la paix avec la même joie qu'ils ont manifestée après le traité d'Arras. Marguerite assoit son autorité. Pour la première fois depuis sa nomination, elle répond à l'attente des provinces : la pacification de Cambrai marque un retour à la politique nationale et francophile des premières années de Philippe le Beau.

Le rapprochement, qu'elle autorise, entre Marguerite et Guillaume de Chièvres l'accentue encore : Chièvres, qui boudait la gouvernante, est nommé en mars 1509 grand chambellan et gouverneur du prince Charles. Mais une entente durable est-elle possible entre eux ?

Chièvres est décidé à tout mettre en œuvre pour conserver l'amitié de la France, qu'il juge indispensable au repos des Pays-Bas ; Marguerite ne voit dans l'accord de Cambrai qu'un arrangement provisoire.

Les premiers froissements apparaissent dès l'été : soutenu par la noblesse et les Etats, Chièvres accuse Marguerite de chercher à rompre la paix. Deux politiques s'opposent.

Quand Maximilien quitte les Pays-Bas, la guerre avec le duc de Gueldre paraît inévitable : « Je prie Dieu, écrit-il à sa fille avant de franchir la Meuse, de vous donner bonne fortune, car il me semble que mon cousin d'Egmont vous causera beaucoup de tracas[1]. »

C'est peu dire ! Charles d'Egmont n'a accepté le traité de Cambrai que sous la contrainte. Dans l'été 1509, il prétexte une levée d'impôts décidée par le gouvernement des Pays-Bas pour armer de nouvelles

1. Alexandre Henne, *Histoire du règne de Charles Quint en Belgique*, tome III, p. 220.

troupes. C'est une infraction caractérisée au traité : Marguerite envoie son maître d'hôtel, Jérôme Vent, le lui dire et saisit le cardinal d'Amboise. La France va-t-elle laisser Charles d'Egmont attaquer les Pays-Bas sans réagir ?

Marguerite a négocié avec le roi pour arrêter la guerre de Gueldre. Or la paix de Cambrai n'empêche pas la reprise des hostilités. Louis XII veut-il – ou peut-il – contenir Charles d'Egmont ? Il proteste de sa volonté de respecter ses engagements, assure qu'il ne donne au duc de Gueldre ni soutien ni argent. Mais Maximilien pense qu'il pousse d'Egmont à la guerre : pourquoi le roi abandonnerait-il son principal allié, qui est une épine plantée dans le pied de l'empereur ?

Louis XII se défend, propose la réunion d'une conférence à Liège. Les délégués des Pays-Bas s'y rendent. En vain : ceux du roi de France et du duc de Gueldre n'y paraissent pas.

A Londres, Henri VIII succède à son père en avril 1509. L'arrivée d'un nouveau roi peut être l'occasion d'établir des liens meilleurs avec l'Angleterre. Marguerite envoie une ambassade à Londres, que dirige Michel de Sempy. Ce dernier a mission de négocier un projet de mariage entre la jeune sœur du roi, Marie d'Angleterre, et Charles d'Autriche. Le voyage de Marie dans les Pays-Bas est arrêté, une date – en juin – est même retenue…

Mais Chièvres va déployer tous ses efforts pour empêcher cette union : pour lui, le souverain des Pays-Bas doit épouser une princesse française. La prospérité de l'Etat bourguignon repose sur la paix avec la France : jamais Chièvres ne changera de ligne de conduite.

Marguerite a une tout autre vision des intérêts de son neveu. En décembre 1509, elle nomme dans son conseil Pedro de La Mota, évêque de Badajoz. Maximilien, lui, songe à sa succession à l'Empire : il envoie à Malines, comme page de son petit-fils, le jeune marquis Joachim de Brandebourg.

Marguerite prépare une guerre, qu'elle ne peut empêcher et n'a pas les moyens de conduire. Les négociations, qui se sont finalement engagées à Liège, vont se poursuivre tout au long de l'année 1510 : « La paix est nécessaire, écrit Marguerite à son père, mais je n'espère guère réussir[1]. »

Pour contenir Charles d'Egmont, Marguerite lui propose d'épouser Isabelle d'Autriche, qui a neuf ans. Maximilien hésite à donner son accord. En septembre, il presse sa fille de conclure la paix ; le mois suivant, il n'accepte pas les conditions du traité. Ses tergiversations rendent la négociation impossible, alors que la situation économique se dégrade.

Dans l'hiver 1509, la Hollande et la Frise sont inondées. Les eaux montent à une telle hauteur que des bateaux sont jetés contre des églises[2] ! Des épidémies suivent au printemps 1510, entraînant des morts par milliers. Les récoltes sont mauvaises et des troubles éclatent : naturellement, le gouvernement est tenu pour responsable de la misère et de l'insécurité grandissantes.

Les uns voient dans Maximilien le principal obstacle à la paix ; les autres, plus nombreux, imputent à Mar-

1. *Idem*, p. 250.
2. *Idem*, p. 230.

guerite la ruine du pays : « Madame Marguerite, si nous la voulons croire, elle nous détruira tous »… Sa vie est dissolue, elle dépense sans compter, sa cour est livrée aux intrigues et aux cabales ! En septembre 1510, arrivant à Anvers, elle trouve les murs de la ville couverts de placards injurieux. Les coupables seraient de grands seigneurs ; trois d'entre eux auraient été aperçus apposant des affiches à la lueur d'une torche[1].

La paix n'est pas possible et le gouvernement n'a pas les moyens de faire la guerre. Marguerite supplie son père de lui envoyer des renforts d'Allemagne : l'empereur n'a « plus rien à attendre de ses sujets des Pays-Bas[2] »…

Le 14 janvier 1511, Charles d'Egmont envahit la Hollande. Louis XII condamne l'intervention et souhaiterait même « que le diable emporte le duc de Gueldre » ! Mais ce dernier prend Harderwyk et refuse de se dessaisir d'une ville « qui lui a volontairement ouvert ses portes ». La guerre s'étend : Bommel tombe et Charles d'Egmont s'enferme dans Utrecht.

Marguerite cherche des alliés. Seuls, les Pays-Bas ne peuvent résister : elle engage son père à s'entendre avec Henri VIII et le roi d'Aragon « afin de prévenir toute intervention de la France ». Elle prépare un renversement d'alliances.

Elle s'établit à Anvers afin d'être plus proche du théâtre des opérations – et de Londres. Contre l'avis du Conseil, elle décide d'engager une campagne militaire pour imposer une solution de force. Henri de

1. *Idem*, p. 249.

2. Lettre du 23 décembre 1510.

Nassau est malade ; pour le remplacer, elle choisit Florent d'Egmont – un cousin de Charles – qui met le siège devant Venloo.

La ville est défendue par une garnison de huit cents hommes : c'est peu, mais la population entière lui prête son concours. Les femmes combattent aux côtés des hommes : comme Jeanne Hachette au siège de Beauvais, l'une d'entre elles arrache le drapeau qu'un soldat ennemi s'efforce de planter sur la muraille[1].

Pendant que Venloo résiste, des bandes gueldroises se jettent sur le Brabant, pillent, incendient et ravagent tout sur leur passage. Pour les combattre, on lève des milices qui ne font pas de quartier. La guerre n'est pas moins vive sur mer : des navires gueldrois sont capturés, leurs équipages exécutés comme le seraient des pirates.

Et Venloo tient toujours. L'hiver approche ; un dernier assaut est repoussé. Charles d'Egmont profite même d'une nuit obscure pour ravitailler la ville. Au terme d'un siège de quatorze semaines, il faut renoncer : l'opération militaire a échoué.

Les Etats généraux s'impatientent ; réunis à Malines le 16 février 1512, ils refusent toute aide. Rappelés à Bruxelles le 4 avril, ils demandent la paix, font de celle-ci la condition du vote de nouveaux subsides.

Maximilien annonce son retour : il est impatient, dit-il, de laver l'affront essuyé devant Venloo. Il rassemble des troupes à Trèves : son approche conduit Charles d'Egmont à accepter une nouvelle négociation. Des pourparlers de paix s'engagent à Viansen ; ils seront interrompus, puis ils reprendront à Liège.

1. Jean-Pierre Soisson, *Charles le Téméraire*, p. 205.

Maximilien conclut une trêve avec les Vénitiens et fait appel à des mercenaires suisses. Marguerite presse Henri VIII de débarquer en France. Heureusement, l'argent manque à Charles d'Egmont, qui doit licencier sa « bande noire » de lansquenets. Cinq mille hommes sont sur le marché : qui peut les recruter ? Louis XII se propose, mais ne peut payer. Les lansquenets dévastent le Limbourg, se dirigent vers les Ardennes, reviennent dans la Gueldre. Sans direction, sans objectif. La guerre tournoie sur elle-même : il semble que l'horreur n'ait pas de fin.

Maximilien est arrivé – puis reparti, abandonnant Marguerite, une fois de plus, sans troupes et sans argent. L'armée des Pays-Bas s'est disloquée : ses soldats se jettent sur le plat pays. Des corps entiers battent la campagne, occupent les villes. La Hollande et le Brabant sont livrés à l'anarchie ; Malines est menacée. Le trésorier général des Pays-Bas indique qu'il n'a pas cinq cents florins dans sa caisse[1]...

Et Maximilien semble perdre la raison : le 18 septembre, il écrit à sa fille qu'il veut devenir le « coadjuteur » du pape, afin de se faire élire pape lui-même à la mort de Jules II. Il signe sa lettre : « Votre bon père Maximilianus, futur pape[2] ! » L'horreur et la démesure : Marguerite ne peut faire face. « Si vous ne venez pas, et vite, je ne vois que troubles et désordres[3]. »

Elle est seule, plus seule que jamais. Aucun homme

---

1. Alexandre Henne, *Histoire du règne de Charles Quint en Belgique*, p. 306.

2. André Le Glay, *Correspondance de l'empereur Maximilien Ier et de Marguerite d'Autriche*, tome II, p. 39.

3. *Idem*, p. 57.

à ses côtés pour la soutenir et la serrer dans ses bras. Son père au loin vit dans ses rêves d'Italie ; ses lettres sont affectueuses mais sans lien avec la réalité. Chièvres s'est emparé de l'esprit de Charles, qu'il éloigne d'elle chaque jour davantage. Les nobles s'écartent, les provinces sont tentées par l'isolement : devant le désastre qui menace, l'intérêt général s'effrite.

Marguerite convoque les Etats généraux en décembre, les congédie, les rappelle en février 1513 : toutes ses propositions sont rejetées. Une émeute éclate à Malines en avril[1].

Elle se souvient des liens noués avec son beau-père. Ferdinand peut l'aider : elle l'appelle à son secours et, pour lui complaire, fait arrêter en janvier 1513 Juan Manuel qui dirige contre Ferdinand le clan des émigrés castillans. Juan Manuel est emprisonné dans la prison ducale de Vilvorde. Il est chevalier de la Toison d'or : les membres de l'Ordre s'indignent. Charles – tout juste treize ans –, poussé par Chièvres, prend la tête de la contestation. Marguerite refuse de libérer Juan Manuel, elle interpelle son neveu, condamne sa démarche : « Vous êtes mal conseillé ! Vous agissez contre votre propre intérêt qui, seul, me guide dans cette affaire. » Se tournant vers les chevaliers, elle ajoute : « Si j'étais un homme et non une femme, je me ferais bonne bouche des statuts de votre Ordre ! » Libéré, Juan Manuel est assigné à résidence en Autriche.

Les négociations qui s'engagent vont aller très vite. Pour fixer Louis XII, l'empêcher de jeter toutes ses forces en Italie, le pape, l'empereur et le roi d'Aragon

1. Alexandre Henne, *Histoire du règne de Charles Quint en Belgique*, p. 317.

entraînent Henri VIII dans leur lutte contre la France : le 5 avril 1513, la ligue de Malines est formée.

Les alliés doivent dans les trente jours déclarer la guerre à Louis XII et, dans les deux mois, envahir la France : les Anglais débarqueront à Calais et les Espagnols franchiront les Pyrénées ; les troupes du pape marcheront sur la Provence et les lansquenets de Maximilien iront renforcer le corps expéditionnaire anglais. Mais Marguerite fait décider que les Pays-Bas resteront neutres et se tiendront en dehors de la guerre.

La ligue de Malines a des conséquences immédiates : les Etats de Brabant accordent au gouvernement une aide de cinquante mille livres. Louis XII, qui doit consacrer ses moyens à se prémunir d'une invasion, abandonne Charles d'Egmont, qui accepte une trêve le 31 juillet 1513. En six mois, Marguerite a redressé la situation : elle a apporté la paix, jugulé son opposition, assuré son autorité. Contre son père, contre Chièvres, contre les Etats.

Comment Louis XII pourrait-il croire à la neutralité des Pays-Bas ? Quand Henri VIII arrive à Calais, le gouverneur de la Flandre, Jacques de Luxembourg, vient le saluer et l'aide à acheter des vivres et recruter des volontaires. Cette comédie de la neutralité sert les Pays-Bas, mais ne trompe personne.

Louis XII a donné à ses généraux l'ordre de ne pas attaquer : les Anglais s'enfoncent dans l'Artois sans rencontrer de résistance. Fort de ses trente mille hommes, le 2 août 1513, Henri VIII met le siège devant Thérouanne.

Maximilien a gagné les Pays-Bas comme il l'a promis : le 9 août, il arrive à Thérouanne, accompagné du capitaine général des Pays-Bas, Henri de Nassau, des gouverneurs de la Flandre et de l'Artois, Jacques de Luxembourg et Ferry de Croy, et de quelques centaines de volontaires. Il se met au service du roi d'Angleterre ; il a fixé le montant de sa solde : cent écus d'or par jour ! C'est énorme et dérisoire à la fois : pour combattre les Français, « les ennemis héréditaires de notre maison de Bourgogne », il devient le premier empereur stipendié de l'Histoire[1].

Thérouanne manque de vivres : les généraux français, qui n'ont pas l'ordre d'attaquer, tentent de ravitailler la ville. Pour permettre l'acheminement des provisions, ils organisent une opération de diversion : mille cinq cents cavaliers se montrent sur les hauteurs de Guinegate. Maximilien et Henri VIII se portent à leur rencontre et les attaquent. L'artillerie donne : les Français sont encerclés et se débandent. Le 16 août 1513, Maximilien est vainqueur à Guinegate, pour la seconde fois de son règne. Les cavaliers français se sont plus servis de leurs éperons pour fuir que de leurs épées pour combattre : la bataille reste dans l'Histoire sous le nom de « Journée des éperons ». De nombreux capitaines – et non des moindres, Bayard, La Palisse, Longueville – sont prisonniers. Thérouanne se rend et Henri VIII va prendre Tournai, l'autre enclave française des Pays-Bas, le 23 septembre.

Marguerite et Charles rejoignent Maximilien à Tournai. A treize ans, le jeune duc de Bourgogne participe à sa première conférence internationale : dans une ambiance de kermesse flamande, il offre des dîners,

1. Jean-Pierre Soisson, *Charles Quint,* p. 30.

pendant que sa tante négocie en son nom. L'accord, esquissé à Tournai, est conclu à Lille le 15 octobre 1513.

Charles épousera la sœur du roi d'Angleterre, et trois « protecteurs » veilleront sur lui : ses deux grands-pères et Henri VIII. Par une déclaration signée de sa main, ce dernier promet à Marguerite « en parole de roi, de ne jamais conclure de paix avec leurs ennemis communs, les Français, en dehors d'elle et sans son accord, à condition qu'elle fasse de même de son côté[1] ».

Le traité de Lille est ratifié par Ferdinand d'Aragon : en quatre ans, d'un accord avec la France, Marguerite est passée à une alliance contre la France avec l'Angleterre et l'Espagne.

Deux jours après, le 17 octobre 1513, Henri VIII se met en route pour l'Angleterre, laissant le gouvernement de Tournai à Edward Ponyngs. Il ramène avec lui Charles Brandon, son ami le plus proche, le fils de sa nourrice – qui s'est épris de Marguerite.

Brandon a quatre ans de plus que celle-ci. Il est très beau, avec des épaules aussi larges que Philibert : dans une lettre à Richard Wingfield, qui fut l'un des négociateurs de Cambrai, Marguerite avoue qu'elle « n'a pas rencontré beaucoup de gentilshommes approchant sa grâce et sa vertu »... A Tournai, Brandon est venu un soir s'agenouiller devant elle. Marguerite est assise à côté du roi ; Brandon la regarde : elle, à travers lui, voit Philibert et sourit. Ils bavardent, le roi se mêle à leur conversation. Brandon parle « sans repos » : c'est Marguerite qui l'écrit. Et

1. Alexandre Henne, *Histoire du règne de Charles Quint en Belgique*, tome IV, p. 37.

elle ajoute : « Je ne voulais pas perdre une aussi agréable compagnie. » Brandon prend la bague qu'elle porte à l'annulaire et la passe à son petit doigt. Marguerite le traite de « larron », mot qu'il ne comprend pas… Elle n'a plus d'homme dans sa vie depuis dix ans.

Brandon est un ancien valet de vénerie parvenu au premier rang par les armes et les femmes. Il courtise Marguerite et, deux ans après, épousera Marie d'Angleterre – devenue la veuve de Louis XII.

Marguerite se plaint au roi : Brandon lui rend sa bague. A Lille, le mois suivant, la même scène se reproduit : Brandon, toujours à genoux, prend à nouveau la bague et, cette fois, ne la rend pas. Il offre le lendemain en échange une barrette de diamants. Il arrache à Marguerite la promesse de ne pas se remarier sans le prévenir. Il sera toujours son « fidèle et humble serviteur » : c'est Marguerite qui l'écrit encore à Wingfield. Près d'elle, Henri VIII acquiesce.

L'aventure fait le tour de l'Europe : le roi d'Aragon demande à son ambassadeur à Londres « s'il est exact ou non que Madame Marguerite épousera Monsieur de Lille ». Brandon est vicomte de Lille, avant de devenir duc de Suffolk.

Marguerite écrit à Wingfield : « Cela me contrarie beaucoup de ne plus pouvoir témoigner ma sympathie à ce personnage. » Elle a été imprudente. Quand Henri VIII voudra nommer Suffolk ambassadeur à Bruxelles, elle refusera.

Marguerite l'a-t-elle aimé ? Elle l'a regardé et, sans doute, elle n'aurait pas refusé qu'il la prît dans ses bras. Si fort, si beau, si semblable à Philibert… Elle est « dévote, mais point bigote », écrit d'elle Carton de

Wiart[1]. Elle aime la danse, le regard des autres sur elle. A Wingfield, elle avouera, évoquant les rencontres de Tournai : « Je n'ose plus lui écrire et je dois le considérer comme un étranger. Mon honneur m'y oblige[2]. »

L'accord conclu à Lille avec Henri VIII est un succès, mais éphémère. Dans l'instant, ni l'empereur ni le roi d'Angleterre ne savent exploiter leur victoire de Guinegate, et la guerre tourne tout autrement que Marguerite ne l'a espéré. Henri VIII, à court d'argent, regagne Londres dans l'attente du mariage de sa sœur Marie avec Charles et de la reprise des hostilités contre la France.

Mais Maximilien hésite à nouveau, tout à ses rêves d'Italie. Les Pays-Bas ne sont pas sa préoccupation première. Ferdinand d'Aragon, « qui est vieux et cassé » – selon les mots qu'utilise Marguerite dans une lettre à son père –, veut maintenir la paix et Louis XII rompre l'alliance mortelle, pour le royaume, des Pays-Bas et de l'Angleterre.

Par l'intermédiaire du secrétaire de Ferdinand d'Aragon, Pierre de Quintana, une négociation s'ouvre : Maximilien y participe, sans même informer sa fille. Il laisse se produire un renversement d'alliances qui ruine l'entreprise de Marguerite. Il la tient à l'écart, lui écrit moins, répond à peine à ses mises en garde – puis lui présente ses excuses. Il danse sur l'Europe et veut se

1. Comte Henry Carton de Wiart, *Marguerite d'Autriche*, p. 219.

2. L'aventure avec Brandon constitue la meilleure part du livre de Carton de Wiart, qui a eu accès aux archives du duc de Suffolk. Marguerite à Brandon : « J'ai été trop malheureuse en maris. » L'envie et la pudeur mêlées. (*Idem*, p. 212-216.)

libérer du poids que les Pays-Bas représentent désormais pour lui.

Anne de Bretagne meurt le 9 janvier 1514 ; Louis XII songe aussitôt à se remarier. Il veut un enfant qui ravirait le trône de France au futur François Ier. Qui épouser ? Il envisage un instant un mariage avec Marguerite ; il garde un bon souvenir de leur enfance commune à Amboise, mais il craint que Marguerite ne soit devenue stérile. Ferdinand d'Aragon lui propose Eléonore, la sœur aînée de Charles – qui, plus tard, deviendra reine de France en épousant François Ier.

Louis XII aperçoit la possibilité d'une alliance avec l'Angleterre, qui le mettrait à l'abri de toute menace d'invasion sur les frontières nord du royaume. Il choisit Marie d'Angleterre, autrefois promise à Charles.

Marie gagne la France avec Charles Brandon – qu'elle épousera, quelques mois plus tard, après la mort de Louis XII. Tournoie la France, tournoie l'Angleterre, tournoie l'Empire ! Dans cette relance de la politique européenne, les Pays-Bas vont être livrés à eux-mêmes, aux menaces de guerre de la France au sud et de Charles d'Egmont au nord.

Marguerite met son père en garde contre un tel changement de politique ; ses avis prennent la forme de « remontrances ». Elle aperçoit la montée des périls à l'extérieur et lc réveil des mécontentements à l'intérieur.

Dans une lettre du 14 février 1514, elle écrit à l'empereur : « Mon Dieu, Monseigneur, ne vous laissez pas abuser. Entre le roi catholique et la France, il y a de grandes montagnes ; entre la France et l'Angleterre est la mer ; mais, entre les Pays-Bas et la France, il n'y a point de séparation, et vous savez l'inimitié invétérée que les Français portent à notre maison[1]. »

Les Etats généraux manifestent leur inquiétude et préviennent Marguerite qu'ils n'accorderont « plus aucune aide ». Marguerite rend compte à son père d'une situation de blocage : les Etats attendent que le prince soit majeur pour lui donner à lui – à lui seul – les crédits nécessaires pour gouverner. « Il n'y a plus rien à espérer des Etats ! » A son père, qui considère les Pays-Bas comme une banque, elle répond qu'elle est sur le point de « faire banqueroute[2] »...

Maximilien n'en a cure. Il tient désormais sa fille à l'écart des négociations qu'il conduit, mariant ses petites-filles, Marie – qui a huit ans seulement – avec Louis de Hongrie et Isabelle avec Christian de Danemark.

Il rêve à nouveau de croisade ; il souhaite que son petit-fils parte avec lui. Il donne instruction à Marguerite de convoquer les Etats à Bruxelles en décembre 1514 : n'ayant pas les moyens de financer l'expédition, il demande des crédits pour le voyage de Charles, le mariage d'Isabelle, le recrutement de l'armée. Pour faire bon compte, il ajoute cinq cent mille florins pour apurer ses dettes personnelles ! Tout cela ne paraît guère sérieux : l'empereur ferait mieux, répondent les Etats, d'émanciper son petit-fils et de lui remettre le gouvernement des Pays-Bas. S'il prenait cette décision, pour « le récompenser de ses peines », ils lui voteraient

1. Alexandre Henne, *Histoire du règne de Charles Quint en Belgique*, tome V, p. 49.

2. André Le Glay, *Correspondance de l'empereur Maximilien Ier et de Marguerite d'Autriche,* tome II, p. 254-256.

cent mille florins. Derrière cette proposition, il y a Chièvres – dont l'ambition est de mettre fin à la régence.

Quinze mois après avoir triomphé à Tournai et Lille, Marguerite est vaincue : le 5 janvier 1515, sur instruction de son père, elle procède à l'émancipation de son neveu dans les formes voulues par les Etats généraux.

La cérémonie se déroule à Bruxelles dans le palais des ducs de Brabant, trente-huit ans – jour pour jour – après la bataille de Nancy et la mort du Téméraire. Charles n'a pas quinze ans : il va détenir tous les droits de la souveraineté – et Chièvres les exercer pour lui.

CHAPITRE VI

La mise à l'écart

Soudain, Marguerite n'a plus le pouvoir. Après le vacarme, le silence.

J'ai vécu ces moments difficiles où, quittant le gouvernement, il faut réapprendre les gestes de la vie quotidienne – emplir ses journées sans la contrainte de l'emploi du temps, et tenir debout.

Marguerite n'est pas préparée à une telle situation : la voici dépouillée de la régence sans même avoir été consultée. Elle est humiliée publiquement devant les Etats généraux. En février 1515, dans son cabinet de travail, elle se plaint, les larmes aux yeux, à l'ambassadeur du roi d'Angleterre de l'atteinte portée à son honneur[1].

Elle voudrait se retirer dans son hôtel de Malines. Mais Chièvres ne lui laisse aucune marge de manœuvre : sans montrer son amertume, elle doit accompagner son neveu qui va de ville en ville prendre possession de ses pays : Louvain et Bruxelles en jan-

1. Henri Pirenne, *Histoire de Belgique*, tome III, p. 81.

vier, Malines, Anvers et Gand en février, Bruges en avril, Delft et La Haye en juin[1]... Chièvres l'oblige à des tâches de représentation.

Il a minutieusement préparé l'opération de janvier 1515 : du soutien de l'empereur, négocié pas à pas, à l'accord des Etats et à la participation des grands seigneurs au gouvernement. Dans l'automne et l'hiver 1514, il a reçu les députés des Etats un par un, les a écoutés, leur a fait entrevoir la création d'un ordre politique qui les associerait à la décision. Sa puissance repose sur l'emprise qu'il exerce sur son élève : Charles le suit aveuglément. L'évêque de Badajoz, qui rend compte à Cisneros des événements de Bruxelles, ne s'y trompe pas.

Marguerite n'a pu s'opposer au coup d'Etat qui la relègue au second plan. Elle voit de moins en moins son neveu ; elle écrit à son père qu'elle « ne se mêle plus d'une affaire quelconque », car Chièvres est devenu « le principal des finances et du gouvernement[2] ».

Le 17 janvier 1515, « de l'avis de sa très chère tante,

---

1. A partir de janvier 1515, les pouvoirs de la régente ayant pris fin, les documents qui permettent de déterminer l'itinéraire de celle-ci deviennent très rares. Cependant, un texte des archives de Lille prouve que Marguerite a accompagné son neveu lorsqu'il a pris possession des Pays-Bas : « A haute et puissante princesse, Dame Marguerite... la somme de six mille livres pour les grands et notables services qu'elle a rendus à Monseigneur durant sa minorité, pour le labeur et le travail qu'elle a consacrés à ses affaires, pour les frais qu'elle a soutenus pour l'avoir accompagné dans la réception de ses pays » (Max Bruchet et Eugénie Lancien, *L'Itinéraire de Marguerite d'Autriche*, p. 162).

2. André Le Glay, *Correspondance de l'empereur Maximilien Ier et de Marguerite d'Autriche,* tome II, p. 284.

des seigneurs du sang, des chevaliers de l'Ordre », Charles nomme Jean Le Sauvage grand chancelier et Chièvres compose un nouveau conseil, qui comporte quatre membres de sa famille ! Les grands seigneurs y détiennent la majorité : Philippe de Clèves, Henri de Nassau, Charles de Lannoy, Adolphe de Bourgogne, Antoine de Lalaing. Marguerite est écartée sans ménagement.

Dans l'été 1515, quand Charles prend ses vacances chez Chièvres à Héverlé, elle gagne Malines. Elle a besoin de se reposer et de réfléchir – loin de l'agitation de Bruxelles. Elle se réfugie dans ses collections : ses tableaux et ses meubles la rassurent. Un chanoine napolitain, Antonio de Beatis, qui accompagne aux Pays-Bas en 1517 le cardinal Louis d'Aragon, a laissé une relation de son voyage, dans un manuscrit que conserve la bibliothèque de Naples : visitant la Cour de Savoie, il ne cache pas son émerveillement[1].

Marguerite enrichit sa bibliothèque, classe ses livres, en dresse l'inventaire. Elle marque une prédilection pour Boccace ; elle lit et relit les cent nouvelles du *Décaméron* – dédié « aux femmes qui aiment ». Le livre est placé sous le signe de l'amour charnel triomphant, alors que la peste de 1348 décime Florence[2]. Des jeunes gens – sept femmes et trois hommes –, retirés dans une maison de campagne, s'efforcent d'oublier le fléau ; ils inventent des histoires d'amour, se projettent dans un monde rayonnant qui ne connaîtrait ni la peste ni le malheur. Marguerite lit le *Décaméron*

1. Comte Henry Carton de Wiart, *Marguerite d'Autriche*, p. 193-194.

2. Boccace, *Décaméron*, introduction de Christian Bec, p. 6.

et, derrière les mots, surgissent des images qui la renvoient à ses souvenirs, à son amour perdu – et la souffrance naît, qu'elle redoute et attend à la fois. Similitude des situations : même peur de la mort, même sens de la fragilité des œuvres humaines et même appétit de la vie.

De cette époque date la complainte dans laquelle Marguerite d'Autriche s'adresse à un inconnu – qu'elle écarte :

> « *Il vault mieux que je choisisse la mort.*
> *Car femme n'est digne d'estre nommee*
> *Si plus que toi n'aime sa renommee.*
> *Voudrais tu me voir ainsi blamee*
> *Pour seulement te cherir et t'aimer*[1] ? »

Toutes les pages de la *Complainte* sont encadrées d'une bordure noire où sont peintes les initiales *A.L.H. C.* : le bel inconnu, c'est Antoine de Lalaing, comte de Hoogstraten, son ami le plus proche. De sa main, Marguerite a ajouté sur le premier feuillet sa devise en français : *Fortune infortune fort une* et en latin : *Fortis fortuna infortunat fortiter unam.*

Pendant qu'elle est recluse à Malines, classant ses livres et écrivant des poèmes, Chièvres met en œuvre une politique différente de la sienne, notamment dans les relations qu'il noue avec la France : il veut s'atta-

1. La complainte de Marguerite d'Autriche, inventaire n° 354 (Marguerite Debae, *La Bibliothèque de Marguerite d'Autriche*, p. 487-489).

cher cette vieille ennemie de la maison de Bourgogne. Sans trop d'illusion.

Adrien d'Utrecht lui écrit : « Les Français sont riches et abondants de promesses belles et douces, mais ils mesurent l'amitié à leur profit. » Chièvres répond : « Mesurons leur accord à notre intérêt[1] ! »

Il envoie Henri de Nassau rencontrer François Ier, avec Sempy, qui a négocié avec Henri VIII, Michel de Pavye et Philippe Dales, qui se trouvait à Paris lors de la mort de Louis XII. Gattinara, en dernier rang, se plaint de la place qui lui est réservée : il n'a pas le pouvoir de traiter, il est seulement chargé de la défense des intérêts de Marguerite.

Lorsqu'il reçoit Nassau, François Ier n'a qu'une idée en tête : l'Italie. Avant de franchir les Alpes, il veut assurer la tranquillité de ses provinces du Nord et, pour l'obtenir, il recherche un accord avec les Pays-Bas. Nassau propose que Charles d'Autriche épouse Renée de France, la seconde fille de Louis XII :

« Madame Renée est encore bien jeune », rétorque le roi.

Nassau voudrait qu'elle gagne les Pays-Bas, comme Marguerite autrefois la France :

« C'est impossible ! »

Renée n'a pas cinq ans. Malgré son jeune âge, sa dot donne lieu à un long débat. Nassau réclame le duché de Milan, François Ier propose le duché de Berry. Il ne veut pas abandonner Milan : ce sera donc Bourges. Le traité est signé à Paris le 24 mars 1515 : Renée sera fiancée à Charles quand elle aura sept ans et remise à

1. Alexandre Henne, *Histoire du règne de Charles Quint en Belgique*, tome II, p. 100.

son époux quand elle en aura douze. François Ier est libre de conquérir le Milanais et Charles de prendre possession de ses royaumes d'Espagne : cet échange de bons procédés assure la paix aux Pays-Bas.

Le traité de Paris approuve la cession à Marguerite du comté de Charolais, des seigneuries de Noyers et de Château-Chinon : Gattinara n'a pas perdu son temps ! Nassau non plus : à Paris, il épouse Claude de Chalon, fille de la princesse d'Orange[1].

La paix est accueillie dans les Pays-Bas avec enthousiasme. Les Etats provinciaux accordent au gouvernement les aides qu'ils lui refusaient quelques mois auparavant : deux cent mille écus pour la Flandre, quatre cent cinquante mille pour le Brabant. Le Trésor retrouve un certain équilibre[2].

Chièvres peut développer d'autres ambitions : il établit un plan de redressement des finances publiques et engage une réforme fiscale.

Le 28 mars 1515, il annule toutes les pensions « grandes, moyennes et petites, de quelque nature et origine qu'elles soient ». Le 16 mai suivant, il crée une commission qu'il charge de définir une nouvelle répartition des impôts entre les villes et les quartiers de Flandre. Pendant deux ans, la commission étudie l'état et la valeur des biens des villes et des paroisses rurales : sur sa proposition, des ordonnances d'octobre 1517 détermineront les parts contributives respectives des

1. Il est ainsi le beau-frère de Philibert de Chalon, prince d'Orange (1502-1530), le héros des guerres d'Italie. A la mort de Philibert, son fils René de Nassau deviendra prince d'Orange.

2. Alexandre Henne, *Histoire du règne de Charles Quint en Belgique*, tome II, p. 126.

villes et des campagnes. Par une dernière décision du 18 mai 1515, Chièvres ordonne le recensement de toutes les propriétés de l'Eglise « tombées en mainmorte ». Les abbés protestent auprès du pape : il n'en a cure. Il ne se contente pas de rétablir la paix, il réforme en profondeur l'administration des Pays-Bas et conduit une nouvelle étape de la centralisation engagée par Philippe le Bon et Charles le Téméraire.

Les Etats généraux se réunissent à Bruxelles en octobre 1515 et en février 1516 : Chièvres inscrit à l'ordre du jour la question de Gueldre et la succession d'Espagne. La deuxième session à peine ouverte, on apprend la mort du roi Ferdinand d'Aragon, le 23 janvier 1516, à Madrigalejo.

Charles succède à son grand-père et devient roi d'Aragon. Pour la Castille, dans son testament, Ferdinand l'a désigné comme régent : Charles ne peut être davantage, puisque sa mère vit encore et qu'elle est reine de Castille ; il ne peut exercer le pouvoir qu'au nom de Jeanne. Mais Chièvres et Le Sauvage veulent pour lui, tout de suite, la couronne de Castille. C'est impossible, indique de Valladolid le cardinal de Cisneros ! La déchéance de la reine Jeanne n'a pas été constatée : Charles ne peut être roi.

Le 14 mars, les obsèques de Ferdinand sont célébrées à Bruxelles, dans l'église Sainte-Gudule. Avec le même cérémonial utilisé pour la mort de Philippe le Beau. Charles se tient à genoux, en vêtements de deuil. Le roi d'armes appelle à haute voix : « Don Ferdinand » ; trois fois, il reçoit la réponse : « Il est mort. » L'étendard royal d'Aragon est jeté à terre. Le héraut encore : « Vivent doña Juana et don Carlos, les Rois catholiques ! » Charles quitte son manteau de deuil, monte les marches de l'autel, prend l'épée des mains de l'évêque de Badajoz. Une immense acclamation retentit : Charles est roi d'Aragon et de Castille – pour la Castille, conjointement avec sa mère.

La cérémonie est ressentie en Espagne comme « un véritable coup d'Etat[1] ». Placé devant le fait accompli, le cardinal de Cisneros s'incline. Deux gouvernements vont se disputer le pouvoir, l'un à Valladolid, l'autre à Bruxelles. Cette dualité nourrit les rivalités de clans. Le Conseil royal de Castille supplie le jeune roi de venir prendre ses fonctions. A Valladolid, on murmure que Charles ne quittera pas les Pays-Bas : les *Cortes* envisagent de se substituer au pouvoir royal défaillant.

Chièvres hésite : le voyage d'Espagne lui paraît une entreprise hasardeuse, dans un pays qu'il ne connaît pas et que la crise menace. De plus, l'affaire de Gueldre n'est pas réglée et les moyens financiers manquent. Des Etats généraux, réunis à Bruxelles en octobre 1516, il n'obtient que cinquante mille livres.

Aux difficultés financières s'ajoute le désarroi d'une épidémie de peste qui se déclare à Anvers et s'étend à toute la Flandre : en quelques mois, elle provoque la mort de milliers d'hommes, de femmes et d'enfants. « O misérable pays, s'écrie Erasme, livré à la guerre, à la maladie et à la famine ! On réclame du peuple des sommes énormes qu'il ne peut payer[2]. »

Dans l'épreuve, Chièvres s'affirme : il a du caractère

---

1. Joseph Pérez, *La Révolution des Comunidades de Castille* (Bordeaux, Institut d'études ibériques et ibéro-américaines, 1970), p. 84.

2. Alexandre Henne, *Histoire du règne de Charles Quint en Belgique*, tome II, p. 157.

et le montre. Il bataille en bon connaisseur des rouages du Parlement, et les Etats lui votent finalement les crédits pour le voyage d'Espagne.

Avant de quitter les Pays-Bas, il organise à Bruxelles un chapitre de la Toison d'or, qui porte de trente et un à cinquante et un le nombre des chevaliers, « en raison de l'accroissement des Etats de la maison de Bourgogne ». Il n'a pas d'enfants, mais des neveux et des cousins qu'il s'emploie à placer…

Le chapitre de Bruxelles inflige un nouveau désaveu à Marguerite d'Autriche en consacrant la réhabilitation de Juan Manuel. Les chevaliers jugent que son arrestation en janvier 1513 a été « injuste et extraordinaire ». Nul membre de l'Ordre, désormais, ne pourra être arrêté sans l'autorisation de ses pairs. Juan Manuel sera même indemnisé. Marguerite n'a même pas la possibilité de se justifier.

Trop, c'est trop ! Il lui semble qu'elle est proscrite dans son pays et par son propre neveu. Elle appelle son père à l'aide. L'empereur n'a pas les moyens d'entreprendre le voyage des Pays-Bas : Marguerite lui envoie dix mille florins. De quoi le décider. Il quitte Trèves et gagne Malines : pour le carnaval, toute la famille de Habsbourg se rassemble autour de lui – pour la dernière fois.

A Bruxelles, il a de longs entretiens avec son petit-fils : il est obsédé par le maintien de l'union des Habsbourg, qu'il veut préserver à tout prix, mais il n'obtient que de belles paroles : Chièvres n'est pas favorable à un retour en grâce de Marguerite. Partant avec le roi pour l'Espagne, il ne veut pas lui abandonner le pouvoir.

Maximilien se plaint de l'attitude de son petit-fils, qui voudrait être son « tuteur »… Il se sépare de sa fille et de ses petits-enfants dans les derniers jours de mai 1517 : il ne les reverra plus.

Charles doit-il gagner l'Espagne par mer ou par terre ? La réponse dépend des rois de France et d'Angleterre : avant le départ, Chièvres s'assure le soutien de l'un et de l'autre.

Il négocie avec François Ier, à Noyon, un nouveau traité : Charles n'épousera pas Renée, mais Louise, la fille du roi, qui n'a pas deux ans et mourra l'année suivante…

A l'automne, Chièvres engage des pourparlers avec le roi d'Angleterre. La victoire de Marignan a créé les conditions d'une entente : François Ier ne doit pas devenir trop puissant. Un accord est conclu en octobre 1516 par lequel l'empereur, le Roi Catholique et Henri VIII s'engagent à se soutenir mutuellement. Contre la France ? Le texte le suggère.

Cette politique d'équilibre permet à Charles de gagner l'Espagne par la mer. Mais le roi ne peut quitter les Pays-Bas que menace – encore et toujours – Charles d'Egmont. A Gand, les Etats généraux exigent qu'une trêve soit conclue avant le départ pour l'Espagne : celle-ci intervient à Utrecht en septembre 1517.

Entre-temps, Charles a rejoint Middelbourg dans l'attente d'un « bon vent pour le conduire en Castille ». Le 12 juillet 1517, il nomme Henri de Nassau « capitaine général de l'armée » et, le 23 juillet, institue un nouveau conseil, dont l'empereur devient « superintendant ». Il nomme sa tante membre du conseil au même titre que les princes du sang et les chevaliers de la Toison d'or – ni plus ni moins.

Chièvres a retenu les leçons de Gattinara : s'éloignant, il précise le fonctionnement du Conseil, détermine les heures auxquelles ce dernier doit se réunir, « deux fois par jour[1] ». Le Conseil sera présidé par Jean de Carondelet et, en son absence, par Jean Caulier ; les affaires urgentes seront examinées par Jean de Carondelet et Antoine de Lalaing, chef des finances[2]. Seule est remise à Marguerite la garde du cachet que Charles a fait graver pour sceller ses lettres. Une misère ! De ses anciens pouvoirs, Marguerite ne conserve qu'une voix délibérative au Conseil ; le titre de gouvernante lui est refusé.

Le 7 septembre 1517, le roi, sa sœur Eléonore, les Chièvres – mari et femme –, Beaurain, Gorrevod et l'évêque de Badajoz embarquent à Flessingue : le « bon vent » s'est enfin levé ! Une flotte imposante gagne la côte d'Espagne : quarante navires transportent soixante gentilshommes, trois cents officiers, un millier de domestiques. Tous ont des âmes de conquérants, rêvent d'or et de terres nouvelles[3].

Chièvres et Le Sauvage partis, Marguerite va patiemment reconquérir le pouvoir qu'ils lui ont ôté. Elle ne gagne pas Malines, mais Bruxelles : elle assiste à la réunion des Etats généraux en octobre 1517. Elle observe et analyse la situation.

---

1. Alexandre Henne, *Histoire du règne de Charles Quint en Belgique*, tome II, p. 202.

2. Le Conseil comprend treize conseillers, douze maîtres de requête et huit secrétaires. Ces derniers jouent un rôle essentiel : Philippe Haneton, premier secrétaire et « seul signant en finances », Laurent du Blioul, Jean de Marnix, Charles de La Verde Rue, Jean de Le Sauch, Guillaume des Barres, Renacle d'Ardenne et un secrétaire espagnol.

3. Pour ne pas vexer François Ier, le grand chancelier, Jean Le Sauvage, traversera la France.

La trêve d'Utrecht est soumise aux députés, mais Charles d'Egmont est décidé à ne pas l'appliquer : ses capitaines s'opposent à sa publication et les courriers chargés de transmettre les ordres sont cousus dans des sacs et jetés à l'eau[1]... Les hostilités reprennent, malgré l'épuisement des belligérants. Ce n'est plus la paix, pas encore la guerre, mais cette situation de troubles que les Pays-Bas connaissent depuis dix ans. La politique de Chièvres n'a finalement rien changé.

L'hiver est rigoureux : en décembre 1517, la navigation est interrompue sur toutes les rivières. Le froid et la famine, puis la peste : de nouveau, l'horreur.

Le gouvernement n'est pas obéi – plaqué sur les Pays-Bas comme un corps étranger. La guerre reprend sur fond d'épidémie et d'anarchie. Charles est parti, Marguerite est restée : le peuple se tourne vers elle. Sa seule présence est portée à son crédit.

Elle négocie avec Robert et Erard de La Marck un arrêt des hostilités ; elle promet le chapeau de cardinal à l'évêque de Liège – qui l'obtiendra.

Le 31 mai 1518, Carondelet meurt et, quelques jours après, Le Sauvage aussi : tous deux, aux Pays-Bas et en Espagne, emportés par la peste. Gattinara devient grand chancelier : les circonstances favorisent Marguerite.

Dès sa prise de fonctions, Gattinara suggère à Charles Quint de revenir sur les décisions de juillet 1517. Le 24 juillet 1518, Charles délègue à Marguerite la signature des actes administratifs, lui confie la direction du collège des finances, lui remet la collation des offices. D'Allemagne, Maximilien commente : « Je me

1. Alexandre Henne, *Histoire du règne de Charles Quint en Belgique*, tome II, p. 211.

réjouis que mon petit-fils vous ait rendu l'honneur et l'autorité[1]. »

A l'automne, les pluies et, de nouveau, les inondations. La peste reprend : en mars 1519, la mortalité est si importante à Namur que le conseil provincial doit quitter la ville[2].

Le même mois, les Etats généraux s'assemblent à Malines pour apprendre la mort de Maximilien à Wels en janvier. La campagne pour l'élection impériale s'engage.

Charles veut succéder à son grand-père et devenir empereur contre la volonté, en Espagne, des *Cortes* et, aux Pays-Bas, des Etats généraux. « Il n'est pas question, disent les premiers, d'associer d'une façon ou d'une autre la Castille à l'Empire[3]. » Il n'est pas bon, ajoutent les seconds, de subordonner la politique des Pays-Bas aux intérêts des Habsbourg. Les uns et les autres rêvent d'une politique nationale et refusent l'émergence d'une politique dynastique dont ils craignent le coût et l'emballement.

Maximilien a hésité entre ses deux petits-fils, Charles et Ferdinand. Le cardinal de Sion a emporté sa décision : « Tout partage a l'affaiblissement pour effet naturel[4]. » L'empereur choisit l'aîné comme son successeur. Les Habsbourg tirent leur force de leur volonté de réunir, sous une même autorité, tous les héritages

---

1. *Idem*, p. 372.
2. *Idem*, p. 250-251.
3. Jean-Pierre Soisson, *Charles Quint*, p. 43.
4. Alexandre Henne, *Histoire du règne de Charles Quint en Belgique*, tome II, p. 257.

Maximilien Ier,
empereur d'Allemagne

« Maximilien donne l'impression de danser sur la vie. Un mélange d'empereur et d'aventurier : il a songé à se faire élire pape à la mort de Jules II. »

La rencontre de Maximilien et de Marie

« Maximilien arrive à Gand le 18 août 1477. Marie l'attend. Maximilien et Marie ne parlent pas la même langue : ils s'entendent "assez par signes"... Ils vont former un couple très uni. »

Marie de Bourgogne

« A Bruges, en mars 1482, c'est l'accident de chasse, la mort de Marie, la fin d'un bonheur simple et, plus encore, celle d'une époque : les Pays-Bas vont à nouveau connaître la guerre civile, s'ajoutant à la guerre contre la France. »

Marguerite, reine de France

« Marguerite, en juin 1483, épouse à Amboise le dauphin Charles. Madame est un gros bébé blond, qui est traité comme une reine. »

Charles VIII et Anne de Bretagne

« Charles VIII, en décembre 1491, épouse Anne de Bretagne… Marguerite est répudiée. Quelles peuvent être les réactions d'une fillette de douze ans écartée sans ménagement ? Le dépit et le ressentiment. »

L'empereur Maximilien

« Albrecht Dürer – qui était proche de Maximilien – a exécuté cette gravure sur bois en 1519 après la mort de l'empereur.
Il restitue la personnalité de ce dernier, sa « bienveillance innée, sa lassitude et ses désillusions ».
(Erwin Panofsky, *La vie et l'art d'Albrecht Dürer*)

L'album de Marguerite

« L'Album de Marguerite d'Autriche (Ms 228) s'ouvre sur un motet – vraisemblablement de Pierre de La Rue –, *Ave sanctissima Maria,* orné d'une miniature représentant la princesse en prière devant la Vierge. »

Erasme, prince des humanistes

« Les humanistes que Marguerite rassemble à Malines développent les idées nouvelles portées par la Renaissance et la Réforme… Erasme est le chef de file de cette “République des lettres”. »

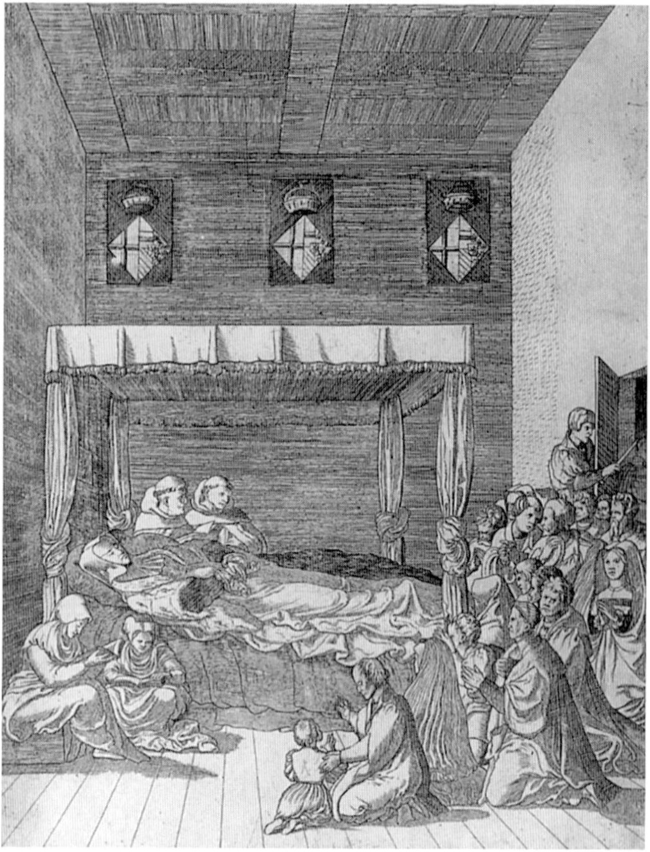

La mort de Marguerite

« Marguerite a gémi, pleuré, crié. A l'approche de la mort, toutes ses souffrances s'effacent : seule la joie demeure. Elle n'a jamais possédé les choses et, maintenant, elle va les détenir. »

Les tombeaux de Brou

« La visite de Brou s'apparente à une marche vers la lumière – une théologie de la mort et de la résurrection. Les tombeaux, les vitraux emplissent de joie le cœur de celui qui les contemple. »

Marguerite et Philibert,
unis dans la mort

« Dans l'attente de la Résurrection, Philibert et Marguerite sont éternellement jeunes. »

familiaux : « Si nous apparaissons divisés, écrit Charles à son frère, nos ennemis détruiront notre maison[1]. »

François Ier a déclaré sa candidature avant même la mort de l'empereur. Les archevêques de Mayence et de Trèves, le margrave de Brandebourg, le comte palatin du Rhin lui ont promis leurs suffrages. Le roi de France leur a accordé des terres et des pensions. Maximilien n'est pas mort et, déjà, sa succession est organisée – mais pas comme il le souhaite !

Il conseille à son petit-fils d'utiliser les mêmes méthodes que François Ier : « Aucun enjeu ne doit te paraître trop élevé. Suis mon exemple ou renonce à tout espoir de réussite. » Son exemple, c'est de dépenser sans retenue et de s'attacher les électeurs par l'argent !

Il ouvre la Diète d'Empire à Augsbourg le 3 août 1518 – en principe pour décider d'une croisade, en réalité pour traiter de sa succession.

L'Empire allemand – le Saint Empire romain germanique – ne se transmet pas par hérédité comme un royaume : la dignité impériale résulte du vote exprimé par sept électeurs qui sont censés, à eux seuls, représenter tout l'Empire. Selon la bulle d'or de 1356, ils sont sept, comme les sept branches du chandelier de l'Apocalypse : les archevêques de Mayence, de Cologne et de Trèves, le roi de Bohême, le duc de Saxe, le margrave de Brandebourg, le comte palatin du Rhin. A la majorité des suffrages, ils élisent à Francfort le « roi des Romains », qui deviendra empereur seulement quand il sera couronné par le pape.

L'Allemagne va devenir un vaste marché. L'un pro-

---

1. Jean-Pierre Soisson, *Charles Quint*, p. 60.

pose sa voix, l'autre son influence, celui-ci les services qu'il peut rendre, celui-là les soldats qu'il peut lever : « Les consciences, écrit Henne, se mettent aux enchères[1]. »

Le 1er septembre, Jean de Courteville, l'ambassadeur de Charles auprès de Maximilien, rend compte à Marguerite : « Tout va bien. Je vous avertis, Madame, d'une bonne nouvelle dont vous devez vous réjouir : cinq électeurs sur sept ont assuré qu'ils éliraient pour roi des Romains votre neveu Charles[2]. »

En effet, le 27 août, Maximilien a obtenu cette promesse des électeurs de Brandebourg et de Mayence – Joachim et Albert de Hohenzollern –, de l'archevêque de Cologne – Hermann von Wied –, du comte palatin – Louis de Bavière – et du jeune roi Louis II de Bohême – fiancé à Marie d'Autriche : cinq suffrages que Maximilien a achetés pour cinq cent mille florins[3] !

Il envoie aussitôt Jean de Courteville en Espagne avec les pièces du marché, en invitant son petit-fils à ratifier celles-ci « sans retard et sans modification ». Charles et Chièvres s'étonnent de l'énormité de la dépense : ils n'ont pas l'argent pour honorer les promesses de Maximilien…

C'est Marguerite qui trouve les fonds nécessaires auprès des banquiers d'Anvers. « Le roi, mon neveu, nous a écrit que le cheval sur lequel il voudrait bien

1. Alexandre Henne, *Histoire du règne de Charles Quint en Belgique*, tome II, p. 259.

2. *Idem*, p. 260.

3. *Idem*, p. 261.

venir est cher. Nous savons qu'il est cher, mais il est tel qu'il y a marchand pour l'acheter[1]. »

Il faut l'acheter – et vite ! Les princes se sont séparés à Augsbourg, promettant de se retrouver à Francfort autour de Maximilien. Mais ce dernier n'a pas été couronné par le pape : en droit, il n'est pas empereur et ne peut faire élire de son vivant son petit-fils « roi des Romains ». Il caresse le projet de gagner l'Italie, l'abandonne, propose au pape de le rejoindre à Trente. Si le souverain pontife ne peut se déplacer, il se contentera de la présence de deux cardinaux... Naturellement, le pape refuse et Maximilien renonce. Il gagne l'Autriche. Après une chasse, la fièvre le prend : il meurt à Wels le 19 janvier 1519. Il n'a pas soixante ans.

Les négociations sont rompues. A Augsbourg, beaucoup d'argent a été promis et dépensé en vain. Tout le travail de corruption est à reprendre.

De Malines, Marguerite devient l'âme de la négociation. Elle monte en première ligne, engage ses conseillers dans le combat électoral. La Catalogne est loin, où se trouve Charles. La révolution des *Comunidades* éclate, qui appelle ce dernier en Castille. D'ailleurs, régnant sur l'Espagne, les Pays-Bas et une partie de l'Italie, Charles doit laisser la responsabilité de la manœuvre sur le terrain à des hommes de confiance. La décentralisation est le complément obligé de l'unité de commandement.

La mort de Maximilien renouvelle l'ardeur de François Ier, qui ne se laisse pas décourager par le revirement des Hohenzollern – bien au contraire. Il

1. *Idem*, p. 262.

installe à Cologne un véritable poste de commandement, y dépêche ses conseillers les plus proches : Guillaume de Bonnivet, Jean d'Albret et Charles Quillart, président du Parlement de Paris. Il jette dans la bataille toutes ses forces, toutes ses ressources : Bonnivet emporte avec lui à Cologne quatre cent mille couronnes. A Guillart qui pense naïvement que la persuasion suffira, François Ier rappelle qu'il n'aura pas en face de lui « des gens vertueux ou ayant l'ombre de vertus[1] ».

Les ambassadeurs français parcourent l'Allemagne avec des suites de mulets chargés d'or : « Ils n'y allaient pas de paroles, raconte Berghes, mais d'effets à pleines mains[2] ».

François Ier éprouve des difficultés à réunir les sommes qu'il promet et, plus encore, à les transférer en Allemagne : les banques soutiennent la candidature Habsbourg. Jacob Fugger refuse de prêter au roi de France trois cent mille couronnes, alors qu'il en met cinq cent mille à la disposition de Charles. Les ambassadeurs français doivent transporter l'argent en espèces. Quand ils sont arrêtés par des bandes armées, ils recourent à des subterfuges : ils accrochent des sacs d'or à la quille de bateaux remontant le Rhin[3]...

François Ier promet la couronne impériale au roi de Pologne, recrute des mercenaires en Suisse, évoque

1. Dans une dépêche du 7 février 1519, que cite Auguste Mignet.

2. Dans une lettre du 14 février 1519, que cite Alexandre Henne.

3. Robert J. Knecht, *Un prince de la Renaissance, François Ier*, p. 169.

une croisade qu'il conduirait en personne. A l'ambassadeur anglais qui demeure sceptique, il affirme : « Trois ans après mon élection, je serai à Constantinople ou je serai mort[1] ! » Chaque jour, il donne ses instructions, dessine de lui le portrait que ses ambassadeurs doivent présenter : « Un roi jeune et à la fleur de son âge, libéral, magnanime, aimant les armes, expérimenté à la guerre, ayant de bons capitaines, un royaume bien uni ». Ses envoyés ajouteront : « Il est en paix avec ses voisins ; il pourra employer au service de Dieu et de la foi sa personne et ses biens, sans que nul ne le détourne et que rien ne l'en empêche. » Enfin, ils expliqueront que Charles, son adversaire, est « en bas âge, sans expérience de la guerre, maladif et hors d'état d'assumer le fardeau de l'Empire… ».

Maladif, Charles l'est en effet. A Saragosse en janvier 1519, une crise d'épilepsie le terrasse. A l'église, pendant la messe, il tombe à terre, roule sur le sol, bave : la scène est décrite – avec complaisance – par l'ambassadeur français. On l'emporte inanimé ; il demeure plusieurs heures sans connaissance. Cette crise est-elle la conséquence d'une émotion trop forte ? La pression d'un entourage hostile, d'un pays inconnu ? Charles est fragile : Chièvres le sait et ne le quitte pas. Le 15 janvier, il nomme auprès de lui un nouveau médecin, Miguel Zurita de Alfaro. Charles guérit et, dans les jours qui suivent, ne se souvient même pas de la crise qui l'a terrassé.

Il reprend des forces, comprend que le combat des prochains mois déterminera toute sa vie politique. Il se

1. Auguste Mignet, *Rivalité de François Ier et de Charles Quint*, p. 158.

ressaisit, devient une volonté au service d'un dessein : il s'engage dans la bataille pour l'élection à l'Empire.

Il envoie en Allemagne le chancelier d'Autriche avec Jacques de Villinger et Jean Renner, qui a été le secrétaire de son grand-père. De Bruxelles, Marguerite dépêche Maximilien de Berghes, Antoine de Lalaing, Nicolas Ziegler, Henri de Nassau, Gérard de Plaine et Jean de Marnix. Les deux meilleures équipes politiques d'Europe – française et bourguignonne – se trouvent aux prises.

Quatre électeurs rejoignent François Ier. Pour la construction d'une église, l'archevêque de Mayence réclame cent vingt mille florins : François Ier donne son accord. Il paierait davantage encore ! Si les Hohenzollern votent pour lui, il sera élu.

Le pape hésite. Il doit choisir entre deux maux : au nord des Etats de l'Eglise, le roi de France tient Milan et, au sud, le roi d'Espagne Naples. La solution française lui paraissant la moins dangereuse, le pape se déclare en faveur de François Ier.

Les partisans de Charles considèrent alors qu'ils ont perdu la partie : ils suggèrent de soutenir un autre candidat et proposent le nom de Ferdinand de Habsbourg. Marguerite approuve cette initiative, mais Charles s'y oppose : pas un instant, il n'envisage de se retirer pour son frère. Il assure ce dernier d'un partage équitable de l'héritage familial, lui promet sa succession : que Ferdinand ait la sagesse d'attendre !

Marguerite a toujours obéi au chef de famille : à son père et, désormais, à son neveu. Elle se range à la décision de Charles, qu'elle met en œuvre sans réticence : dans l'action, elle n'éprouve aucun scrupule. Elle attache de l'importance au détail, recommande d'acheter non seulement les électeurs, mais leurs parents et leurs conseillers. Elle promet une pension de huit mille livres à l'archevêque de Cologne. Le frère de l'archevêque lui paraît avoir « plus de crédit que l'électeur lui-même » : elle lui propose une pension de deux mille livres. Elle n'oublie pas les valets de chambre : celui de l'archevêque de Mayence reçoit une pension de cent florins [1] !

Rien n'est joué, alors que la date de l'élection approche : Charles envoie en Allemagne un nouveau négociateur, Paul Armstorff, son chambellan le plus proche. Armstorff se rend auprès du comte de Bavière, du margrave de Brandebourg, de l'archevêque de Mayence. Ce dernier constitue le maillon faible du dispositif français. Armstorff cherche à se l'attacher :

« Je vois bien, lui dit-il, que nos adversaires vous ont fait des offres supérieures aux nôtres. Mais, si vous les acceptez, vous causerez un dommage irréparable à l'Empire et à toute la nation allemande. »

L'archevêque, froidement, convient que les Français lui ont offert beaucoup plus. Pour choisir Charles de Habsbourg, il demande cent mille florins supplémentaires. Cent mille ! Armstorff s'indigne :

« Le roi Charles ne sera pas empereur, mais vous serez déshonoré. »

L'archevêque reconnaît qu'un archiduc d'Autriche, tout bien pesé, sera un meilleur empereur d'Allemagne que le roi de France. L'opinion l'entraîne dans ce sens : le sentiment national, qui marque si fort l'Allemagne

---

1. Devant les Etats généraux en mars 1523, Marguerite déclarera que Charles a dû dépenser pour son élection un million deux cent mille florins.

du XVIe siècle, se prononce contre le candidat français et en faveur du petit-fils de l'empereur Maximilien.

Mais Albert de Brandebourg veut faire payer son ralliement le plus cher possible. Son valet de chambre va trouver Armstorff : « Monseigneur se contentera de quatre-vingt mille florins ! » Nouveau refus. Cinquante mille feraient son affaire ! Armstorff ne promet toujours rien.

Il faut conclure : après plusieurs jours d'une négociation qui s'enlise, Armstorff offre vingt mille florins : le marché est arrêté.

L'archevêque ouvre alors un coffre et montre au chambellan les lettres que le roi de France lui a adressées. Armstorff est stupéfait de l'importance des offres de François Ier : par une dépêche que conservent les archives de Lille, il supplie Charles Quint de confirmer – au plus vite – l'arrangement auquel il vient d'aboutir. « L'archevêque, écrit-il, tiendra parole et tirera son frère et Cologne après lui. »

Armstroff a raison : Albert de Brandebourg devient le meilleur soutien de la candidature Habsbourg, à tel point que son frère le margrave s'étonne de son revirement :

« J'ai changé, lui répond Albert, mais j'agis pour le bien de l'Empire et de la nation allemande. »

Sur ces entrefaites, un troisième candidat entre en lice : le roi d'Angleterre. Début mai, il adresse une lettre aux sept électeurs annonçant l'arrivée de son secrétaire personnel, Richard Pace[1]. Les instructions qu'il donne à ce dernier sont prudentes : Pace doit

1. Richard Pace est depuis 1516 le secrétaire du roi Henri VIII. Ses fonctions s'apparentent à celles que remplirait de nos jours un directeur de cabinet.

sonder les princes, mais non s'engager financièrement. Aux hésitants, il suggérera le nom de Henri VIII, vantera les mérites d'un roi comblé de dons, généreux, proche de l'Allemagne. Mais il se contentera de promettre ! En juin, Pace rend compte de sa mission : les archevêques de Cologne et Trèves sont indécis, le margrave de Brandebourg hésite, le comte de Bavière est partisan de François Ier. Quant aux autres électeurs, Pace ne les a pas rencontrés…

Les enchères montent toujours ! Joachim de Moltzan analyse la situation dans une lettre à François Ier : « Tout ira bien, si nous pouvons rassasier le margrave. La chose est arrivée au point que celui des deux rois qui donnera et promettra le plus, l'emportera. » Il termine par ces mots : « Vite, vite, vite [1] ! »

François Ier promet tout : le margrave cède. Arrivent à Berlin Henri de Nassau et Gérard de Plaine : le margrave hésite à nouveau… Le comte palatin ne cesse de traiter avec les deux camps : il accueille tour à tour les envoyés français et bourguignons. Le 4 avril, il signe un traité avec les émissaires de Charles et, le 9 mai, son chancelier conclut un accord avec Bonnivet.

En juin, comme chancelier de l'Empire, l'archevêque de Mayence convoque la Diète. Désormais, nul – prince ou ambassadeur – ne peut pénétrer dans Francfort : les formes doivent être respectées. Les électeurs demandent aux deux candidats qu'ils les délient de leurs promesses. Ils ont beaucoup reçu de l'un comme de l'autre : ils peuvent donc jurer sur les Evangiles qu'ils sont « libres de tout engagement… ».

---

1. Auguste Mignet, *Rivalité de François Ier et de Charles Quint*, p. 196.

Le 28 juin 1519, à dix heures du soir, Charles est élu à l'unanimité : il devient « roi des Romains ». Il sera le cinquième empereur à porter le nom de Charles : *Charles Quint.*

Il sait ce qu'il doit à sa tante : sans la pression qu'elle a exercée sur les électeurs, ses interventions auprès des banques, les sommes qu'elle a dépensées, il n'aurait pas été élu. De Barcelone, le 1er juillet 1519 – avant même de connaître son élection –, il lui accorde entière réparation[1]. Il la nomme « régente et gouvernante », lui donne « autorité, faculté et pleine puissance » pour diriger le gouvernement des Pays-Bas[2]. Elle, qui a été écartée des affaires, reçoit autorité sur l'administration des finances et de la justice et même sur l'armée ! Elle nommera les gouverneurs et les officiers, convoquera les Etats généraux « toutes les fois et en tels lieux que bon lui semblera[3] ».

De retour d'Espagne, Charles débarque à Flessingue le 1er juin 1520 – après trois ans d'absence. Avec un seul objectif : gagner Aix-la-Chapelle. Il ne traîne guère en chemin : à Bruges, il retrouve sa tante et son frère ; à Bruxelles, il préside les Etats généraux, qui l'assurent de leur reconnaissance. Son cœur, leur dit-il, est « toujours resté dans ses pays de par-deçà », mais il doit « prendre possession de la dignité impériale » : à

1. Ce n'est que le 6 juillet que Jean de Le Sauch lui apprendra la nouvelle de son élection.

2. Alexandre Henne, *Histoire du règne de Charles Quint en Belgique*, tome II, p. 294-295.

3. Cependant, Chièvres veille et limite ses pouvoirs par des instructions secrètes du 16 juillet : Marguerite ne pourra rien décider contre l'avis du Conseil privé.

peine sont-ils réunis, il les quitte. Un saut à Gravelines pour rencontrer son « bon oncle » Henri VIII, une réception à Malines et, à Anvers, il empoche les aides que les Etats lui accordent : ils sont généreux et il les remercie. Puissent-ils rester « unis et en bon accord avec lui ! ». Il conclut : « Je pars à regret et ne vous oublierai pas[1] ».

A Maastricht, le 19 octobre 1520, sur le chemin d'Aix-la-Chapelle, il confirme Marguerite dans ses fonctions de régente et de gouvernante générale des Pays-Bas. Il renouvelle les membres du Conseil, auquel il n'accorde qu'un rôle consultatif. Marguerite lui fait préciser que le Conseil devra la suivre dans ses déplacements et qu'elle pourra le réunir quand elle le jugera nécessaire : elle retrouve la plénitude de ses attributions.

Elle se réconcilie même avec Chièvres ! L'Empire permet de satisfaire toutes les ambitions. Chièvres et Marguerite ne sont plus concurrents : au premier, le gouvernement de l'Empire ; à la seconde, celui des Pays-Bas – dans une position subordonnée.

Charles Quint gagne Aix – livrée à la peste : les princes électeurs préféreraient que le couronnement soit reporté ou qu'il ait lieu à Cologne. Mais Charles Quint ne veut pas attendre : il désire s'asseoir au plus vite sur le trône de Charlemagne.

Le mardi 23 octobre 1520, le sacre déroule ses fastes. Dès l'aurore, l'empereur gagne la cathédrale, se prosterne au centre de l'octogone carolingien sous le lustre circulaire offert par Frédéric Barberousse. L'archevêque de Cologne entonne le *Domine, salvum*

1. Alexandre Henne, *Histoire du règne de Charles Quint en Belgique*, tome II, p. 321-322.

fac regem, « Seigneur, protège notre roi ». La liturgie de la messe est celle de l'Epiphanie : *Surge illuminare Jerusalem.* Charles est oint de l'huile des catéchumènes sur la tête, le cou, la poitrine, les bras et les mains. Il reçoit l'épée de Charlemagne, est revêtu du manteau, passe à son doigt l'anneau, prend dans ses mains le sceptre et le globe impérial. Les trois archevêques de Cologne, de Mayence et de Trèves posent la couronne sur sa tête. Il monte alors à l'autel, prononce en latin le serment du couronnement :

« Je confesse et je promets devant Dieu et ses anges de conserver, maintenant et à l'avenir, les lois et le droit ainsi que la paix dans la Sainte Eglise. »

Puis, par un escalier étroit et sombre, il gagne la galerie où se trouve le fauteuil de marbre blanc sur lequel Charlemagne était assis dans sa tombe. Au XIIe siècle, Frédéric Barberousse est entré dans le caveau : « moment étrange et redoutable », décrit par Victor Hugo[1]. L'empereur a pris le fauteuil, dont il a fait son trône. A sa suite, tous les empereurs germaniques sont venus s'asseoir, lors de leur couronnement, sur le siège de marbre blanc. Charles Quint est le trente-quatrième – l'avant-dernier – à accomplir ce rite sacré[2].

Selon la tradition, il nomme ses premiers chevaliers du Saint Empire – dont Guillaume de Chièvres. Lorsque la cérémonie s'achève, il est midi, et elle a duré plus de cinq heures.

Dans l'hôtel de ville à côté de la cathédrale, Charles

---

1. Victor Hugo, *Le Rhin. Lettres à un ami* (Paris, Imprimerie nationale, 1985), tome I, p. 157.

2. Le dernier sera le frère de Charles Quint, Ferdinand Ier, en janvier 1531.

Quint préside le banquet traditionnel du couronnement. Auprès de lui, les membres de sa famille : la reine douairière d'Aragon – la veuve de son grand-père Ferdinand – et sa tante Marguerite, qui a apporté de Malines ses tapisseries et sa vaisselle d'argent[1]. Splendeur de la Cour de Bourgogne : Charles est l'héritier des grands-ducs d'Occident. Sur la place, des bœufs tournent autour de leur broche, une fontaine répand du vin. « Personne, écrit Albrecht Dürer dans son *Journal de voyage*, n'a vu choses plus exquises. »

Les fêtes d'Aix-la-Chapelle sont le triomphe de Marguerite. Elle a contribué à l'élection de Charles Quint et elle tient les Pays-Bas, qui constituent la base arrière de l'Empire – et doivent supporter les frais du couronnement[2].

La quarantaine apaisée : Marguerite est désormais une femme mûre, que la difficulté a rendue plus forte. Elle a conservé son teint blanc et ses longs cheveux dorés. Elle a pris du poids : elle compense son manque d'affection et l'absence d'un homme auprès d'elle par un excès de nourriture.

---

1. C'est Etienne Luyllier, « officier de Madame », qui a été chargé du « charriage » des tapisseries et de la vaisselle : le compte de Jean Micault précise le montant des sommes qu'il a perçues (Alexandre Henne, *Histoire du règne de Charles Quint en Belgique*, tome II, p. 326).

2. Le Brabant pour cent quarante mille livres, le Hainaut pour quarante-huit mille, Lille, Douai et Orchies pour vingt mille… (*idem*, p. 326).

CHAPITRE VII

La crise financière

Le 26 octobre 1520, Marguerite et Charles se séparent : Marguerite gagne Bruxelles puis Malines ; Charles, Cologne puis Worms.

Il réunit sa première Diète d'Empire, rencontre majeure entre le jeune empereur et les représentants des Etats et des villes d'Allemagne. La Diète devait se tenir à Nuremberg, mais une épidémie de peste ravage le sud de l'Allemagne. Nuremberg est écartée ; Worms, qui est choisie, ne sera pas épargnée.

De novembre 1520 à mai 1521, la Diète de Worms accomplit une œuvre législative importante, définit le fonctionnement des institutions impériales, précise le rôle respectif de l'empereur et des princes, détermine les contributions des Etats au financement des guerres extérieures. Belgrade tombe aux mains des Turcs le 31 mars 1521.

A Worms s'affrontent aussi Luther et Charles Quint, le moine qui entraîne l'Allemagne dans sa révolte spirituelle et le souverain qui s'efforce de contenir la vague de modernisme qui déferle sur la chrétienté. L'un et l'autre incarnent deux forces, la Réforme et l'Empire, qui les dépassent comme les personnages d'une tragédie de Shakespeare[1].

La peste survient avec le printemps : elle emporte, en quelques semaines, Chièvres et son neveu le cardinal de Croy, Luigi Marliano, Diego Manuel et d'autres encore. Un mélange d'odeurs putrides, de violence et de mort.

Le premier rôle revient à Gattinara, qui va désormais, auprès de l'empereur, diriger la politique extérieure. Avec des objectifs différents : pour Chièvres, la guerre avec la France devait être évitée dans l'intérêt des Pays-Bas ; pour Gattinara, elle ne peut l'être : l'Italie du Nord, que François Ier dispute à Charles Quint, est la clé de l'Empire. Gattinara veut instaurer une monarchie universelle, unifier la chrétienté. Dans une note à l'empereur de juillet 1519, il rappelle la parabole du bon pasteur : « Il n'y aura qu'un seul troupeau et un seul berger. » A contre-courant, il tend à maintenir les structures du Moyen Age.

En Italie, il reprend la politique traditionnelle des rois d'Aragon : le contrôle de la Méditerranée pour assurer la sécurité des liaisons entre l'Espagne, Naples et l'Afrique ; la possession de la Lombardie pour tenir ouvertes les routes qui relient l'Espagne à l'Autriche.

Une telle politique suppose un accord avec le pape : le 28 mai 1521 – le jour de la mort de Chièvres –, Léon X ratifie à Rome le traité que le grand chancelier a préparé. Les archives de Vienne conservent une note manuscrite de la main du pape : « Nous le promettons. »

1. Jean-Pierre Soisson, *Charles Quint,* p. 73-88.

Que promet-il ? Le rétablissement du duc Francesco Sforza à Milan et du doge Adorno à Gênes. En échange, l'empereur s'engage à soutenir les revendications du pape sur Ferrare, Florence et Sienne. Si Rome est menacée par la disette, il assurera le ravitaillement de la ville. Et il paye : pour le pape, pour le cardinal Jules de Médicis – le futur Clément VII –, pour Alexandre de Médicis – qui deviendra son gendre… Mais le pape lui remettra la couronne impériale et lui accorde l'investiture du royaume de Naples : pour la première fois, un pape contrevient à la règle fixée par ses prédécesseurs, selon laquelle un roi de Naples ne peut être empereur. Les Habsbourg et les Médicis se partagent l'Italie.

François Ier ne peut laisser faire : la France risque d'être prise en tenailles entre les Pays-Bas, l'Allemagne, l'Italie et l'Espagne. Il déclenche les hostilités.

D'une façon très moderne, des querelles secondaires permettent aux deux adversaires, du moins pendant les premiers mois du conflit, de s'affronter sans se découvrir : François Ier utilise Charles d'Egmont et Robert de La Marck qui harcèlent les Pays-Bas.

Charles Quint gagne d'urgence Bruxelles. Il organise, dans l'été et l'automne 1521, la défense du Hainaut, de la Flandre et du Brabant. En février 1519, Henri VIII a rendu Tournai à la France : Charles Quint doit reprendre Tournai.

Gattinara obtient l'appui du roi d'Angleterre. Une fois encore, Henri VIII choisit le camp de l'empereur : il envoie à Bruges le cardinal Wolsey promettre au grand chancelier l'alliance anglaise. Il propose aussi, et dans le même temps, un accord à François Ier – qui hésite : un jour, il accepte la trêve et, le lendemain, la refuse. En fonction de la situation militaire…

Le 23 octobre, François Ier marche sur l'Escaut, que défend Charles Quint. Il a l'avantage du nombre et du terrain, mais n'ose pas attaquer. « Ce jour-là, note Guillaume du Bellay dans ses *Mémoires*, Dieu nous avait baillé nos ennemis dans nos mains[1]. » Le roi ne saisit pas sa chance.

Le 26 octobre, Charles Quint s'installe à Audenarde, où Marguerite le rejoint le 13 novembre : quand l'empereur est présent, la régente s'efface. Jacques de Luxembourg a mis le siège devant Tournai. La ville est bien fortifiée et les troupes impériales, mal ravitaillées, sont atteintes par la dysenterie : Luxembourg veut renoncer. Charles Quint s'obstine : Tournai se rend le 1er décembre.

A Audernarde, l'automne est froid ; la pluie tombe sans arrêt et, dans le château des Lalaing où Charles Quint réside, les soirées sont longues. Charles a vingt et un ans et n'aime pas dormir seul : il a besoin de la chaleur d'un corps auprès de lui. Il remarque une jeune servante de madame de Lalaing, Jeanne Van der Gheynst. Une nature simple et voluptueuse. Jeanne se trouve bientôt enceinte : une petite fille, Marguerite, naîtra en août 1522. Une Habsbourg de plus ! Marguerite sera sa marraine et veillera sur son éducation : la jeune Marguerite épousera Alexandre de Médicis, puis Octave Farnèse ; elle sera régente des Pays-Bas.

Cependant, l'Espagne n'est pas encore pacifiée après

1. Martin et Guillaume du Bellay, *Mémoires*, tome I, p. 163.

la révolte des *Comunidades* : Charles Quint doit rejoindre la Castille selon la promesse faite aux *Cortes*. Il s'embarque à Calais le 26 mai 1522.

Avant de partir, une nouvelle fois, il réorganise le gouvernement des Pays-Bas. Le 21 mars 1522, il renouvelle les pouvoirs du Conseil privé ; le 15 avril, il nomme Jean de Carondelet président du Conseil en remplacement de Jean Caulier, et Marguerite régente et gouvernante des Pays-Bas.

Jean de Carondelet est né à Dole en 1468 ; son père a été ministre de Charles le Téméraire, puis a servi Maximilien et Philipe le Beau. Comme Chièvres et Le Sauvage, il aime l'argent, cumule les pensions et les bénéfices. Doyen de Besançon, chanoine d'Anderlecht et d'Haerlebeke, il est nommé en 1519 archevêque de Palerme et primat de Sicile ; chancelier de Flandre, il devient prévôt de Saint-Donat de Bruges ! Mais ce grand seigneur est aussi un homme de culture, un mécène qui protège les artistes, achève à Bruges le collège de Saint-Donat, entretient une correspondance avec Erasme.

Pour Marguerite, les pouvoirs que l'empereur confie à Carondelet sont trop importants : elle n'accepte pas la part congrue qui lui est réservée et se rebiffe avec le soutien de Jean Caulier. Tous deux obtiennent satisfaction : Charles Quint dissocie les fonctions de chef et de président du Conseil privé : à Carondelet, la première ; à Caulier, la seconde. Marguerite devient seule destinataire de la correspondance secrète ; un chiffre spécial lui est attribué, et les chiffres d'Espagne et d'Allemagne lui sont remis.

Cependant, ses pouvoirs sont encadrés : « En toutes choses, elle doit se conduire selon la délibération du

Conseil privé et, en matière de finances, suivre l'avis des personnages commis à cette branche d'administration[1]. » L'empereur se réserve la nomination des gouverneurs des provinces, du chancelier de Brabant, des baillis de Hainaut et de Bruges. Le comte de Büren est désigné comme « capitaine général » de l'armée et Josse Lauwereys comme président du Grand Conseil de Malines. Enfin, Ferdinand reçoit la lieutenance de l'Empire : Charles Quint tient la promesse qu'il a faite à son frère cadet avant son élection.

Toutes ces décisions sont entérinées par les Etats généraux, que l'empereur convoque à Bruxelles en avril. En son nom, Gattinara prend la parole : « Les Français, rappelle-t-il, ont perdu Milan et Tournai ; ils sont affaiblis. Cependant, l'empereur ne veut pas quitter ses pays de par-deçà sans assurer leur sûreté. A cette fin, il a conclu une bonne alliance avec son oncle le roi d'Angleterre, qui lui a promis d'être leur gardien pendant son absence[2]. »

A peine Charles Quint est-il parti, la guerre reprend. Elle ne cessera pas jusqu'à sa mort.

Ce sont d'abord des escarmouches aux frontières : François Ier tente un coup de main sur l'Artois ; Büren attaque Dourlens. Selon l'accord conclu avec

1. Instructions données à Bruges le 23 mai 1522 (Alexandre Henne, *Histoire du règne de Charles Quint en Belgique*, tome II, p. 246). Le collège des finances est composé d'un chef des finances au traitement de 400 livres par an (Pierre de Rosimbos), d'un trésorier général (Jean Ruffault), d'un receveur général (Jean Micault), d'un greffier (Maximilien Quarré) et de deux huissiers (Jean Courtois et Christophe Florent).

2. Alexandre Henne, *Histoire du règne de Charles Quint en Belgique*, tome II, p. 248-249.

Henri VIII, le comte de Surrey débarque à Calais en août 1522 avec seize mille hommes ; il opère sa jonction avec Büren à Saint-Omer. Tous deux mettent le siège devant Hesdin. Leurs troupes sont mal ravitaillées dans un contexte de crise économique généralisée : le prix des grains est si élevé que des émeutes éclatent à Louvain et Malines. Les généraux ne s'entendent pas, les pluies incessantes retardent la progression des troupes. La dysenterie décime les rangs et l'armée doit battre en retraite : les Anglais se replient sur Calais et rembarquent pour Londres dans les premiers jours de novembre.

Dans l'été, la crise financière s'aggrave. Marguerite rend compte à l'empereur que « le gouvernement ne peut plus faire face aux charges nouvelles ». Il est « au bout de son crédit ». Il est indispensable de trouver de l'argent, sinon une mutinerie pourrait éclater[1]. Jean de Le Sauch, secrétaire du Conseil, est chargé de porter à l'empereur un rapport sur la situation des Pays-Bas.

Marguerite ne peut espérer aucune aide des Etats généraux : elle se tourne vers les Etats provinciaux. En juin, les Etats de Hainaut sont réunis à Mons, en juillet ceux de Flandre et de Brabant : tous refusent les contributions qu'elle demande. A la rigueur, ils accepteraient de payer les soldes des troupes chargées de défendre les frontières, mais non d'apurer les dettes nées de l'élection impériale. La résistance est conduite par les villes et les abbayes. Les prélats ne répondent même pas aux convocations de la régente : c'est le début d'une rébellion qui durera jusqu'en 1530.

---

1. Lettre du 11 juin 1522 (*idem*, p. 266-267).

Laissant à Büren la direction des opérations militaires, à Lalaing le soin de contenir Charles d'Egmont, Marguerite va se consacrer à réduire l'opposition des Etats, à resserrer les mailles de son réseau politique et, pour reprendre l'expression de Henne, à « sarcler le sol » sur lequel elle veut implanter son pouvoir. Elle modifie les constitutions de Malines et de Tournai ; à Bruxelles, elle réduit à quatre le nombre des « commis à la police », se réservant le soin d'en nommer deux.

Les besoins d'argent se font de plus en plus pressants. Pour le deuxième semestre de 1522, selon le compte de Jean Micault, il est payé cinq cent huit mille livres au trésorier des guerres, cent trois mille à François de Vaille – au total, sept cent trente mille livres[1]. De telles dépenses sont supérieures aux recettes : pour les régler, le gouvernement doit laisser les services en souffrance, suspendre les remboursements des emprunts, arrêter le paiement des traitements et des pensions[2]...

L'exercice 1523 se présente sous un aspect plus défavorable encore : le chef des finances et le trésorier général sont incapables d'établir un projet de budget. Marguerite rend compte, une nouvelle fois, des difficultés qu'elle rencontre.

Mais Charles Quint se trouve en Espagne dans une situation financière tout aussi précaire : il diffère sa

1. François de Vaille, marchand d'Anvers, a prêté cent mille livres à Charles Quint avec la double garantie des comtes de Nassau et de Hoogstraeten. Il exige d'être remboursé dans les délais fixés au contrat.

2. Du 6 juin au 31 décembre 1522 (Alexandre Henne, *Histoire du règne de Charles Quint en Belgique*, tome II, p. 289).

réponse et, le 23 mars 1523, engage la régente à « pratiquer les Etats, généraux et provinciaux, par le moyen des nobles, des chevaliers de la Toison d'or et des membres de ses conseils, afin d'en tirer les plus grosses aides possible[1] »… Je ne peux rien faire pour vous, tenez bon et prenez les décisions qui vous paraîtront les meilleures !

Le Conseil propose à Marguerite de révoquer toutes les pensions. C'est trop ! De Valladolid, Charles Quint ordonne de surseoir « seulement » à leur paiement, mais étend la mesure à l'ensemble des dettes de l'Etat – à l'exception des pensions des vieux officiers sans fortune. Le domaine, qui produisait en 1515 trois cent mille livres, en rapporte désormais moins de cent mille. La charge des pensions et des rentes est telle qu'il ne peut être hypothéqué[2]…

Les Pays-Bas sont menacés d'une double attaque, des Français au sud et de Charles d'Egmont au nord. Comment défendre les frontières sans moyens, avec un Trésor exsangue et des soldats qui n'ont pas été payés depuis trois mois ?

Les Etats généraux sont réunis à Malines en février 1523. « Les gens et les choses sont en tel état, écrit Marguerite à Charles Quint que, si je n'obtiens pas de cette assemblée de nouvelles aides, je ne vois pas les moyens de tenir les troupes en leurs garnisons… »

Josse Lauwereys, « plus éloquent que Monsieur de Palerme », présente la situation financière[3]. Il fait état,

1. *Idem*, p. 292.

2. *Idem*, p. 294.

3. Lettre de Marguerite en date du 6 mars 1523, citée par Alexandre Henne, *idem*, p. 300.

pour la première fois, du coût de l'élection impériale : un million deux cent mille florins pour acheter les grands électeurs, leurs parents et leurs conseillers ! Les finances publiques sont obérées pour plusieurs années ; le gouvernement ne peut plus assurer la défense des frontières : une dépense évaluée à six cent huit mille livres...

Les Etats refusent de se substituer au Trésor défaillant : avant de lever de nouvelles aides, répondent les députés unanimes, l'empereur doit mettre en vente son domaine. Les Pays-Bas n'ont pas à payer les dépenses de l'élection à l'Empire, qui ne les concerne pas ! Lauwereys a beau arguer que le domaine est trop obéré pour être vendu, les Etats ne veulent rien entendre – et ajournent leur réunion au mois d'avril. Ils acceptent alors le principe de crédits destinés uniquement à l'entretien des garnisons, mais exigent d'« avoir, avant l'expiration des six mois, paix ou trêve ». C'est dans cet espoir, ajoutent-ils, que des impôts « non accoutumés » pourraient être exceptionnellement levés. La pauvreté du pays ne permet pas d'aller au-delà !

A Valladolid, Gattinara s'inquiète : il connaît le caractère de Marguerite, mais aussi les oppositions qu'elle doit surmonter. A défaut de l'aider financièrement, il doit la soutenir moralement.

Le maître d'hôtel de l'empereur, Antoine de La Barre, part pour Bruxelles avec des instructions – du 30 avril 1523 – « pleines de caresses et d'assurances d'une paix prochaine[1] ». La paix, c'est ce que les Etats attendent – et aussi une reconnaissance de leur action. Les instructions de La Barre constituent l'équivalent,

1. *Idem*, p. 308-311.

dans notre droit, d'un « message au Parlement » du président de la République : elles comportent une analyse par l'empereur de la situation internationale.

Charles Quint constate que les frontières des Pays-Bas n'ont pas été « entamées » grâce aux efforts réunis du gouvernement et des Etats : il remercie ces derniers. Il rappelle qu'il fait la guerre « contre son gré », qu'il a été contraint à défendre les Pays-Bas « en raison des invasions du roi de France ». Le pape a proposé sa médiation : il a accueilli favorablement cette « ouverture », souhaité qu'elle reçût l'accord du roi d'Angleterre. Dans l'attente de la paix, « pour empêcher l'ennemi de se jeter sur les Pays-Bas », il a dû envoyer de fortes sommes d'argent en Allemagne et en Italie. Pour les dégager, il a vendu une partie du domaine royal : il a donc fait ce que les Etats attendaient de lui. Mais ces derniers doivent maintenant participer à l'effort de guerre. L'empereur leur demande « aide et secours », les prie « affectueusement » de tenir compte de ses « sacrifices ». C'est trop de miel ! Les Etats – notamment les représentants des villes – demeurent insensibles à son appel.

Marguerite attendait cent cinquante mille livres du Brabant : en juin, les Etats lui en accordent seulement la moitié. Or elle doit régler en juillet quatre mois de soldes impayées... Elle écrit à l'empereur que, si de l'argent d'Espagne n'arrive pas – et vite, « une catastrophe lui paraît inévitable ».

L'exemple du Brabant est suivi par la Flandre, qui réduit ses subsides et limite les troupes qu'elle entretient. Des agitateurs, envoyés par le roi de France, répandent le bruit que la guerre durera tant que les Etats la paieront : il faut donc « opposer l'état de pauvreté aux demandes d'aides du gouvernement » – dans l'intérêt même de la paix.

Que faire ? Puisque la Flandre ne veut pas payer, la régente se tourne de nouveau vers le Brabant : elle renouvelle sa demande d'aide, mais essuie le même refus. L'opposition vient pour l'essentiel des villes : les mois de juillet et d'août s'écoulent en vaines tentatives pour obtenir le consentement de Bruxelles et de Bois-le-Duc. Le Luxembourg est au bord de la révolte : aucune aide supplémentaire ne peut être attendue du duché. De tous côtés, les créanciers se manifestent : les difficultés se propagent comme une tache d'huile. L'archevêque de Cologne, dont la pension n'est pas payée, menace de saisir les sujets de l'empereur qui voyagent en Allemagne. Marguerite riposte en décidant de faire « arrêter les Allemands dans les Pays-Bas » : l'automne s'ouvre sur fond de crise.

Charles Quint comprend les embarras de sa tante, il les partage, mais il ne peut envoyer de l'argent aux Pays-Bas : toutes ses ressources sont consacrées à payer les troupes d'Italie.

Marguerite doit tenir un mois, puis un autre mois ! Il lui faut assumer la charge de la guerre sans crédits, sans régler les soldes des mercenaires étrangers. Elle gouverne seule – contre les Etats, contre les nobles des Pays-Bas, qu'elle contraint à faire antichambre et qui en réfèrent à Charles Quint. L'empereur répond qu'il « ne peut croire que sa tante en use de la sorte »... Tenir un mois encore.

La guerre a repris. En mai, le comte de Gavre s'est emparé de Thérouanne, a marché sur Guise. François Ier accourt de Senlis et le duc de Vendôme se porte à la rencontre de Gavre. Les milices gantoises prennent peur, se débandent et repassent la Lys.

L'éclaircie vient du connétable de Bourbon, qui abandonne François Ier et rejoint Charles Quint : en juillet, il conclut un accord avec l'empereur et le roi d'Angleterre. Un plan de campagne est élaboré : l'empereur marchera d'Espagne sur Narbonne avec une armée, dont l'accord précise l'effectif : dix-huit mille Espagnols, dix mille Allemands, quatre mille cavaliers. Dans le même temps, Henri VIII débarquera en France avec quinze mille Anglais, auxquels se joindront six mille hommes levés dans les Pays-Bas. Le duc de Bourbon se portera sur Dijon avec ses propres troupes et dix mille Allemands[1].

Le duc de Suffolk, Charles Brandon, arrive à Calais avec quinze mille Anglais et, malgré les difficultés intérieures, Büren lui apporte le renfort des six mille hommes promis. Brandon prend Roye, Montdidier : de Paris, on aperçoit les incendies qui jalonnent sa progression. La Trémoille, qui commande en Picardie, ne tente pas de lui barrer le passage ; ses troupes, enfermées dans les villes, laissent dévaster les campagnes. Mais Brandon s'est trop avancé. Vendôme, qui accourt à marches forcées, menace ses arrières : il se retire sans combattre, gagne Calais et embarque dans les premiers jours de novembre.

Marguerite se retrouve devant les embarras du printemps. Devant les Etats de Brabant, elle se heurte à l'hostilité non plus des villes, mais du clergé : les prélats réclament l'autorisation, pour leurs religieux, de

1. Jean-Pierre Soisson, *Charles Quint*, p. 103-104.

« succéder, comme toutes autres personnes, à leurs parents et d'acquérir toutes sortes de biens »… Le moment est venu, dans le désarroi de l'Etat, des revendications particulières ! Marguerite ne cède pas, convoque les prélats à Bruxelles et les Etats de nouveau en janvier 1524.

Tenir un mois – une année encore : sa seule ressource est son caractère. Elle réprime les tentatives de rébellion et s'oblige avec les Etats à discuter – toujours discuter. Elle a appris la leçon de Chièvres et connaît bien désormais sa carte politique. Les députés, elle les voit chaque jour, les reçoit par petits groupes, les invite à sa table. Elle les impressionne par sa présence physique, son intelligence, le rappel – discret – de ses origines. De concession en concession, elle finit par obtenir ce qu'elle désire. Elle feint d'accepter que les Etats lui donnent une leçon : battue sur des questions mineures, elle l'emporte sur l'essentiel – et traverse ainsi l'année 1523.

Mais, en janvier 1524, elle ne peut plus emprunter ; elle n'aperçoit pas les moyens à sa disposition qui lui permettraient de poursuivre plusieurs années encore dans les mêmes conditions. Faut-il rendre compte à Valladolid de cette situation ? A quoi bon ! Elle connaît la réponse de l'empereur : tenir.

Elle tiendra ! Elle n'a pas lâché un pouce de territoire ; elle a défendu les frontières, constamment, grâce à la valeur des capitaines des Pays-Bas – Nassau, Büren, d'Aerschot –, grâce aussi à son engagement personnel. Elle a préservé le domaine familial avec une obstination de notaire – comme son père et son grand-père. En juin 1524, elle soumet la

Frise et signe une nouvelle trêve avec Charles d'Egmont. Pour un an.

Dans l'adversité, elle éprouve, à se battre ainsi, un sentiment de plénitude. Elle oublie le passé : la joie de l'âme est dans l'action.

CHAPITRE VIII

La paix des Dames

François Ier est battu à Pavie, fait prisonnier par Charles de Lannoy. Charles Quint est vainqueur, mais les Pays-Bas connaissent une situation dramatique : l'hiver a été rigoureux, les grains ont gelé et les récoltes seront mauvaises. Les rivières débordent et le plat pays est inondé. Les campagnes sont livrées au pillage de soldats dont les soldes n'ont pas été réglées et les villes se referment sur elles-mêmes. Dans ce grand campement humain que forment les Pays-Bas, partout la mort assaille la vie. Années noires de guerre, de famine et d'inondations.

A Bruxelles, on s'interroge, on ne croit pas à la victoire de Pavie. Lorsque les premiers courriers arrivent le 6 mars 1525, ils rencontrent beaucoup d'incrédules. Pour dissiper les doutes, les gouverneurs dans les provinces doivent placarder le récit de la bataille – qui laisse indifférent.

Dans l'hiver, Marguerite a demandé une aide aux Etats de Brabant, qui l'ont refusée. Dans les villes, la révolte menace : elle éclate à Bois-le-Duc, à Gand, à Mons.

Les grands seigneurs lèvent l'impôt pour leur propre compte : à la misère s'ajoute le retour de la féodalité. Le gouvernement est impuissant, sans argent et sans troupes, à maintenir l'ordre. Faut-il hypothéquer le domaine public ? Marguerite s'y refuse, écrit à l'empereur : « Le domaine n'est déjà que trop restreint » et elle ajoute : « Dans les provinces et les villes où il est engagé ou diminué, vous n'avez plus d'aides, d'obéissance, de services[1]. »

C'est le temps où Christian de Danemark, le beau-frère de Charles Quint, débarque à La Vère avec sa femme, ses enfants et ses ministres. Dans la traversée, il a perdu le navire chargé des dépouilles de la couronne danoise. Il n'en a cure ! Il est d'autant plus virulent qu'il est démuni. Il réclame le soutien des Pays-Bas pour la reconquête de son trône : son arrivée ouvre une crise avec les villes de la Hanse. Pour Marguerite, il est l'allié – et le neveu – le plus encombrant qui soit. Elle veut l'assigner à résidence : il gagne l'Allemagne, où il lève une armée avec l'appui de quelques princes. Il tente de prendre Copenhague, échoue, revient dans les Pays-Bas. Les Danois interdisent aux navires hollandais de naviguer dans la Baltique.

Christian et Isabelle dépensent sans compter l'argent qu'ils n'ont pas. Ils veulent s'installer à Gand : refus du gouvernement. Marguerite leur propose le château de Genappe, qui fut la résidence de Louis XI jeune : refus de leur part. Finalement, le conseil leur impose Malines, où ils s'installent dans un bel hôtel proche de

1. Lettre du 21 février 1524 (Alexandre Henne, *Histoire du règne de Charles Quint en Belgique*, tome IV, p. 18).

l'église Saint-Rombaut, qui devient la Cour de Danemark[1].

Devant les difficultés qui s'accumulent, Marguerite est découragée. Elle écrit à l'empereur que gouverner est devenu « impossible » :

« Votre absence, la guerre qui se prolonge, les impôts qui n'entrent pas me conduisent à renvoyer à plus tard des décisions que je devrais prendre et même à cacher mes intentions[2]. »

Bruxelles est « plein de mutineries » ; des troubles éclatent à Malines, à côté de l'hôtel de Savoie. Pour Marguerite, le coup est rude : Malines, la ville de son cœur, en révolte !

Charles de Lannoy, qui commandait en chef à Pavie, lui envoie Robert de Florange, qu'il a fait prisonnier. Florange est l'un des amis les plus proches de François Ier, le fils du « sanglier des Ardennes ». Marguerite le remet à la garde de Charles de Luxembourg, qui l'enferme dans le château de l'Ecluse : une cage de bois, « forte et bien ferrée », selon le compte du receveur général des finances, est confectionnée pour « s'assurer de sa personne[3] ».

La négociation s'ouvre, mais la guerre se poursuit. Dès qu'il apprend que François Ier est prisonnier, le duc de Gueldre propose ses services à Louise de Savoie : il est prêt à lever des troupes en Allemagne et à marcher sur le Luxembourg. « Pour ne pas aggraver la situation de son fils », la régente refuse, mais engage

1. De nos jours, la Cour de Danemark est l'hôtel de ville.

2. Lettre déjà citée du 21 février 1524 (Alexandre Henne, *Histoire du règne de Charles Quint en Belgique*, tome IV, p. 18).

3. *Idem*, p. 36.

les lansquenets qu'il a recrutés. Forts de sa promesse, ces derniers marchent vers la France ; ils pillent et prennent d'assaut, au passage, les villes du Luxembourg. Ils arrivent dans le royaume : le gouvernement n'a pas les moyens de payer leurs soldes. Ils refluent vers le Luxembourg, qu'ils occupent à nouveau.

Marguerite voudrait profiter de la captivité de François Ier pour régler la question de la Gueldre. Elle a besoin de troupes : pour les recruter, elle demande des crédits aux Etats de Brabant, puis de Flandre, qui les refusent. Elle rêve de conquêtes impossibles : trop grande, aux ambitions trop fortes pour le pays qu'elle gouverne ! Désabusée, consciente de la situation, elle confie à l'empereur le 4 avril 1525 :

« Je vous prie de croire que vos sujets sont las de la guerre – et moi, de la mission que vous m'avez confiée. »

Elle hésite, se rend à l'évidence : jamais elle n'obtiendra les subsides nécessaires à la levée de nouvelles troupes. Elle modifie sa stratégie, demande aux Etats de « petites aides » pour l'entretien des garnisons aux frontières : « Ce n'est pas merveille, écrit-elle à l'empereur, mais c'est un progrès ! » Les crédits votés permettent tout juste d'assurer la défense du pays. Pour régler les soldes, on promet aux soldats le pillage des territoires étrangers qu'ils occuperont. Le comte de Gavre pénètre en Picardie, s'empare de Roye, dévaste la province.

Charles Quint modère Marguerite : il a en tête la restitution par François Ier de la Bourgogne – et rien d'autre. De son chef, sans consulter l'empereur, la régente se tourne vers le roi d'Angleterre, qu'elle presse de débarquer en France : elle entreprend une diplomatie personnelle, explorant toutes les voies de la paix.

Mais, écartant Marie d'Angleterre, Charles Quint décide d'épouser Isabelle de Portugal. Dans une note découverte par Karl Brandi dans les archives de Vienne, il analyse la crise financière qui secoue l'Empire, confie son désarroi :

« J'hésite sur les voies et moyens. Une bonne guerre pourrait sembler l'issue rêvée, mais je n'ai pas les moyens d'entretenir une armée[1]. »

Cette note est datée du 24 février 1525, le jour même de la victoire de Pavie ! Charles est vainqueur et ne le sait pas… Il ajoute : « Pour remédier à mes difficultés, je ne vois pas d'autre moyen que de faire arranger tout de suite mon mariage avec l'infante de Portugal… Il faudrait que sa dot soit, pour la plus grande part, payée en argent comptant. »

Faisant le choix du Portugal contre l'Angleterre, l'empereur compromet le rapprochement esquissé avec Henri VIII. Marguerite ouvre alors une négociation avec le roi d'Ecosse – avec tous les risques qu'un accord avec l'ennemi de Henri VIII peut comporter, et d'abord la rupture des relations avec l'Angleterre.

Les Etats de Hollande ne peuvent accepter une telle situation : ils envoient à Londres des délégués qui proposent la neutralité des Pays-Bas – et le maintien des échanges commerciaux avec l'Angleterre. Ils n'informent pas Marguerite ! Mise devant le fait

---

1. Karl Brandi est le plus grand historien de Charles Quint : ses travaux ont été publiés, pour l'essentiel, au XXe siècle, entre les deux guerres mondiales. Son ouvrage sur Charles Quint a été traduit en français en 1939.

accompli, celle-ci doit s'incliner : à Breda, le 14 juillet 1525, une trêve est conclue avec l'Angleterre.

Les dangers de la guerre sont écartés, non ceux de la rébellion. « Dieu seul sait, écrit Marguerite, ce que veulent les Etats de Brabant », qu'elle a convoqués. Elle a raison de s'inquiéter : tour à tour, elle va affronter l'opposition des prélats, des nobles et des villes.

Les abbés du Parc, de Tongerloo, de Sainte-Gertrude ouvrent le bal de la rébellion ; ils sont suivis par les représentants des villes. Marguerite est consciente du fondement de leurs revendications : « ses alarmes et ses aveux sur l'épuisement des Pays-Bas sont exprimés à chaque page de sa correspondance[1] ». Mais elle ne peut céder. Bien au contraire, la situation lui commande de durcir son attitude : si elle montre sa faiblesse, tout l'échafaudage du pouvoir autour d'elle s'effondre.

Elle fait face avec un grand courage. Sa vie privée est critiquée : on lui impute une liaison avec Antoine de Lalaing, son plus proche conseiller. Lalaing est impopulaire : elle le devient à son tour. « Quand l'estime et le respect manquent aux dépositaires du pouvoir, du mépris à la révolte, il n'y a qu'un pas », écrit Henne[2]. L'insurrection éclate à Bois-le-Duc.

Pour rien ou presque : les échevins veulent abattre la grille qui ferme les caves du chapitre de l'église Saint-Jean. Les chanoines y ont entreposé du vin et de la bière en grandes quantités, sans rien déclarer, sans payer le moindre droit. Les échevins sont rejoints par

1. Alexandre Henne, *Histoire du règne de Charles Quint en Belgique*, tome IV, p. 55.

2. *Idem*, p. 56.

les chefs des métiers : ils demandent une diminution des droits sur le vin et la bière, convoquent une « assemblée du peuple », devant laquelle ils font comparaître les chanoines : la ville s'embrase.

Tous doivent être soumis à l'impôt, et celui-ci doit baisser pour tous ! Les chanoines – et les supérieurs des couvents mis dans le même sac – produisent des lettres de Marguerite les incitant à ne pas se soumettre : c'est la révolution ! Les métiers courent aux armes, élisent un chef, s'emparent des portes de la ville. Aux passions déchaînées, il faut une satisfaction. Une bande assaille le couvent des Dominicains, le saccage – à l'exception de l'église –, vide la cave, invite les habitants « à boire et à manger joyeusement[1] ». Les bourgeois prennent peur ; les échevins font appel à la milice, qui rétablit l'ordre.

Le gouvernement n'est pas directement mis en cause : Marguerite pourrait se tenir à l'écart du conflit. Elle hésite, propose sa médiation, convoque à Breda, où elle se trouve, les échevins, les chanoines, les chefs des métiers. Personne ne vient ! La voici contrainte à la rigueur, un peu malgré elle. Elle décide le blocus de Bois-le-Duc ; sur son ordre, le comte de Büren prend position devant la ville. Il n'effraye pas ! Des canons apparaissent sur les remparts, Bois-le-Duc se prépare à soutenir le siège. Marguerite prend un décret portant confiscation « de corps et de biens » de ses habitants. L'affaire devient sérieuse : une députation lui est envoyée. Marguerite refuse de la recevoir, tant que les « pillards » n'auront pas été remis à la justice. Les

1. *Idem*, p. 60.

députés de Bois-le-Duc répliquent : « Nous avons tous participé à l'occupation des couvents ; l'un n'est pas plus coupable que l'autre. Nous sommes tous des pillards ! »

Marguerite renforce les troupes de Büren ; le siège commence – sans espoir de compromis. Un riche bourgeois, Jean Van Vladeraken, s'entremet, calme les rebelles, montre la disproportion des forces, souligne les conséquences de la rébellion : la ville sera ruinée ou mise à sac. Que Bois-le-Duc se souvienne du sort que Charles le Téméraire réserva à Dinant en 1467 !

La raison l'emporte et les négociations s'engagent : un « traité de pacification », conclu le 31 juillet 1525, accorde une amnistie au prix de conditions humiliantes : cent cinquante représentants de tous les métiers, la tête nue et habillés de noir, viendront demander pardon à genoux, un cierge à la main. L'administration municipale ne comportera plus à l'avenir aucun membre élu.

Cependant, Marguerite entend les réclamations qui s'élèvent contre les privilèges du clergé : elle supprime les franchises d'impôts accordées aux couvents et aux églises. La crise lui permet de renforcer son pouvoir.

Plus difficile est le traitement de la révolte de Gand. Le recouvrement de l'impôt est mis en cause – comme il l'était déjà sous Philippe le Bon. Les assemblées populaires se succèdent, les pamphlets contre le gouvernement s'étalent sur les murs. Consulté de Madrid, Charles Quint conseille la prudence, recommande la persuasion – dont il ne fera pas preuve lui-même en 1540, quand il écrasera la révolte de la ville. Des membres du Conseil privé se rendent à Gand, font ouvrir le « coffre aux privilèges » – afin de lire et de collationner les actes invoqués pour empêcher la levée des aides. Sur leur rapport, Marguerite ordonne au receveur général de Flandre – le jour de son entrée à Bois-le-Duc, le 5 août 1525 – de percevoir l'impôt dans le quartier de Gand, « jusqu'à ce que l'empereur en décide autrement[1] ». Les Gantois se tournent vers le comte de Gavre, lui demandent conseil : faut-il porter le différend devant la justice ?

Gavre calme les esprits : là encore, comme à Bois-le-Duc, une délégation est envoyée à Marguerite, qui la reçoit à Malines, le 28 octobre. Les députés exposent « la misère du pays » et invoquent la défense de leurs privilèges. « Si vous vous croyez fondés en vos réclamations, saisissez la Cour de Malines… » Les députés savent qu'ils n'auront pas raison devant la Cour : ils s'abstiennent d'intervenir. Marguerite se rend à Gand en mai 1526 : un arrangement est trouvé, ambigu, sans fondement juridique – qui ne satisfait personne. La question fiscale sera à nouveau soulevée en 1540, cette fois en présence de Charles Quint.

Le conflit qui surgit à Mons entre les chanoinesses de Sainte-Waudru et les échevins de la ville n'a pas cette ampleur : il porte sur la construction d'un clocher que les chanoinesses veulent empêcher : il leur ôterait la vue ! Le pape les éconduit : furieuses, elles saisissent Marguerite, qui leur donne raison. Le clocher de Mons devient une affaire d'Etat ! Un huissier, venu signifier la décision de la régente, est bousculé par les enfants de l'école voisine ; les parents accourent, demandent le soutien des échevins : Mons est en révolte. Marguerite

1. Louis-Prosper Gachard, *Notice sur les archives de la ville de Gand*, p. 109.

ordonne au procureur général d'engager des poursuites : les échevins, le curé, le « prieur des écoliers » sont traduits devant le Conseil de Hainaut, qui les remet en liberté et se contente d'ordonner la démolition du haut du clocher. Les rebelles de Mons – si l'on peut les appeler ainsi – se soumettent. Après la mort de Marguerite, l'empereur autorisera la reprise des travaux. Avec cette satisfaction morale donnée aux chanoinesses : chaque année, en la fête de leur patronne, les échevins viendront leur offrir un plat d'argent.

Marguerite a tenu bon ; elle a lâché la bride quand les événements l'imposaient, puis repris la main. Profitant du succès de Pavie, elle veut aller plus loin et restreindre le pouvoir des Etats généraux. Elle accepte mal que ces derniers se posent en « protecteurs de leurs concitoyens lésés ou opprimés par le gouvernement » : ils ne sauraient constituer un contre-pouvoir[1]. Elle s'ouvre de son projet à l'empereur, qui l'approuve : « Nous avons été informés que nos sujets de par-delà, dès qu'ils ne peuvent obtenir de nous, de notre tante ou de nos conseils ce qu'ils désirent, prennent le train d'en faire doléance aux Etats. »

Charles Quint ne peut tolérer un appel des villes devant les Etats généraux. Les instructions qu'il donne à Guillaume des Barres sont claires : Marguerite doit maintenir la base arrière que constituent pour lui les Pays-Bas. « Il n'y a pas d'autre expédient que de suivre le bon gros devoir, explique-t-il, comme ma tante l'a d'ailleurs fait jusqu'à présent[2]. »

---

1. Alexandre Henne, *Histoire du règne de Charles Quint en Belgique*, tome IV, p. 79.

2. *Idem*, p. 96.

Marguerite n'intervient pas dans la négociation du traité de Madrid : elle n'est même pas consultée. Mais, comme Gattinara, comme Granvelle, elle pense que la « restitution » de la Bourgogne sera illusoire, qu'il « vaudrait mieux prendre l'argent du roi » et renforcer la frontière de la Picardie. La paix, qui est faite, n'est pas celle qu'elle souhaite.

Le 14 janvier 1526, dans sa prison, François Ier signe le traité de Madrid. Debout, la main dans celle de Lannoy, il « donne sa foi » à Charles Quint et abandonne le duché de Bourgogne. En échange de sa liberté, il remettra à l'empereur ses deux fils, des enfants de huit et sept ans, qui seront emprisonnés à Madrid dans des conditions très dures, sans comprendre les raisons de leur captivité.

Le traité de Madrid ne règle aucun problème dans les Pays-Bas. Le 6 mars 1526, Marguerite écrit à l'empereur : « Je pensais que la paix me tirerait de mes embarras, et surtout de la pénurie d'argent. Je suis plus perplexe que jamais… Le Trésor est épuisé ; la guerre ne sert plus d'excuse[1]. »

Mais l'empereur va son chemin, épouse Isabelle de Portugal en mars 1526 et poursuit la guerre en Italie. Il a besoin, plus que jamais, de ressources nouvelles. Pour les obtenir, il se tourne vers les Pays-Bas.

Marguerite doit pourvoir à des dépenses d'un million huit cent mille livres. Elle ne peut compter ni sur les revenus du domaine, ni sur l'aide des Etats, ni sur le recours à l'emprunt. Le gouvernement a tari la source de son crédit à Anvers et les Etats refusent le vote de nouveaux subsides.

---

1. *Idem*, p. 106.

Charles Quint intervient et donne raison aux Etats : il interdit à Marguerite de leur réclamer une aide complémentaire. Comment payer les soldes arriérées et entretenir les troupes ? Comment éviter le pillage des campagnes ?

Le 5 avril 1526, les Etats généraux se réunissent à Malines en présence de Nicolas de Granvelle de retour d'Espagne. Unanimes, les députés remercient l'empereur pour sa sollicitude ; ils sont heureux de la paix qu'il a conclue et, plus encore, de sa décision ne pas accroître les charges de ses pays « de par-deçà ». Marguerite est livrée à elle-même, désavouée, meurtrie, sans moyens de gouverner ! A défaut d'une aide générale qu'elle ne peut solliciter, elle demande quelques « aides particulières » : cent mille livres à la Flandre, quatre-vingt mille à la Hollande, six mille au comté de Namur... Elle paye de sa personne : devant les Etats de Flandre, à Gand, elle explique la situation du pays. Elle émeut et obtient soixante mille livres. Mais les Etats de Hollande restent sourds à ses appels.

Pour régler les soldes des troupes employées à la garde des frontières, le gouvernement a besoin de deux cent mille livres : il ne les a pas ! Marguerite harcèle l'empereur de réclamations pour qu'il annule sa décision : « Ne sachant ce qu'il vous plaira de faire, je ne sais plus ce que je dois dire [1]. »

Charles Quint se range aux raisons de sa tante – mais trop tard. La situation est si dégradée que le Conseil estime qu'il ne peut plus solliciter les Etats généraux. Il se tourne vers les Etats provinciaux, plus

1. *Idem*, p. 120.

faciles à manier. En septembre 1526, à Berg-op-Zoom, les Etats de Brabant accordent une aide de cent mille livres, mais les prélats refusent de verser la contribution mise à leur charge : la résistance reprend.

Le gouvernement est aux abois : Marguerite convoque les récalcitrants à Malines le 12 avril 1527. Loin de céder, l'abbé de Villers, Denis de Zeverdonck, se répand en critiques, reproche à l'empereur de ne pas respecter ses engagements. Il menace et s'emporte. Comme il s'exprime en flamand, qu'elle ne comprend pas, Marguerite l'invite à parler en français, « afin qu'elle puisse l'entendre ». Il refuse : « A proposition en thiois, je réponds en thiois ». La crise est ouverte.

Au sortir de la réunion, les abbés appellent un notaire, auquel ils demandent de noter leurs griefs. Le 22 mai, Marguerite publie un décret de saisie de leurs biens, aussitôt mis à exécution. Les abbés ne cèdent pas. Marguerite décide d'ouvrir une enquête sur la fondation des monastères : les privilèges invoqués par les moines sont-ils justifiés ? La menace calme le jeu. Les abbés se déclarent prêts à participer à l'effort de guerre.

Marguerite écrit à l'empereur : « J'ai le ferme espoir de vous les rendre tous obéissants[1]. » Elle craint que son neveu ne la désavoue une fois encore. Avec raison : les prélats envoient des délégués plaider leur cause auprès de Charles Quint et font appel de la décision de la régente devant le Conseil de Brabant. Le procureur général déclare que « la matière touche l'autorité et les droits du souverain ». Les conseillers de Brabant vont-ils suivre ses réquisitions ? Le 27 sep-

1. Lettre du 8 juin 1527 (*idem*, p. 128).

tembre, Marguerite les avise que, « s'ils étaient assez téméraires pour épouser la cause des prélats, elle saurait ce qu'elle aurait à faire ». Les conseillers récalcitrants ne pourront plus exercer leurs fonctions ; ils seront même déportés[1].

Le Conseil de Brabant s'incline. Les prélats supplient la régente de lever la saisie de leurs biens mais, dans le même temps, ils assaillent le Conseil d'instances nouvelles pour obtenir justice. On prête à Marguerite l'intention de « les coudre dans un sac et les jeter à l'eau » !

Consulté, Charles Quint cède une nouvelle fois : il ne veut pas aux Pays-Bas de troubles à l'ordre public. Le 3 février 1528, il demande que le différend soit réglé à l'amiable. Marguerite est contrainte de se prêter à un accommodement : si les prélats versent leur contribution, leurs biens ne seront pas saisis.

En mars 1528, le gouvernement obtient enfin le règlement de l'aide demandée en 1526. Mais les subsides ont été dépensés par anticipation ! De nouveaux crédits sont nécessaires. Charles Quint donne pleins pouvoirs pour vendre ou hypothéquer le domaine public. Marguerite s'y refuse, invoquant le même argument : le domaine est « tellement réduit que l'empereur ne sera bientôt plus que le maître des chemins… ».

Elle doit recourir à des solutions extrêmes, qui vont écorner un peu plus la confiance des financiers. Elle propose de retarder d'un an ou de deux le paiement des salaires et des pensions. Charles Quint hésite à la suivre. Avant de se prononcer, il envoie Louis de Praet enquêter sur la situation dans les Pays-Bas.

1. *Idem*, p. 128.

Marguerite est atteinte dans son orgueil : l'empereur ne lui fait plus confiance. Elle envisage sa démission, se reprend : elle peut être désavouée, mais ne cédera pas. Son maître d'hôtel, Pierre de Rosimbos, porte à l'empereur le témoignage de son amertume : n'a-t-elle pas utilisé ses propres deniers, « engagé ses bagues et sa vaisselle » ? Au service de l'empereur, elle a déployé « des peines infinies ». Elle conclut : « Si notre personne est loin de la vôtre, que nos services soient au moins présents à votre mémoire ! »

La guerre, qui a repris en Italie, tourne à l'avantage des armées impériales : Guillaume d'Orange coupe la retraite des Français à Capoue et Antonio de Leyva bat le comte de Saint-Pol à Landriano[1].

Mais les Pays-Bas sont menacés : en février 1528, les troupes françaises ont pillé Fumay. Face au danger, Marguerite fait taire son ressentiment. Elle retrouve son énergie, recrute des mercenaires sans trop savoir comment les payer. Elle dépêche Henri de Nassau dans le Luxembourg.

Elle redoute une attaque combinée des Français et des Anglais : elle serait incapable d'y faire face. Elle propose une trêve à Henri VIII, envoie Guillaume des Barres et Jean de Le Sauch la négocier à Londres : elle n'attend pas les instructions de l'empereur. Dans la difficulté, elle décide seule.

Les négociations sont rapidement menées : le 15 juin 1528, une trêve est signée à Hampton Court. Les relations commerciales reprennent entre les deux pays ; l'accord stipule la restitution des prisonniers et des navires capturés.

---

1. Jean-Pierre Soisson, *Charles Quint*, p. 151.

Marguerite arrête la levée des troupes et convoque les Etats généraux. Elle envoie son plus proche conseiller, Antoine de Lalaing, rendre compte aux députés de la situation. Lalaing est maladroit ; il se comporte en grand seigneur, blesse inutilement les députés. L'empereur, leur déclare-t-il, n'a pas besoin de votre consentement pour « ordonner la paix ou la guerre ». Les députés se récrient, « trouvant cette prétention fort étrange et surtout contraire à leurs privilèges », note Granvelle. Pourquoi les réunir si c'est pour les blesser ?

La paix est faite avec Henri VIII, elle ne l'est pas avec Charles d'Egmont. Pour comprendre la Gueldre dans la trêve de Hampton Court, Marguerite exige l'évacuation d'Utrecht, de Groningue, des villes occupées au-delà de l'Yssel. Charles d'Egmont ne veut pas en entendre parler ; il avance ses conditions, tout aussi exorbitantes : « Si elles ne sont pas acceptées, je ne céderai pas et me donnerai au Turc ! [1] »

Indignée de cette réponse, Marguerite décide de poursuivre la guerre : « De ma vie, aussi longtemps que je représenterai l'empereur dans les Pays-Bas, je ne permettrai pas que l'affaire de Gueldre se traite sans moi [2]. »

Les combats reprennent. Avec des succès de part et d'autre : les Gueldrois s'emparent de Bois-le-Duc, puis Henri de Nassau les bat à Heze, traverse la Meuse et pille leur pays. Une nouvelle attaque de Martin Van Rossen se solde par un échec. Les troupes impériales

---

1. Alexandre Henne, *Histoire du règne de Charles Quint en Belgique*, tome IV, p. 188.

2. Lettre du 7 juillet 1528.

prennent Utrecht : Charles d'Egmont est contraint à la paix.

Par le traité de Gorcum du 3 octobre 1528, il reconnaît la souveraineté de Charles Quint sur Utrecht et l'Overyssel et sa suzeraineté sur la Gueldre. Il s'interdit toute alliance contre l'empereur ; il autorise même ce dernier à lever des troupes dans ses Etats. En contrepartie, il reçoit une pension de seize mille livres par an. Le traité de Gorcum met fin à une guerre qui a ravagé les Pays-Bas sans interruption pendant cinquante ans, depuis la mort du Téméraire.

Mais la situation financière s'est encore dégradée : dans de nombreuses villes, les changeurs ont fermé leurs comptoirs, faute de numéraire [1]. Sans en référer à l'empereur, Marguerite décide de suspendre le paiement des rentes ; elle saisit les sommes réservées à l'amortissement de la dette. C'est la banqueroute.

Le pouvoir central affaibli, les Etats provinciaux poussent leur avantage. Marguerite demande trois cent mille livres aux Etats de Brabant, qui lui en accordent un tiers. Elle se rend devant les députés, qui ne se laissent pas fléchir : le pays est exsangue, les villes sont sans ressources. Elle emprunte à ses proches : soixante mille livres à Erard de La Marck, quarante mille aux membres du Conseil… Elle vend des terres du domaine, crée de nouvelles rentes, qui ne trouvent pas preneur. Sans se décourager, elle revient devant les Etats.

Lors de leur précédente réunion, ces derniers ont décidé que le capital serait levé en fonction des capa-

1. Alexandre Henne, *Histoire du règne de Charles Quint en Belgique*, tome IV, p. 202.

cités respectives des prélats, des nobles et des villes sans tenir compte des réticences des uns et des autres. Louvain et Bruxelles refusent de payer ; leur opposition réveille celle des prélats. Bruxelles propose, au lieu d'argent, de fournir des soldats. Or il s'agit non de lever de nouvelles troupes, mais de régler les soldes des troupes en place ! Les garnisons du Luxembourg et du Hainaut menacent de se jeter sur le plat pays. Face à la crise, Marguerite décide de « briser toutes les résistances » – et d'abord celle des prélats[1]. Elle écrit à l'empereur :

« Bien que, pour me conformer à vos ordres, j'aie accordé aux prélats du Brabant la mainlevée de leurs biens sans leur imposer aucune amende pour leurs fautes, ils font pire que dans le passé. Malgré mes remontrances, l'intervention du cardinal de Liège, ils ne veulent pas régler leur contribution ; ils déclarent ouvertement qu'ils n'ont pas l'intention de la payer. Je suis donc obligée de sévir encore une fois contre eux, sinon vous n'aurez plus d'aide de ce pays. »

Marguerite saisit leurs biens. Ils se soumettent et obtiennent « mainlevée » – à la condition de « se conduire plus décemment envers l'empereur ».

Après les prélats, c'est le tour des villes. Dans les dernières années de son gouvernement, Marguerite reprend l'œuvre de centralisation commencée par Philippe le Bon et Charles le Téméraire. Contre les féodalités, elle affirme le pouvoir de l'Etat. Elle s'appuie sur les délibérations d'Anvers et de Bois-le-Duc pour contraindre Bruxelles et Louvain à régler leur contribu-

1. *Idem*, p. 207.

tion. Elle ordonne au chancelier de Brabant, Jérôme Van der Noot, de faire établir par la Chambre des comptes la part des villes récalcitrantes, « comme vous le feriez si, par acte signé des Etats de Brabant, vous constatiez leur consentement général, entier et uniforme ».

Il n'y a pas consentement ! Marguerite passe outre, décide que l'impôt doit être levé malgré l'opposition des Etats. Le chancelier et les membres de la Chambre des comptes hésitent : ils désobéissent ou ils violent leur serment de respecter les règles qui régissent les rapports entre l'Etat et les provinces. Marguerite indique qu'elle assumera seule la responsabilité de sa décision : elle les garantit, eux et leurs héritiers, contre toute poursuite devant les tribunaux. En droit, cette promesse ne tient pas : Van der Noot refuse d'exécuter un ordre illégal. Marguerite lui arrache le sceau des mains et l'appose elle-même, devant le Conseil, sur la décision ordonnant la levée de l'impôt. C'est un coup d'Etat.

Les nouvelles impositions vont produire plus de cent mille livres. Charles Quint ne dit rien. Plus tard, il donnera raison à sa tante : « Il faut bien faire de nécessité vertu et tout employer pour la défense et la garde de mes pays. »

Mais les soldes ne sont pas réglées et le gouvernement ne peut licencier les troupes. Marguerite se tourne vers les banquiers d'Anvers – qui exigent sa garantie personnelle et celle du cardinal de Liège, du chancelier de Brabant et des membres du Conseil. Si le Trésor ne peut tenir ses engagements, les ministres présents à l'acte devront régler chacun une somme de vingt mille livres.

Ce sont des expédients, qui ne suffisent pas. Marguerite puise dans les fonds d'épargne malgré l'opposition du receveur qui a la charge de les gérer : elle trouve ainsi vingt-cinq mille livres supplémentaires. Elle use de tous les moyens, utilise la violence et la corruption. Elle achète l'accord des membres du Conseil, brutalise les receveurs des finances, n'écoute aucune récrimination : rien ne l'arrêtera, si ce n'est la maladie et la mort ! Enfermée dans son hôtel de Malines, elle est sourde aux critiques.

Le conseil communal de Bruxelles la défie : elle le dissout, modifie sa composition. Elle rétablit le système ancien des deux bourgmestres, un patricien et un plébéien ; elle nomme le premier, qui choisit le second. Les réunions du conseil sont placées sous la surveillance d'officiers de la couronne ; menacés de bannissement, les conseillers approuvent les demandes de la régente, émettant « l'espoir que les affaires de l'empereur s'en trouveront mieux... ».

Les grands seigneurs se rebellent à leur tour : dans le Luxembourg, les jeunes marquis de Bade, qui administrent le duché au nom de leur père, se comportent en princes indépendants. Marguerite veut destituer Bernard de Bade, qui s'adresse à l'empereur. Charles Quint lui donne raison, désavoue sa tante... « Devenue vieille et accablée d'infirmités », selon le jugement de Marie de Hongrie qui lui succédera, Marguerite gouverne seule, prenant l'avis de quelques conseillers, contre les Etats, les villes, les services des finances, souvent aussi contre l'empereur. Une volonté inflexible et un sens inné de sa mission la conduisent.

Elle a analysé la politique conduite en France par Louis XI : comme ce dernier, elle façonne dans les Pays-Bas un Etat moderne, et pour les mêmes raisons que le roi. Elle sait d'expérience qu'une diplomatie ambitieuse suppose un Etat fort, qui soit capable d'imposer les sacrifices nécessaires. Les Pays-Bas doivent financer, qu'ils le veuillent ou non, les guerres de Charles Quint : leur contribution est essentielle à la poursuite de la politique impériale. Dans le dispositif des Habsbourg, Marguerite occupe une position stratégique : elle tient la « maison mère », celle qui finance, permet de contrôler l'Allemagne et de conquérir l'Italie.

Avant de s'effacer, elle va rendre un dernier service à Charles Quint, le plus grand : la paix avec la France.

Le traité de Barcelone du 23 juin 1529 a ouvert la voie : le pape et l'empereur s'allient contre François Ier. Le pape se voit reconnaître la souveraineté sur Ravenne, Cervia, Modène, Reggio et Ribiera ; l'empereur, à nouveau, l'investiture du royaume de Naples. Il réduira Florence par la force et rétablira le pouvoir des Médicis. Pour Milan, on verra ! Quant au roi de France, allié des Turcs, le pape menace de le mettre au ban de la chrétienté ; en revanche, il accorde son pardon à ceux qui l'ont combattu et ont saccagé Rome : personne ne peut douter de son choix en faveur de Charles Quint. François Ier est isolé ; après les revers que ses armées ont essuyés à Naples et Landriano, il est condamné à traiter[1]. Lorsque Guillaume des Barres se rend à Paris, François Ier l'écoute et l'adresse à sa mère.

Louise de Savoie, duchesse d'Angoulême, poursuit un objectif précis : la libération de ses petits-fils. Elle ne veut pas mourir sans les avoir revus ! Elle se plaint à

1. Jean-Pierre Soisson, *Charles Quint*, p. 153.

Guillaume des Barres des mauvais traitements que les enfants subissent à Madrid dans leur prison. « Je suis prête à user mon crédit, dit-elle, pour apaiser le ressentiment de mon fils. J'ai conscience que, seules, votre maîtresse et moi, nous pouvons travailler à la réconciliation de l'empereur et du roi. Je ne négligerai rien à cet effet. Que Madame Marguerite fasse de même auprès de son neveu[1] ! »

Elle envoie à Malines son secrétaire Gilbert Bayard, évêque d'Avranches, sous prétexte d'affaires privées. Bayard demande audience à la régente, qui le reçoit le soir même :

« Madame la duchesse d'Angoulême m'a envoyé secrètement pour vous entretenir de la paix, des malheurs de la guerre qui menacent de s'étendre à toute la chrétienté. »

Il ajoute : « Etes-vous disposée à seconder ses efforts pour réconcilier le roi et l'empereur ?

— Quelles seraient les conditions de la paix ? »

Il est trop tôt pour le dire. Il se retire, il doit se rendre à Anvers. Pour quoi faire ? Marguerite le soupçonne de vouloir y négocier un emprunt... Elle charge Guillaume des Barres de l'accompagner « comme de lui-même, sans ombre de lui tenir compagnie », pour en savoir davantage et l'empêcher d'obtenir des crédits. Des Barres ne le quitte pas ; Bayard ne peut faire autre chose que « visiter la ville, acheter un cheval, de la vaisselle et des tapisseries[2] ».

---

1. Alexandre Henne, *Histoire du règne de Charles Quint en Belgique*, tome IV, p. 232.

2. *Idem*, p. 233.

A Malines, sur le chemin du retour, l'évêque d'Avranches interroge de nouveau Marguerite :

« Etes-vous prête à négocier ? Sur quelles bases ?

— Si Madame d'Angoulême a réellement le désir de se mêler de cette affaire, qu'elle me mette entre les mains une bonne étoffe ! Je ne veux pas m'exposer à perdre tout crédit auprès de mon neveu en lui soumettant des propositions qui ne seraient pas honnêtes ! »

Il appartient au roi de France de préciser ses intentions. Un accommodement devient possible : Charles Quint n'évoquera plus la restitution de la Bourgogne et François Ier renoncera au duché de Milan.

Cinq semaines plus tard, l'évêque d'Avranches revient avec un pouvoir de négociation que lui a remis Louise de Savoie. Il n'est qu'un ambassadeur : les conditions de la paix, Madame d'Angoulême souhaite les exposer elle-même à Madame Marguerite. Il laisse une « note d'indication », qui est étudiée par Büren, Hoogstraeten, Beveren, Berghes et Rosimbos, tous méfiants et réservés : « Pour mieux connaître les intentions de la cour de France », ils demandent que Bayard « mette par écrit, en forme de minute, un projet de traité ».

Ils sont procéduriers et ont raison de l'être. A leur surprise, l'évêque s'exécute et revient les jours suivants avec un projet, qu'ils trouvent « bien maigrement et simplement couché ». Ils marquent une exigence : l'accord devra reprendre « au plus près » le traité de Madrid. Cette condition acceptée, la négociation peut s'engager.

Bayard rend compte à Louise de Savoie : il rédige un nouveau texte, que les conseillers de Marguerite corrigent encore. A son tour, Bayard modifie les passages

« à la charge du roi », les atténuant, les couchant « plus doucement et plus honnêtement ». Affaire de psychologie ! Là n'est pas l'essentiel. Le projet est soumis à Erard de La Marck, qui l'approuve. Marguerite l'envoie à Charles Quint avec un rapport que des Barres et Rosimbos remettront en main propre à l'empereur.

Avec le recul du temps, c'est la meilleure analyse de la situation nouvelle que le traité de Cambrai va créer :

« En acceptant ce parti, en libérant les princes français, l'empereur mettra la paix dans la chrétienté, renforcera le roi de Hongrie contre les Turcs et fera courir après lui les Anglais sans qu'il lui en coûte rien. Il affaiblira d'une grosse somme de deniers le roi de France qui, ayant perdu tant de gens et étant si purgé d'argent, n'aura vraisemblablement de longtemps les moyens de reprendre les armes. L'empereur, au contraire, se renforcera des deniers reçus, qui lui viendront fort à propos pour son voyage d'Italie et ses autres affaires. »

Marguerite conclut : « Toute l'Italie lui reviendra ; les Vénitiens, les Florentins, le duc de Ferrare seront soumis à sa volonté ; le Saint-Père, abandonné par la France, sera plus maniable... En traitant isolément, le roi de France perdra ses alliés, et il sera facile à l'empereur de se liguer avec ces derniers. »

Marguerite annonce la paix de Bologne, qui suivra celle de Cambrai. Elle ne dit mot de la Bourgogne ni de la situation des Pays-Bas, que ses conseillers détailleront à l'empereur. Elle ne veut pas charger la barque, laisser supposer que la volonté de sortir de la crise financière serait son unique priorité.

François Ier donne son accord à des conditions de paix que Charles Quint ne connaît pas encore. L'empereur est à Saragosse, en route pour l'Italie. Il a en tête son couronnement par le pape : il exige l'évacuation immédiate du duché de Milan et du royaume de Naples par les troupes françaises. Il pose des conditions si exorbitantes que Marguerite, recevant ses instructions, décide de ne pas les rendre publiques. Gilbert Bayard insiste pour connaître la réponse de l'empereur : en vain ! Marguerite prend en charge la conduite de la négociation – elle seule.

Elle réunit autour d'elle une équipe restreinte : Erard de La Marck, le marquis d'Aerschot, les comtes de Büren, de Hoosgstraeten, de Berghes, de Roeulx, auxquels se joignent, de retour d'Espagne, Guillaume des Barres et Pierre de Rosimbos. Elle convient avec Louise de Savoie d'une rencontre à Cambrai, le 15 juin.

Le 15 juin, c'est trop tôt. Tous les problèmes ne sont pas réglés, avec le roi d'Angleterre notamment : Marguerite et Louise ne veulent pas que ce dernier se fasse représenter à Cambrai par le cardinal d'York. Henri VIII désigne Cuthbert Tunstall, évêque de Londres, et Thomas More.

A Cambrai, Marguerite veut apparaître « en grand apparat[1] ». Elle n'a pas d'argent, mais habille de neuf sa maison, jusqu'à son bouffon. Elle renouvelle ses écuries, les harnachements de ses chevaux et les garnitures de sa litière. Son organiste la suivra avec son instrument. Elle est fille d'empereur, duchesse douairière de Savoie, duchesse de Bourgogne : Louise de Savoie devra lui rendre hommage.

---

1. Alexandre Henne, *Histoire du règne de Charles Quint en Belgique*, tome IV, p. 241.

Elle quitte Bruxelles le 13 juin[1]. Les membres du Conseil et des représentants de toutes les provinces l'accompagnent. Elle a besoin du soutien des Etats généraux, et les formes comptent : elle se rappelle la réaction des Etats après la trêve de Hampton Court.

De Valenciennes, le 23 juin, elle organise le cérémonial de son arrivée. Elle exige d'entrer à Cambrai avant Louise de Savoie, d'être accueillie à l'extérieur de la ville par l'archevêque Robert de Croy. Quand ces détails sont réglés, elle se met en route ; elle entre à Cambrai le 5 juillet dans l'après-midi. La duchesse d'Angoulême et sa fille, la reine de Navarre, vont la saluer dès leur arrivée. Marguerite loge à l'abbaye Saint-Aubert, Louise à l'hôtel Saint-Pol. Entre l'abbaye et l'hôtel, une galerie a été construite : les deux belles-sœurs pourront se rencontrer et négocier à l'insu de tout le monde.

Cambrai devient, pour quelques semaines, la capitale de la chrétienté : huit cardinaux, dix archevêques, trente-trois évêques, quatre princes, quinze ducs et soixante-douze comtes – selon le relevé de Henne – s'y trouvent réunis. Les fêtes succèdent aux fêtes. Marguerite a apporté des cadeaux pour Louise – qui les adore – mais aussi pour les gens de sa suite, les ambassadeurs, les élus locaux. Elle ne se montre guère, mais distribue largement, elle qui n'a guère de moyens, pour apparaître comme la plus riche, la plus puissante !

Marguerite et Louise vont négocier parfois avec quelques conseillers, le plus souvent seules – dans des rencontres en tête à tête. Plus de trois semaines ainsi,

1. Max Bruchet et Eugénie Lancien, *L'Itinéraire de Marguerite d'Autriche,* p. 315.

traitant tous les différends entre le royaume et l'Empire. Elles ne veulent pas céder, mais ne peuvent rompre. Elles sont, l'une et l'autre, de remarquables comédiennes : elles « poussent leurs pions, tentent d'obtenir un avantage, attentives aux nouvelles de l'extérieur[1] ». En Italie, l'armée française est battue à Landriano et, dans la plaine du Danube, Soliman le Magnifique marche vers Budapest. Le 17 juillet, François Ier écrit à sa mère : « Puisque l'empereur a une telle envie de me ruiner qu'il refuse mon amitié, je vais lui faire connaître, avec l'aide de Dieu, que je peux être un ennemi désespéré. » Il forme un camp près de Lyon. Mais il n'a pas les moyens de constituer une armée et de passer les monts ! La négociation reprend. A la fin du mois, Louise menace de l'interrompre à nouveau, mais « les bagages sont défaits aussitôt que faits[2] ».

Le 31 juillet, l'accord est réalisé : des courriers partent informer le roi et l'empereur. Le 3 août, sans attendre la réponse de Charles Quint, le traité est signé et, le 5 août, dans la cathédrale, les deux Dames « jurent la paix » à genoux devant l'archevêque de Cambrai, puis chantent, avec la foule des fidèles, *Te Deum laudamus*.

Quel accord ont-elles conclu ? Quelles clauses comporte la paix des Dames ? Pour l'essentiel, le traité de Cambrai reprend le traité de Madrid, moins la restitution de la Bourgogne et des villes de la Somme. Le roi abandonne Hesdin, qui commande le passage de la

1. Jean Jacquart, *François Ier*, p. 218.
2. *Idem.*

Canche, et Tournai. Il rend les places de Flandre qu'il occupe. Il renonce à toute suzeraineté sur les comtés d'Artois et de Flandre, mais le droit s'accorde ici à la réalité : depuis longtemps, la Flandre n'appartient plus au royaume de France. Il renonce à ses droits sur le royaume de Naples, le duché de Milan et le comté d'Asti : malgré ses promesses renouvelées de mois en mois, il abandonne ses alliés italiens.

Marguerite reçoit en viager le comté de Charolais, que Charles Quint tiendra après elle, sa vie durant. François Ier paiera à Henri VIII les dettes de l'empereur à hauteur de cinq cent mille livres ; il retirera, moyennant quelques livres supplémentaires, un bijou jadis mis en gage à Londres par Maximilien. Clauses plus dures pour lui : les condamnations portées contre Bourbon seront cassées ; le connétable sera réhabilité et ses héritiers rentreront en possession de leurs biens. Enfin, pour la libération des enfants du roi, la France versera deux millions d'écus – soit sept tonnes d'or – dont un million deux cent mille lors de la délivrance des princes.

Pour l'Europe, la paix de Cambrai marque un succès de l'empereur et un échec du roi. Mais chaque camp obtient ce qu'il voulait : la conservation de la Bourgogne et de la Picardie, la libération du dauphin et du duc d'Orléans pour François Ier ; la voie libre en Italie et une énorme rançon, propre à arranger ses affaires, pour Charles Quint.

Ce dernier a déjà embarqué pour l'Italie : c'est à Plaisance, sur la route de Bologne, qu'il ratifie le traité. Il a exigé l'accord des parlements, des Etats provinciaux, des villes du royaume : il se méfie de François Ier. Le Parlement de Dijon est le premier à ratifier le traité en septembre 1529, le Parlement de Paris le second en novembre.

Le 5 août, à Cambrai, avant de se séparer, les délégations des Pays-Bas et d'Angleterre ont signé « un traité d'alliance », qui a confirmé la trêve de Hampton Court et rétabli les relations entre les deux pays.

François Ier attendait à l'abbaye du Mont-Saint-Martin près des sources de l'Escaut. Il accourt à Cambrai, remercie sa mère. Louise réalise son rêve : avant de mourir, elle reverra ses petits-fils.

Marguerite, quant à elle, regagne Bruxelles, fatiguée mais heureuse. Elle ordonne la publication du traité dans chaque ville et convoque les Etats généraux. En cette fin d'année que marquent de nouvelles inondations, une épidémie de suette[1], la famine et la mort, elle est parvenue au bout de son chemin : elle a unifié les Pays-Bas et assuré la paix.

En France, la rançon sera difficile à réunir. Pour la libération des enfants du roi, le traité a prévu le versement d'un acompte d'un million deux cent mille écus – dans la définition légale de 1519 : la taille est de soixante et onze pièces et demie au marc d'or. Des recettes spéciales sont ouvertes dans chaque province ; tous les quinze jours, les sommes récoltées sont envoyées à Bayonne, où une commission mixte franco-espagnole « compte, pèse, ensache les écus[2] ». La Bourgogne verse quatre cent mille livres, Paris deux cent mille, Rouen cinquante mille, Lyon vingt-quatre

---

1. La suette est une maladie infectieuse qui tire son nom de ses principaux caractères : une éruption de boutons et des sueurs abondantes.

2. Jean Jacquart, *François Ier*, p. 220.

mille. Si le clergé s'acquitte rapidement de sa contribution, la noblesse renâcle.

En mai 1530, on n'a encore rassemblé à Bayonne qu'un million d'écus. Les monnayeurs se sont trompés : ils ont taillé soixante-treize pièces au marc d'or – et non soixante et onze et demie ! Il faut ajouter quarante mille écus pour parfaire le poids. Louise de Savoie s'impatiente : on ramasse des pièces étrangères en circulation pour les fondre.

Le roi et sa mère s'installent à Bordeaux ; de l'autre côté de la frontière, la reine Eléonore – la sœur aînée de Charles Quint promise à François Ier – s'est arrêtée à Vitoria et les princes à La Puebla. La rançon est enfin rassemblée le 10 juin. Le duc de Montmorency fait charger les caisses d'or sur des mulets et se présente sur la rive de la Bidassoa. L'échange a lieu le 1er juillet 1530 : les barques venues des deux bords gagnent le ponton placé au milieu du fleuve : quatre tonnes d'or sont livrées au connétable de Castille, contre une reine et deux enfants.

Les courriers filent ventre à terre à Bordeaux ; les deux cortèges vont à la rencontre l'un de l'autre à travers les Landes. Le 6 juillet, à l'abbaye de Saint-Laurent-de-Beyrie – un an après la signature du traité de Cambrai –, le roi peut enfin embrasser ses fils, la reine mère ses petits-enfants. Comme Marguerite, Louise de Savoie a accompli sa destinée : elle a tenu le royaume pendant la captivité du roi et permis la libération du dauphin et du duc d'Orléans.

LE BONHEUR DE L'INSTANT

CHAPITRE IX

La Cour de Malines

De l'hôtel de Malines, rien ne subsiste de nos jours – ou presque [1].

Les bâtiments ont été détruits en 1546 lors de l'explosion d'un magasin de poudres situé dans une tour voisine. Charles Quint proposa à la ville d'y installer le Grand Conseil, mais les syndics protestèrent qu'ils n'avaient pas les moyens de financer leur reconstruction. Le cardinal de Granvelle acheta l'hôtel – ou ce qu'il en restait – en 1561 et le refit à l'identique : la Cour de Savoie devint sa résidence dans les Pays-Bas. Au XVIIe siècle, selon le vœu de Charles Quint, le Grand Conseil s'y installa. Réaménagé au siècle dernier, l'hôtel de Malines est occupé de nos jours par le palais de justice. Le cabinet de Marguerite, qui fut celui de Granvelle, est un dépôt d'archives.

Le palais conserve son charme, son harmonie de briques, de pierres et d'ardoises : je pense que Marguerite aimerait le calme du jardin – jadis tapissé de

1. La Cour de Savoie a été achetée par Maximilien en 1506 au conseiller Jérôme Lauwerin.

vignes, de roses, de romarins et de marjolaines. Par les fenêtres, on aperçoit des batteries d'ordinateurs et des piles de dossiers : le symbole d'une administration minutieuse.

A Malines, j'imagine Marguerite après une journée de travail, d'exercice du pouvoir, telle *La Femme au perroquet* de Delacroix : une femme encore jeune et belle, assise un peu renversée sur son lit parmi le linge épars, qui offre son corps au feu d'une cheminée sur la gauche. Drieu La Rochelle, dans *Mémoires de Dirk Raspe*, la décrit « tout entière créée par ce feu qui la compose, d'un seul jet et pouce par pouce, d'une infinité de volumes souples et chatoyants ». Dans un coin de la chambre, « un perroquet éclate, comme un charbon rejeté par le feu[1] ».

Peu à peu, Marguerite a appris la résignation. Elle a trouvé une compensation dans le pouvoir, mais qui n'a pas suffi à la contenter toute. Depuis la mort de Philibert, elle vit entourée de femmes. Elle a besoin de chaleur et de soins dans un cadre clos, à l'écart du tumulte extérieur.

Ce petit monde protégé est d'abord celui des enfants dont elle a la charge. Son père lui a confié l'éducation des enfants de Philippe et de Jeanne : Eléonore, Charles, Isabelle et Marie remplacent auprès d'elle les enfants qu'elle n'a pas eus. Ils n'ont guère connu leurs parents : leur père est mort en septembre 1506 et leur

1. Pierre Drieu La Rochelle, *Mémoires de Dirk Raspe,* p. 76 (Gallimard, 1966). La chambre à coucher de Marguerite est décrite dans les inventaires comme la « seconde chambre a chemynee » : la seule pièce des appartements privés dans laquelle brûle constamment un feu de bois.

mère vit enfermée à Tordesillas. Ils découvrent un monde de jeux et d'affection, dans une atmosphère sans contrainte. Ils reçoivent une éducation libre, ouverte à toutes les formes d'art : Marguerite apprend à Charles le chant, l'initie au clavecin, lui explique, dans un tableau, les secrets de la lumière jouant sur une joue ou la dentelle d'une robe. C'est à Malines, dans ses jeunes années, que l'empereur a acquis cette connaissance de la musique et de la peinture qui marque si fort sa vie – jusque dans sa retraite de Yuste.

Régulièrement, Marguerite rend compte à son père des progrès des enfants, des difficultés rencontrées, des maladies survenues. Et Maximilien s'inquiète : lorsque la peste se déclare à Malines, il demande à Marguerite d'éloigner les enfants. Il lui rappelle que ceux-ci doivent écrire à leur grand-père Ferdinand. Il aime ses petits-enfants, mais les considère d'abord comme des Habsbourg qui doivent servir leur maison : dès qu'il le peut, il les utilise. Il marie Isabelle et Marie, malgré leur jeune âge, aux rois de Danemark et de Hongrie.

Isabelle de Danemark meurt en janvier 1526 : Marguerite va élever ses enfants. Christian de Danemark s'est longtemps refusé à lui confier la garde de Jean, Dorothée et Christine ; il a même menacé de les envoyer en Allemagne auprès du duc de Brunswick – et de les faire élever dans la religion luthérienne[1] ! Son opposition est une affaire d'Etat : pour la lever, Marguerite lui promet une pension de quinze mille florins.

Elle adore les enfants d'Isabelle – Jean surtout, qui

1. Ghislaine De Boom, *Marguerite d'Autriche-Savoie et la Pré-Renaissance,* p. 108-109.

devient le fils qu'elle aurait souhaité. Elle les comble de cadeaux : les comptes de Marnix mentionnent l'achat de bagues pour les filles et d'une dague d'argent « à l'antique » pour leur frère. Elle confie Jean à Cornelius Agrippa ; elle suit ses devoirs, annote ses cahiers d'écolier, veille avec un soin jaloux sur son éducation. Jean est de santé fragile ; il a besoin de repos et de grand air. Il ne se mariera pas et mourra jeune[1]. En 1530, il conduira le deuil de sa tante.

Marguerite a également la charge de la fille naturelle de Charles Quint, la future Marguerite de Parme, née en août 1522, qui deviendra régente des Pays-Bas.

La Cour de Malines forme ainsi un collège de princes et de princesses qui régneront sur presque toute l'Europe, une école de gouvernement, une « pépinière » de femmes politiques.

Elle constitue un petit royaume de deux cents personnes, que Marguerite gouverne avec la même autorité, le même raffinement dans le détail que les Pays-Bas. Elle édicte en mars 1525 une ordonnance pour « l'entretien et la conduite de (sa) maison[2] ». Un modèle de rigueur et de précision : le règlement définit ainsi les heures d'ouverture et de fermeture des portes, la garde des clés : deux par serrure et deux serrures par porte…

Le chevalier d'honneur dirige la maison : sous ses ordres, un premier maître d'hôtel et quatre maîtres

1. Seule des enfants de Danemark, Christine aura des enfants : elle épousera Francesco Sforza, puis François de Lorraine. Elle est à l'origine de la branche des Lorraine-Habsbourg.

2. Ghislaine De Boom, *Marguerite d'Autriche-Savoie et la Pré-Renaissance,* p. 121.

d'hôtel, changeant chaque semaine, assurent le bon fonctionnement des services. Le « département de la chambre » comprend vingt-sept gentilshommes, cinq médecins, des dizaines de valets et de femmes de chambre. Les « officiers de bouche » sont encore plus nombreux : panetiers, échansons, cuisiniers, sauciers et même apothicaires... Le « département des écuries » a la charge des transports et de messageries. La garde de l'hôtel, enfin, est assurée par un capitaine et soixante archers qui se relaient de nuit comme de jour.

L'épouse du chevalier d'honneur est la dame d'honneur : ces affaires se traitent en famille. La comtesse de Hoogstraeten dirige le personnel féminin : demoiselles d'honneur, dames d'atours, femmes de chambre et de garde-robe.

Les demoiselles d'honneur n'ont guère de liberté : Marguerite suit leur santé, arrête leur habillement, régit leurs amours. Elle repousse les jeunes hommes qui ne lui plaisent pas, met ses « filles » – comme elle les appelle – en garde contre les promesses de mariage. A leur intention, elle compose un rondeau, dont les vers, simples et naturels, semblent écrits par Charles d'Orléans :

« Belles parolles en paiement
a ces mignons presumptieux
qui contrefont les amoureux,
par beau samblant et aultrement

Sans nul credo, mais promptement
donnés pour récompence a eulx
belles parolles.

Mot pour mot, c'est fait justement,
ung pour ung, aussy deulx pour deulx,
se devis, ils font gracieulx
respondés gracieusement
belles parolles[1]. »

Marguerite est très présente dans la vie de ses « filles » – envahissante même. Elle choisit leurs époux, les dote, compose leur trousseau, offre à chacune pour son mariage des « draps de soie ». Avec la volonté de tout commander, l'habitude du pouvoir – et le plus tyrannique, le pouvoir domestique. Avec le souci aussi de ne pas trop dépenser : ses libéralités sont mesurées. Elle a soin de sa fortune.

Ses dames d'atours, Jeanne de Cerf, Barbe de Marschalck, Anne de Hurdaing, ne la quittent pas ; les chambrières, Javotte et Jacquotte, sont toujours prêtes à répondre à son appel. Marguerite ne peut rester seule, comme si elle craignait la présence autour d'elle de génies maléfiques[2].

A table, le cérémonial est celui de la Cour de Bourgogne. Marguerite prend ses repas seule – ou avec sa dame d'honneur : nul n'est admis à partager ses repas s'il n'est de condition royale. Le maître d'hôtel et les officiers de service se nourrissent « des restes des plats de Madame ». Les demoiselles d'honneur, les valets et

1. Marcel Françon, *Albums poétiques de Marguerite d'Autriche*, p. 138.

2. Quand la princesse est fatiguée, deux de ses filles couchent dans sa chambre : l'inventaire de 1524 mentionne « deux bois de lit de camp servant journellement en la chambre de Madame » (Henri Michelant, *Inventaire des vaisselles, joyaux, tapisseries, peintures, manuscrits de Marguerite d'Autriche*, p. 111).

les femmes de chambre – tout le peuple de l'Hôtel – bénéficient de menus particuliers, pris dans d'autres pièces et servis en silence.

L'ordonnance de mars 1525 détermine les achats de la semaine : difficile de rêver nourriture plus riche et plus abondante ! Le service de bouche de Madame comporte « une pièce de bœuf de seize livres ; un jarret pour le bouillon d'environ huit livres ; un haut côté de mouton bouilli ; un chapon bouilli, une bonne poule ou deux poulets ; un membre de mouton rôti ; un autre pour hachis ou carbonnades ; une pièce de veau ou de chevreau ; des cochons, des agneaux, des oisons » : toutes ces viandes et ces volailles uniquement pour le « gros rôt » ! Pour le « menu rôt », sont servis « des perdrix, deux lapins, six poulets et six pigeons ». Mais aussi « des tripes, des saucisses, des pieds de veau, de bœuf, de mouton, de porc » !

Le règlement précise encore : « Le dimanche, le mardi et le jeudi, de petits pâtés ; le lundi et le mercredi, de grands pâtés… Comme dessert, des fromages et, selon les saisons, des fruits, des gâteaux, des oublies[1]… »

Les plats préférés de Marguerite sont les tripes, les boudins et les pâtés arrosés de vin blanc du Rhin. Comme tous les Habsbourg, elle dévore mais digère mal : après chaque repas, elle doit prendre une « poudre cordiale » qu'elle tire d'une petite boîte d'or – mentionnée dans l'inventaire de 1524[2].

1. Alexandre Henne, *Histoire du règne de Charles Quint en Belgique*, tome III, p. 386.

2. Henri Michelant, *Inventaire des vaisselles, joyaux, tapisseries, peintures, manuscrits de Marguerite d'Autriche*, p. 23.

La décoration de ses appartements est surabondante : sur les murs, les tableaux sont si nombreux qu'ils se touchent presque et, au sol, les tapis s'empilent les uns sur les autres. La hantise du vide, le besoin d'emplir l'espace. Les murs sont tendus de velours noir ou de taffetas vert, couverts de tableaux religieux. Dans la chambre, deux tapisseries représentent le Christ au Jardin des oliviers et portant sa croix[1]. Les fauteuils sont aussi de velours noir ; sur la table de travail, un tapis brodé de fleurs de soie porte une écritoire, qui est encore de velours noir.

Les animaux emplissent la chambre : un perroquet – « l'amant vert » chanté par Lemaire –, une marmotte « achetée dix livres à un Français de passage » et des chiens « sur une paillasse de drap blanc[2] ».

Les meubles, les objets de l'Hôtel de Savoie sont connus par les inventaires et les comptes de Jean de Marnix : déposés dans les archives de Lille, ces derniers mentionnent, jour par jour, année après année, les achats de tableaux, de tentures, de matériels – jusqu'à la soie des franges d'une nappe[3].

Marguerite vit avec intensité chaque moment que

---

1. Ghislaine De Boom, *Marguerite d'Autriche-Savoie et la Pré-Renaissance*, p. 137. Les tapisseries « faites de fils d'or et de soie » sont aujourd'hui la propriété de la Couronne d'Espagne. Elles ont été présentées à Bruxelles pour le cinq centième anniversaire de la naissance de Charles Quint (*Age d'or bruxellois*, catalogue n°s 14 et 15).

2. Alexandre Henne, *Histoire du règne de Charles Quint en Belgique*, tome III, p. 359-360.

3. « Pour la façon des franges de soie de deux tapis de table, xxij livres x sols » (compte de Jean de Marnix, n° 1799, cité par Alexandre Henne, *idem*, p. 357).

Dieu lui réserve : elle trouve son accomplissement dans le bonheur de l'instant. Elle croit à un ordre du monde qui se révèle plus dans les petites choses que dans les grandes. Il y a chez cette femme une âpreté de l'enracinement qui est une gourmandise de la vie. Marguerite s'enferme dans un cercle de tâches pratiques. La mort peut venir : elle n'empêchera pas que la princesse ne se sente, jusqu'à la fin, partie liée avec la vie.

Les dépenses de la Cour de Savoie sont celles d'une souveraine. Pour y faire face, de quels revenus Marguerite dispose-t-elle ? Comme gouvernante générale, elle perçoit un traitement de vingt mille livres. Elle bénéficie en outre des revenus de la seigneurie de Malines, des comtés de Bourgogne et de Charolais, du douaire de Savoie : pour 1524, le compte de Jean de Marnix fait état d'une ressource de trente-sept mille quatre cent huit livres[1]. C'est considérable et pourtant insuffisant : la dépense ordinaire de la Cour s'élève à trente-deux mille livres. Marguerite dépense peu pour elle-même, mais subvient aux besoins des membres de l'hôtel, qui forment une famille – une *familia* au sens romain – une clientèle.

Dans sa vie si réglée, les jours où elle se trouve à Malines et où le Conseil ne siège pas, Marguerite reçoit en audience tous ceux qui veulent l'approcher : non les seigneurs ou les députés des Etats, mais les gens pauvres, les vieux soldats sans ressources, les femmes de la campagne qui viennent l'implorer et lui offrir leurs œufs.

---

1. *Idem*, p. 398.

Le matin, pendant deux heures, elle accueille, écoute et rend service. Assise dans la grande salle du premier étage, elle est attentive aux demandes qui lui sont présentées ; à ses côtés, un secrétaire et un trésorier sont présents pour noter et payer. De jeunes filles viennent lui offrir, l'une « un petit Jésus », l'autre « une sainte Marguerite » ; un enfant lui présente une grenade ; une femme de Hal, des tripes ; un homme de Namur, un pâté de truites ; d'autres, des poires et des figues de Zélande. Elle remercie, distribue des pièces de monnaie : les dons sont consignés dans les comptes de Marnix et permettent, cinq siècles après, de reconstituer les audiences de Malines : cinq carolus pour le pâté de truites, quatre carolus pour les poires et les figues[1]...

Les plus malheureux se présentent les derniers : ils se glissent dans la salle, parlent à voix basse. Marguerite tend l'oreille et donne « deux chemises à une pauvre femme », « trois carolus à un vieux soldat d'York pour retourner dans son pays »... Là encore, carolus par carolus, les comptes du receveur général retracent les libéralités de la princesse – jusqu'aux treize sols d'un « pauvre aveugle venu jouer, le 12 octobre 1526, de la bombarde[2] ».

Marguerite n'est jamais indifférente au malheur d'autrui. Henne s'étonne de son « affabilité » : je pense qu'elle prend plaisir à ses audiences qui rompent la monotonie des jours et, d'une certaine façon, l'apaisent.

---

1. *Idem*, p. 366.
2. *Idem*, p. 368.

CHAPITRE X

Les chansons et les heures

A découvrir aujourd'hui Malines, si tranquille à l'ombre de sa cathédrale immense, si provinciale, pour moi si proche d'Auxerre, on ne peut soupçonner qu'elle fut la capitale des Pays-Bas, rassembla autour de Marguerite une cour savante et lettrée, attira les plus grands artistes. Mais les villes meurent elles aussi ou, du moins, sont menacées par la décadence.

Pendant vingt-cinq ans, Malines est emportée par le mouvement des idées que l'approche de la Renaissance suscite : cette ville de commerçants et de magistrats devient, par la décision de Marguerite, le centre du pouvoir et, le pouvoir ayant partie liée avec la Renaissance, le foyer littéraire et artistique où s'élaborent de nouvelles formes de pensée et d'action. Autour de la régente et sous son impulsion.

Marguerite reprend la tradition des ducs de Bourgogne, dont la Cour fut au XVe siècle la plus riche, la plus brillante de l'Occident. Les peintres et les écrivains l'ont décrite comme le spectacle d'un rêve : Van Eyck et Memling ont représenté des hommes et des femmes impassibles, comme absents, entrés immobiles dans l'éternité. La dernière floraison du Moyen Age[1].

Au début du XVIe siècle, un flux de révolte et de contestation se lève, qui emporte le vieux monde médiéval. Né en Italie, il se propage en France et gagne les Pays-Bas. Les humanistes que Marguerite rassemble à Malines développent les idées nouvelles que portent la Renaissance et la Réforme.

Ils participent au gouvernement, donnent leur avis, deviennent les conseillers du souverain. Ils côtoient les hommes de pouvoir et, en liaison avec ces derniers, mettent en œuvre un mode de gouvernement sans précédent dans l'Europe du Nord.

Ils prônent la paix et la liberté de pensée, qui constituent les deux piliers de leur « République des lettres ». Erasme est le chef de file de cette nouvelle « Internationale ». Il se proclame « citoyen du monde », mais il demeure « homo batavus » et, comme tel, sujet bourguignon, attaché à ses racines. Quand les Italiens laissent entendre qu'il est « fils de personne », il se rebiffe et vante « la merveilleuse abondance de (sa) terre natale, où courent partout des voies navigables et poissonneuses, où les oiseaux peuplent en foule les marais et les bois ». Il aime les Pays-Bas de son enfance.

En 1516, il est nommé par Chièvres conseiller avec la promesse d'une rente annuelle de deux cents florins – qui ne sera pas versée. Pour remercier, il écrit l'*Institution du prince chrétien* – que Charles Quint ne lira pas. Erasme ne se plaît guère à la Cour de Bruxelles ; il

1. Johan Huizinga, *L'Automne du Moyen Age :* l'édition française s'ouvre sur un entretien avec Jacques Le Goff.

refuse d'accompagner le roi en Espagne et, en juillet 1517, s'installe à Louvain. Il assiste au couronnement d'Aix-la-Chapelle, mais se tient à l'écart de la diète de Worms où comparaît Luther.

« Je ne fais pas de concessions » : c'est sa devise, qui vaut pour les principes – moins pour leur application. Erasme veut éviter la rupture de la chrétienté et maintient, contre les théologiens de Louvain, ses liens avec Luther. Il hait la violence religieuse et déteste prendre parti : quand on le force en octobre 1521 à condamner le moine réformateur, il quitte les Pays-Bas, dans lesquels il ne reviendra pas. Avec ce regret qu'il exprimera à l'approche de la mort : « Ah, si le Brabant était moins loin[1]... »

Il entretient une correspondance avec les principaux ministres de l'Empire : Gattinara, Carondelet, Granvelle. Il ne croit pas à la « monarchie universelle » de Gattinara ; il souhaite un prince proche de son peuple et un gouvernement limité par des contre-pouvoirs. Il approuve les Etats généraux dans leur opposition à Marguerite.

Lui, si attaché aux idées, si tolérant, peut être méchant avec ses proches. Il porte Vives au pinacle, le fait éditer à Bâle, puis l'écarte et le rejette. La lettre de séparation qu'il lui écrit en septembre 1528 est affreuse : « Ton nom est déjà célèbre et je ne doute pas que tu atteignes une célébrité plus grande encore. Mais tu dois te faire apprécier une bonne fois par un petit ouvrage d'intérêt pratique, comme celui de Lazare de

1. Jean-Claude Margolin, *Erasme*, note sur les Pays-Bas, p. CXC et CXCI.

Baïf. » Quelle comparaison ! Baïf est l'auteur d'un livre sur les récipients de cuisine[1]...

Pourquoi un tel mépris ? En raison des origines juives de Vives, de son renom grandissant ? Vives est l'humaniste le plus attachant, le plus moderne de la Renaissance – à peu près inconnu aujourd'hui. Il naît à Valence en 1492, l'année de la prise de Grenade et de l'expulsion des juifs d'Espagne. Il appartient à une famille de *conversos* ; son père est un riche commerçant, son frère le rabbin de la synagogue : l'un et l'autre seront persécutés par l'Inquisition. Son père périra sur le bûcher en 1524 et les restes de sa mère seront exhumés quelques années plus tard et brûlés eux aussi. Or rien, ou presque, dans ses écrits, ne laisse deviner ce drame familial[2].

Comme tous les humanistes du XVIe siècle, Vives est un nomade qui va de cour en cour – à la recherche d'un nouvel attachement : il rejoint les Pays-Bas d'Erasme en 1512, l'Angleterre de Thomas More en 1523, se marie à Bruges où il se retire en 1528. Il entreprend une rénovation de la pédagogie et de la morale dans deux ouvrages majeurs : *De l'instruction* (*De disciplinis*) et *Introduction à la sagesse* (*Introductio ad sapientiam*). Il énonce des règles simples dans une langue agréable à lire : « Notre existence n'est qu'un voyage vers la vie éternelle et nous avons besoin de très peu pour faire le chemin. » Et d'ajouter : l'essentiel est de porter « un jugement droit sur les choses[3] ». Il

1. Joan Luís Vives, *Introduction à la sagesse*, avant-propos par Etienne Wolff, p. 19.

2. *Idem*, présentation par Patrick Gifreu, p. 7.

3. *Idem*, p. 68.

recommande une hygiène de vie ; il établit des principes que les bourgeois des Pays-Bas vont adopter – et qu'il fonde sur le travail et l'austérité.

Agrippa n'a pas cette trempe : c'est un touche-à-tout de génie, qui écrit aussi bien une histoire de Cologne, une défense du mariage qu'un essai sur les sciences ou un traité des vertus féminines. Il dédie l'ouvrage qu'il compose à Malines, *De nobilitate et praecellentia feminei sexus declamatio,* à « la divine Marguerite », tout en prenant soin d'affirmer qu'il n'est pas guidé par l'intérêt[1] ! Pour défendre « la prééminence des femmes », il invoque pêle-mêle la Cabale, la Bible, l'Histoire profane ; dans son zèle, il prétend même que le péché originel doit être imputé à l'homme seul ! Les femmes ont « inventé les arts » et ont été jadis « avec honneur » associées au gouvernement. Il défend le principe de l'égalité des sexes : on ne peut rêver au XVIe siècle plaidoyer plus féministe ! Marguerite le qualifie de « plaisant faiseur d'éloges », mais tient compte de ses avis et le nomme « conseiller indiciaire ». Il prononcera son éloge funèbre, rappellera que les Pays-Bas lui sont redevables de la paix et du maintien de leur unité.

Il est l'ami de Jean Everardi, dit Jean Second : les deux hommes se ressemblent et ne se quittent guère. Jean Second est à la fois graveur, peintre, sculpteur, jurisconsulte – et poète. Comme Agrippa, il célèbre les vertus de Marguerite et consacre un hymne à la paix des Dames.

Cornelius Grapheus, les hellénistes Van Craeneveld

1. Ghislaine De Boom, *Marguerite d'Autriche-Savoie et la Pré-Renaissance*, p. 216.

et Suallemberg, le doyen de Saint-Rombaut, Jean Robijns – l'un des meilleurs amis d'Erasme – appartiennent eux aussi au cercle de Malines[1]. Ils sont des conseillers et des courtisans, mais où se trouve la limite entre les deux fonctions ? Ils disposent d'une liberté de pensée et de propos, bénéficient d'une indépendance matérielle qui fait de la cour de Marguerite un foyer de création inégalé dans l'Europe du Nord.

Bien qu'il ait peu résidé à Malines, Jean Lemaire mérite un commentaire particulier. Il est entré au service de Marguerite en 1503 : il a alors trente ans. Il la suit à Bourg, à Pont-d'Ain, à Turin. Il raffole de l'Italie et s'éprend des auteurs de l'Antiquité. A la différence de Jean Second, il écrit en français : c'est un grand poète français, qui annonce Ronsard.

Après la mort de Philibert, il rédige *La Couronne margaritique* et, après celle de Philippe le Beau, *Les Regretz de la Dame infortunee* :

> « *Ainsy dis et vueil selon ma destinee*
> *Que mon nom soit, La dame infortunee*
> *Dame de dueil toujours triste et marrie*[2]. »

Mais il a une âme de domestique : il respecte ce qui doit être respecté et loue ce que l'on lui commande de louer. Il garde pour lui son trésor secret, publiant à Lyon en 1509 le premier livre des *Illustrations de Gaule*. Il fera beaucoup pour la renommée de Marguerite, qu'il agace et qui ne lui sera guère reconnaissante.

1. *Idem*, p. 214.
2. Jean Lemaire de Belges, *Œuvres*, tome III, p. 189.

Lemaire est tour à tour clerc de finances, secrétaire, entrepreneur de bâtiments, historien, pamphlétaire – « un vrai chevalier errant de la littérature[1] ». Son malheur vient en partie de son temps : il vit à une époque de transition entre le Moyen Age et la Renaissance, où un grand courage est nécessaire pour s'imposer : ce courage, Lemaire ne le possède pas et même l'idée qu'il pourrait l'avoir lui est étrangère.

De l'activité littéraire et artistique de la Cour de Malines, plusieurs manuscrits conservés à la Bibliothèque royale de Belgique portent témoignage plus que tout autre document. Publiés pour la première fois à Bruxelles en 1849 par Emile Gachet, ils ont été étudiés au XXe siècle par Marcel Françon et Ghislaine De Boom. Ils contiennent les poèmes de Marguerite elle-même : c'est leur intérêt.

Le manuscrit appelé *Livre des Ballades* présente une particularité : à chaque page, en tête ou en marge des poèmes, se trouvent des anagrammes comme ATOCIPI, ZNIDEX, VNOTUOBZ. Un poète, André Van Hasselt, perça au XIXe siècle le mystère de ces rébus : il faut lire les mots à rebours et ne pas tenir compte des premières et dernières lettres. Apparaissent alors les noms des familiers de Marguerite : Picot, cité vingt et une fois, d'Aubigny, huit, La Baume, cinq, et Bouton, deux… Pierre Picot est médecin ; d'Aubigny, gentilhomme de l'hôtel ; Guy de La Baume, le comte de Montrevel et Claude Bouton, le capitaine des gardes.

Un cercle de poètes se réunit chaque soir autour de

1. Francisque Thibaut, *Marguerite d'Autriche et Jehan Lemaire de Belges*, p. 246.

Marguerite : Picot, d'Aubigny, La Baume et Bouton s'essayent à composer des pièces de vers, le plus souvent des rondeaux, qui sont ensuite mis en musique. Ils ne sont guère novateurs, utilisent les thèmes de l'amour courtois, chantent la tristesse des amants séparés et les désillusions de la vie[1].

Une ballade, *Chanson faite par Semadams*, est écrite entièrement de la main de Marguerite :

« C'est pour james qu'un regret me demeure
Qui sans seser nuit et jour à toute eure
Tant me tourmante que bien voudroie mourir.
Car ma vie n'est fors seullemant languir
Et sy faudra à la fin que j'an meure.

De l'infortune pansoie estre bien seure
Quan le regret maudit où je demeure
Me coury sus pour me fere mourir,
Car ma vie n'est fors seullemant languir
Et sy faudra à la fin que j'an meure
C'est pour james[2]. »

Dans les soirées de Malines, Marguerite dicte, écoute, reprend, inspire. Les mêmes thèmes reviennent toujours, du souvenir et de l'attente – de l'amour qui

1. Pour la plupart, les poèmes rassemblés dans les *Albums poétiques de Marguerite d'Autriche* « ne se distinguent, ni par la forme ni par le fond, des œuvres qui leur sont contemporaines » (Marcel Françon, *Albums poétiques de Marguerite d'Autriche*, p. 85).

2. *Idem*, p. 131. J'ai maintenu l'orthographe de Marguerite, qui permet d'apprécier la beauté de la langue du XVIe siècle.

survit à la mort. Pétrarque – le poète préféré de Marguerite – recompose sans cesse le *Canzoniere* : il a aimé une seule femme, Laure, et l'a chantée jusqu'à la mort. De même, dans ses vers, Marguerite chante Philibert disparu – sans d'ailleurs jamais le nommer. Pétrarque retrouve partout l'image de sa dame, comme Marguerite celle de Philibert : « L'amour seul me soutient avec le souvenir[1]. »

Marguerite évoque dans ses poèmes une vie ballottée entre l'amour, le regret, le désir et l'espoir :

> « *Amour me rend par mon vouloir subgecte*
> *Ou loyaulment je veulx amer sans feincte.*
> *Desir me prend, mais j'ay raison parfaicte*
> *Dedans mon cueur enserree et estraincte.*
> *Regret y a aussi mis une emprainncte*
> *Gravee au fons de douleur non pareille*
> *Espoir me dit et me promect merveille*
> *Tant pour lors je suis de luy contente*
> *Doubte respond : ce nest point mon entente*
> *Quespoir ansi hors d'amer toy me boute*
> *Voyla comment me tiennent soubz leur tente*
> *Amour, desir, regret, espoir et doubte*[2]. »

Elle perçoit la mort non comme une crainte, mais comme une promesse. Là encore, il faut se référer à Pétrarque et à son dernier poème, *Les Triomphes*, dont Marguerite possède deux éditions – en italien et en français. C'est sa propre histoire : une boucle, une

1. Pétrarque, *Canzoniere*, p. 119.

2. D'après l'édition de Ghislaine De Boom, *Marguerite d'Autriche-Savoie et la Pré-Renaissance*, p. 226-227.

mèche d'or qui déroule son fil et se referme. L'amour triomphe de tous les hommes : « c'est un enfant très doux et un vieillard cruel ». La chasteté, sous les traits de Laure, triomphe de l'amour. La mort triomphe de tout, et même de la vertu. Viennent alors le temps qui triomphe de la gloire et l'éternité qui triomphe du temps et conduit à la vie éternelle.

Kafka, dans son *Journal*, évoque son « aptitude à pouvoir mourir content[1] ». Ce qu'il a écrit de meilleur, ajoute-t-il, se fonde sur cette aptitude – réservée à quelques hommes seulement. Plus j'avance dans la connaissance de Marguerite, plus je pense qu'elle appartient à ce petit nombre.

Elle écrit des vers pour retrouver l'unité de sa vie menacée de dislocation. Elle a besoin d'écrire, de se recueillir, de s'attarder sur un livre. Quand son père meurt, elle exprime sa douleur et sa solitude : les hommes qu'elle a aimés sont morts. A-t-elle rédigé la complainte que conservent deux manuscrits de la Bibliothèque royale – ou l'a-t-elle seulement inspirée ? Les historiens sont divisés : Gachet retient la première solution, Françon est plus perplexe.

Maximilien meurt en 1519 et, désormais, Marguerite est seule, en première ligne, seule et résignée : le dernier rempart qui la protégeait est tombé. Charles est loin, indifférent – et il l'a écartée du pouvoir ! Isabelle et Marie, ses jeunes nièces, ont quitté Malines. Les hommes qui pouvaient veiller sur elle ont disparu.

1. Maurice Blanchot, *L'Espace littéraire* (Gallimard, 1955), p. 110.

« Les quattre princes que au monde j'aymoye
[mieulx,
Meurdry les as tertous devant mes yeulx ;
Les deux premiers se furent mes marys
Dont maintes gens eurent les cueurs marris…
Et le troisiesme mon seul frère estoit
Roy des Hespaignes et de Naples a bon droit.
Las ! tu l'as mis en semblable erroy
Car tu n'espargnes prince ne duc ne roy.
Pour le quatriesme, o mort trop oultrageuse,
Tu as estainct la fleur chevaleureuse
Et as vaincu celluy qui fust vaincqueur,
Maximilien ce tres noble empereur[1]*… »*

Ecrire, composer, peindre, à quoi l'art peut-il servir ? Pascal Quignard imagine un dialogue entre Claude Gellée le peintre et Meaume le graveur :

« Je pense que la lumière du soleil est la seule chose belle puisqu'elle permet de découvrir toutes les choses.

— Pourquoi peindre si tout se consume ?

— Chacun apporte sa petite bûche au bûcher qui éclaire le monde[2]. »

Participer au bûcher qui éclaire le monde : pour Marguerite, l'art est un refuge, l'approche aussi d'une réalité supérieure. Il rend acceptable la vie de tous les jours.

1. L'original de cette complainte se retrouve dans un manuscrit de la Bibliothèque royale, ms. 11 119 (f. 132-133).

2. Pascal Quignard, *Terrasse à Rome*, (Gallimard, 2000), p. 49.

CHAPITRE XI

Les tableaux et les livres

Marguerite a une âme de collectionneur, le culte de l'objet.

Dans son hôtel, elle accumule les tableaux, les tapisseries, les manuscrits, les médailles, les ivoires, tout ce qui s'achète ou s'échange. Malines tient du musée et du bric-à-brac[1]. Les tapis, les vases, les pièces d'orfèvrerie, les coraux et les cristaux ne sont pas exposés mais rangés dans des coffres.

Les comptes mentionnent, comme « valets de chambre au service de Madame », Jacopo de Barbari, Bernard Van Orley, Pierre de Pannemaker, Conrad

1. H. Michelant, *Inventaire des vaisselles, joyaux, tapisseries, peintures, manuscrits de Marguerite d'Autriche*, p. 71 : « Item, deux patins de cuyr à la mode de Turcquie. Item, trente-deux pièces de cristalin et aultre verre, assavoir : potz, esguieres, couppes, verres, tasses, chandelliers dont il y a ung pot doré qui est brisé et le couvecle d'une couppe verde. Item, ung pot de porcelayne sans couvecle, bien beau, tirant sur gris. Item, vingt petiz flaconnetz de verre dorez, armoyez, comprins deux fioles. » C'est un exemple : l'inventaire de 1524, détaillé dans le *Bulletin de la Commission royale d'Histoire*, comprend 130 pages...

Meyt – et d'autres encore. Les plus grands peintres, cartonniers, sculpteurs, les meilleurs orfèvres ont travaillé pour Marguerite. Leurs œuvres ont été dispersées ; une partie seulement a pu être identifiée. Les tapisseries sont au Prado et à l'Escurial ; *Les Epoux Arnolfini* de Van Eyck, à Londres ; le portrait de Charles le Téméraire par Van der Weyden, à Berlin ; ceux de Marguerite par Van Orley, un peu partout : à Bruxelles, Paris et Brou.

Marguerite possède une collection d'une centaine de portraits : les tableaux d'apparat destinés à glorifier les maisons de Bourgogne et d'Autriche sont accrochés dans la « première chambre » et la « librairie » ; les portraits des membres de sa famille dans sa chambre à coucher, de part et d'autre de la cheminée, et dans son cabinet de travail[1]. Elle a besoin de les contempler chaque jour : Juan et Philibert, ses parents, son frère, ses grands-pères Frédéric et Charles, ses beaux-parents d'Espagne par son peintre préféré, Michel Zittoz le Flamand. Ces tableaux forment son cabinet secret, qu'elle montre rarement. Elle aime plus que tout une Vierge à l'enfant de Michel Zittoz, qui représente une jeune femme au visage rond et aux cheveux dorés : c'est sa « mignonne »... Dans les bras de la Vierge, « le petit Dieu dort ». Evocation d'une période heureuse de sa vie, alors qu'elle aimait Juan, attendait un enfant et que sa belle-mère l'entourait de son affection. Quand Isabelle de Castille est morte, Zittoz a regagné les Pays-Bas et Marguerite l'a engagé à son service.

1. Dagmar Eichberger, « Margaret of Austria's portrait collection : female patronage in the light of dynastic ambitions and artistic quality ».

Elle lui alloue une pension de vingt philippus d'or « pour une cause dont elle ne veut rien dire[1] »...

Plus encore que ses tableaux, ses livres : Marguerite a la passion des livres – « une convoitise insatiable », comme Pétrarque. Là encore, elle reprend une tradition familiale : elle veut reconstituer la bibliothèque des ducs de Bourgogne.

Elle marque une prédilection particulière pour les chroniques historiques, les romans de chevalerie, les récits de voyages lointains. Par ses lectures, elle est plus tournée vers le passé que dans son action – résolument moderne. Le début du XVIe siècle est une époque de transition : par ses choix littéraires, Marguerite est le symbole du passage du Moyen Age aux Temps modernes.

Deux femmes l'ont marquée : sa marraine Marguerite d'York et sa belle-mère Isabelle de Castille. L'une et l'autre, l'Anglaise et l'Espagnole, l'ont entraînée par la pensée sur les chemins du monde. Cette terrienne, qui a pris la mer une seule fois pour se rendre en Espagne, a aimé le vent du large. Dans sa librairie, elle lit les récits de Pierre Martyr décrivant la conquête des Indes. Martyr a été le précepteur de Juan, qu'il a accompagné tout au long de sa vie. Il a connu Christophe Colomb, est devenu son ami ; ses *Décades* racontent la découverte du Nouveau Monde. Marguerite regarde les voiles se lever vers les pays du soleil qu'elle a aimés et d'autres plus lointains encore : Martyr l'entraîne sur la route des Indes. Il lui dédie sa *Quatrième Décade*.

---

1. Ghislaine De Boom, *Marguerite d'Autriche-Savoie et la Pré-Renaissance,* p. 156-157.

Deux inventaires des collections de Malines ont été dressés.

Le premier, en juillet 1516, a été publié par André Le Glay, le grand conservateur du XIXe siècle : dans les archives de Lille, il n'en subsiste qu'un cahier de quatre feuillets.

Le second a été établi de juillet 1523 à avril 1524 et signé à Anvers par Marguerite elle-même le 27 avril 1524. Il est conservé à la Bibliothèque nationale : il comprend cent quarante et un feuillets dans une reliure de maroquin rouge aux armes de Colbert. Il a été publié pour la première fois en 1871 par Henri Michelant, conservateur au cabinet des manuscrits [1].

L'inventaire de 1524 répertorie les objets disposés dans la chapelle, dont les *Très Riches Heures du duc de Berry*. Puis il dresse la liste des manuscrits et livres de la bibliothèque. Le recensement n'a rien de méthodique : il s'apparente à « un catalogue topographique ». Les livres sont énumérés selon la place qu'ils occupaient sur les pupitres ou dans des armoires de fer pour les plus précieux.

L'inventaire mentionne trois cent trente-trois manuscrits qui forment la dernière grande collection du Moyen Age. Marguerite a constitué sa bibliothèque tout au long de sa vie, dont chaque étape est marquée par l'acquisition de nouveaux ouvrages.

Le premier manuscrit qu'elle a possédé est une bible du XIVe siècle d'origine napolitaine, qui lui a été offerte à

1. Les deux inventaires sont analysés dans l'ouvrage magistral de Marguerite Debae, *La Bibliothèque de Marguerite d'Autriche*, introduction, p. VII-IX.

Amboise par Anne de Beaujeu[1]. Quand elle rejoint pour la première fois – à treize ans – les Pays-Bas, Marguerite d'York lui communique sa passion des livres – qui ne la quittera plus. En Espagne, elle achète, à dix-huit ans, le psautier de saint Jérôme et, regagnant son pays pour la deuxième fois, elle emporte dix manuscrits[2].

En juillet 1501, son frère lui offre trois ouvrages qui ont appartenu aux ducs de Bourgogne : *Le Champion des Dames* de Martin le Franc, l'*Histoire du bon roi Alixandre* et le bréviaire de leur mère Marie[3]. La collection commence à prendre forme.

En septembre 1501, le contrat négocié avec Philibert de Savoie prévoit que « les vaisselles, tapisseries, bagues, joyaux et autres biens meubles » lui reviendront si le duc décède avant elle. En vertu de cette clause, Marguerite prélève, à la mort de Philibert en 1504, les plus beaux manuscrits des collections de Savoie – dont l'*Apocalypse figurée* et les *Très Riches Heures du duc de Berry*.

Le premier est conservé à la Bibliothèque de l'Escurial, le second à Chantilly[4]. L'*Apocalypse figurée* est

1. La *Bible moralisée* est mentionnée dans l'inventaire de 1523-1524 (n° 182) ; elle est conservée à la Bibliothèque nationale.

2. Le psautier de saint Jérôme est dit « psautier anglo-catalan » : commencé en Angleterre au XIIe siècle, il a été achevé en Catalogne au XIVe. Enlevé par les Français en 1794, il est conservé à la Bibliothèque nationale (Marguerite Debae, *La Bibliothèque de Marguerite d'Autriche,* p. 65-69).

3. *Le Champion des Dames*, dédié à Philippe le Bon, est conservé à la Bibliothèque royale de Bruxelles. L'*Histoire du bon roi Alixandre* figure dans les inventaires de 1516 et de 1524, mais disparaît à la fin du XVIe siècle.

4. A la mort du duc de Berry en 1416, sa fille Bonne hérite des

illustrée par Jean Bapteur, Périnet Lamy et Jean Colombe ; les *Très Riches Heures* par les frères de Limbourg – Paul, Herman et Jean – et, là encore, par Jean Colombe. Les *Très Riches Heures* constituent le joyau de la bibliothèque : elles sont présentées sur un pupitre à l'entrée de la chapelle et Marguerite vient souvent admirer les miniatures qui les composent et chantent la France du Moyen Age. Beauté des paysages, des châteaux, des églises ! Beauté des paysannes, sœurs aînées des faneuses de Millet ! Beauté des chiens qui se ruent, à l'automne, sur le sanglier abattu ! Avant Michelet, et en images, les *Très Riches Heures* composent le tableau d'une France idéalisée qui ne connaîtrait ni la misère ni la laideur.

A sa mort, Marguerite d'York lègue ses manuscrits à sa filleule, souhaitant que soient rassemblées en un seul lieu les collections des ducs de Bourgogne. Le manuscrit le plus beau, celui auquel Marguerite d'York tenait le plus, *Benois seront les miséricorieux*, rappelle l'amour qui l'unissait à Charles le Téméraire : il porte des lettrines azur sur champ d'or, ornées du monogramme C.M. (Charles, Marguerite)[1].

Très Riches Heures. Elle épouse Amédée VII, comte de Savoie : les *Très Riches Heures* entrent dans les collections de Savoie. A la mort de Marguerite, elles sont données au trésorier général des finances des Pays-Bas, Jean Ruffaut. L'importance des financiers au bas Moyen Age se note à un tel détail ! Les *Très Riches Heures* disparaissent pendant deux siècles, réapparaissent au XVIIIe siècle : elles appartiennent alors à la famille Spinola de Gênes. Le baron de Margherita les vend au XIXe siècle au duc d'Aumale : elles entrent dans les collections de Chantilly, que le duc lègue à l'Institut de France.

1. Le manuscrit est conservé à la Bibliothèque royale de Bru-

En août 1511, Marguerite achète à Charles de Croy – l'oncle de Chièvres et le premier gouverneur de Charles Quint – « quatre-vingt-huit volumes couverts de velours de diverses couleurs, tous écrits sur parchemin et à la main [1] ». Entrent ainsi dans les collections de Malines le *Lancelot* de Jean sans Peur, le *Décaméron* de Philippe le Bon et l'*Histoire de la Toison d'or,* l'un des ouvrages préférés de Charles le Téméraire [2].

Les héros de Marguerite sont les croisés, les chevaliers de la Table ronde et de la Toison d'or : poursuivant le même rêve d'absolu, ils dessinent les contours de sa mythologie personnelle. Ils la projettent dans le passé : Marguerite est une femme des racines, qui croit à l'enchaînement des générations, à l'héritage reçu et transmis.

Elle a pu s'opposer aux chevaliers de la Toison d'or quand elle arrêta Juan Manuel, mais elle considère que l'histoire de l'Ordre est liée à celle de sa famille : elle se l'approprie.

En 1468, lors d'un chapitre que présida Charles le Téméraire, le chancelier de l'Ordre, Guillaume Fillastre, prononça un sermon dans lequel il évoqua les six toisons de l'Antiquité – de Jason, Jacob, Gédéon, Mesa, Job et David. A chacune d'entre elles, il appliqua une vertu que tout chevalier doit posséder : la magnanimité, la justice, la prudence, la fidélité, la

---

xelles ; il est décrit par Marguerite Debae, *La Bibliothèque de Marguerite d'Autriche*, p. 266-268.

1. *Idem*, p. XIII.

2. L'*Estoire del Saint Graal* et *Lancelot du Lac* sont conservés à la Bibliothèque de l'Arsenal à Paris ; l'*Histoire de la Toison d'or* à la Haus-, Hof- und Staats-archiv de Vienne.

patience et la clémence. Charles le Téméraire l'invita à écrire l'histoire de la Toison d'or. Guillaume Fillastre mourut avant d'avoir achevé son œuvre. Le premier livre, que détient Marguerite, raconte l'histoire de la toison de Jason.

Après 1511, les comptes ne mentionnent plus aucune acquisition de livres. Or Marguerite ne cesse d'enrichir sa bibliothèque : les donations deviennent déterminantes. La principale concerne le *Codex aureus*, que son père lui offre en 1516 – sans doute pour se faire pardonner de l'avoir écartée du pouvoir. Œuvre majeure du XIe siècle, réalisée par les moines d'Echternach, le *Codex aureus* présente les quatre évangiles : « Hic est liber vitae quia vitam continuet in se. » Erasme le consulte à Malines en 1519, l'utilise pour écrire son *Nouveau Testament* et le cite dans sa préface de 1522[1].

Dans les dernières années de sa vie, Marguerite acquiert le *Théséide* de Boccace, réalisé à la cour du roi René par Barthélemy d'Eyck. Le *Théséide* est la seule œuvre épique de Boccace écrite en italien : elle conte l'histoire de deux jeunes seigneurs de Thèbes, Palamon et Arcitas, que Thésée retient prisonniers à Athènes. De la fenêtre de leur cellule, ils aperçoivent la belle Emilie aux longs cheveux d'or et tombent tous deux amoureux d'elle. Emilie est la sœur d'Hippolyte, l'épouse de Thésée. Arcitas est bientôt libéré, à condition de quitter Athènes et de n'y plus revenir. Il ne peut tenir parole : le voici de retour à la recherche d'Emilie.

---

1. Marguerite Debae, *La Bibliothèque de Marguerite d'Autriche*, p. 237-241. Le *Codex aureus* est conservé à la Bibliothèque de l'Escurial.

Palamon le provoque en duel. Thésée sépare les jeunes gens, leur pardonne, mais décide qu'ils devront s'affronter de nouveau en un combat sans merci : le vainqueur recevra la main d'Emilie. Arcitas triomphe, mais il est grièvement blessé : il épouse Emilie et meurt. On aime celui qui meurt, puis on regrette de l'avoir aimé : Emilie épouse Palamon[1].

Les manuscrits exécutés pour Marguerite – et ceux qui lui sont dédiés – portent ses armoiries. Sa devise, *Fortune infortune fort une*, vaut pour ses livres comme pour sa vie : après sa mort, sa bibliothèque sera dispersée, pillée, en partie détruite par le feu.

Marie de Hongrie en héritera. Quand elle suivra Charles Quint en Espagne, elle emportera plusieurs manuscrits, qui disparaîtront dans l'incendie de l'Escurial en 1671.

Les manuscrits qu'elle laissera aux Pays-Bas constitueront le « fonds de Bourgogne », que les guerres du XVIIIe siècle et de la Révolution mettront à mal. Vainqueur à Fontenoy, le ministre de la guerre de Louis XV, le comte d'Argenson, prélèvera à Bruxelles cent quatorze manuscrits – dont certains pour sa bibliothèque personnelle[2] ! Nouveau pillage sous la Convention : le « fonds de Bourgogne » sera appelé à compléter les collections de la Bibliothèque nationale.

1. Le *Théséide* est actuellement conservé à la National Bibliothek de Vienne.

2. Anne-Marie Legaré, « Les Cent Quatorze Manuscrits de Bourgogne choisis par le comte d'Argenson pour le roi Louis XV », p. 241-258.

CHAPITRE XII

La construction de l'église de Brou

La construction de l'église et des tombeaux de Brou est une histoire d'amour et de mort. Une histoire qui mêle, comme toute passion, la légende et la réalité.

Une femme, veuve à vingt-quatre ans, construit dans la Bresse où elle a été heureuse une église qui abritera le tombeau de son époux et le sien. De Malines, Marguerite arrête les plans, choisit les architectes, les « imagiers », les sculpteurs et les verriers. Elle meurt avant que l'église soit achevée et qu'elle ait pu la découvrir. Mais elle aura, pendant un quart de siècle, poursuivi le rêve de reposer dans un tombeau, qu'elle n'aura pas vu, à côté de l'homme qu'elle a aimé. Brou sera pour elle une terre promise, une œuvre de l'esprit.

Comment l'église a-t-elle été construite ?

Quand on parcourt les manuscrits de Brou, on découvre un personnage merveilleux qui aurait présidé à la construction du monastère : les moines, de siècle en siècle, ont conté son histoire.

L'archiduchesse, écrivent-ils, avait fait appel au concours des meilleurs ouvriers de toute l'Europe, français et flamands, allemands et italiens. André Colomban les dirigeait : ce Dijonnais, jeune et passionné, avait choisi les matériaux les plus rares ; il voyait grand, plus grand que les moyens mis à sa disposition. Ne pouvant réaliser l'œuvre dont il rêvait, il partit en secret. Son successeur n'eut ni son talent ni son ambition : le chantier végéta.

Mais la légende raconte qu'un inconnu, vêtu d'une robe d'ermite, apparut un soir et, profitant des moments où les ouvriers ne travaillaient pas, « détraçait les plans et les retraçait selon son dessein ». On reconnut Colomban, revenu à Brou, hanté par l'achèvement de son projet. Il avait abandonné parce qu'il n'avait pas obtenu les crédits nécessaires : il les obtint et c'est ainsi qu'il construisit « la merveille de Brou ». Cussinet écrit cette relation au XVIIIe siècle en copiant les anciens mémoires des moines augustins. Il appuie son récit de dates fantaisistes, qui seront reprises après lui. La légende est tenace : au début du siècle dernier, on croyait encore à l'existence de Colomban.

Son nom rappelle celui de Michel Colombe, le grand sculpteur français qui, le premier, établit les dessins des tombeaux. Les artistes qui travaillèrent à la réalisation du projet appartenaient à tous les pays. Colomban, qui démolit et reconstruit, est un symbole : derrière lui se profile Marguerite, arrêtant les plans, veillant à leur exécution. « Le projet est l'œuvre de Marguerite elle-même [1]. »

Il ne faut d'ailleurs pas exagérer l'importance des modifications décidées par la princesse : elles sont moindres que les historiens du XIXe siècle, Bruchet et

---

1. Max Bruchet, *Marguerite d'Autriche, duchesse de Savoie*, p. 165.

Baux, les ont décrites. Eric Pallot, architecte des monuments historiques, restaurant la toiture de l'église en 1996, a montré que les massifs de maçonnerie dans le comble du transept ne dataient pas du XVIe siècle, mais des siècles suivants. Marguerite approuve en 1511 les plans de Perréal, qu'elle ne modifie pas par la suite. Elle veille seulement à la bonne utilisation des crédits. « Il faut que nos deniers soient bien employés » : cette recommandation martèle ses instructions[1].

Saint-Pierre de Brou est au début du XVIe siècle une paroisse qui se meurt. Bourg en dépend ; dans ses murs, l'église Notre-Dame souhaite acquérir son indépendance : entre le curé de Saint-Pierre et les prêtres de Notre-Dame, le conflit est permanent. Brou est aussi le siège d'un monastère bénédictin qui relève de l'abbaye d'Ambronay, si pauvre que ses bâtiments tombent en ruines.

Pourquoi choisir un endroit désert, en dehors de la ville, sans protection, pour édifier les nouveaux tombeaux des ducs de Savoie ? Marguerite d'Autriche veut tenir le vœu de sa belle-mère Marguerite de Bourbon. Cette dernière a promis de reconstruire le monastère et n'a pas tenu parole. Quand Philibert meurt, Marguerite fait transporter son corps à Brou le 16 septembre 1504 – six jours après son décès[2]. Elle décide de créer un couvent, achète les terrains, choisit les entrepreneurs.

---

1. Lettres du 10 octobre 1510 à Jean Lemaire et du 24 novembre suivant à Louis Barangier (citées par Marie-Françoise Poiret, conservateur du musée de Brou, dans la note qu'elle m'a adressée le 16 février 2001).

2. Emmanuel de Quinsonas, *Matériaux pour servir à l'histoire de Marguerite d'Autriche*.

L'affaire n'est pas simple : il faut supprimer l'église Saint-Pierre et rattacher la paroisse de Brou à Notre-Dame de Bourg. L'accord du pape est nécessaire : par une bulle du 16 juillet 1506, Jules II autorise l'érection d'un nouveau couvent.

Le 27 août suivant, sous une pluie battante, en présence de Mercurino de Gattinara, Guy de La Baume et Laurent de Gorrevod, six moines augustins entrent dans la vieille église que les bénédictins quittent, emportant à Bourg la statue de saint Pierre, leur patron. Marguerite, qui pose la première pierre d'une nouvelle église, ne reviendra jamais à Brou.

La désignation de religieux lombards, augustins par surcroît, n'est pas conforme au vœu de sa belle-mère, Marguerite de Bourbon. Mais on ne sait rien des négociations engagées par Marguerite d'Autriche avec les moines lombards et l'Histoire n'a pas conservé de trace de la mission confiée au chancelier de Savoie, Jean Clopet. Marguerite porte une dévotion particulière à saint Augustin, et Philibert est mort le jour de la fête de saint Nicolas de Tolentin, l'un des fondateurs de l'ordre des Augustins : est-ce une simple coïncidence ? La nouvelle église est placée sous la protection de saint Nicolas ; l'anniversaire de la mort de Philibert sera célébré le jour de la fête du saint.

Les moines lombards n'ont pas quitté la lumière de l'Italie pour se retrouver dans l'humidité de la Bresse sans bâtiments convenables pour les héberger. Marguerite leur a promis qu'un monastère serait construit à leur intention : ils souhaitent un dortoir, un réfectoire, un cloître – et vite. Ils relèguent au second plan la construction de l'église.

Celle-ci, quatre ans après, est toujours en souffrance.

Les moines ne veulent pas que s'édifie un bâtiment qui pourrait cacher, de leur dortoir, la vue sur les prairies des alentours. Bien installés dans leur nouveau couvent, ils s'accommodent fort bien de la vieille église Saint-Pierre et se désintéressent des projets de l'archiduchesse : ils lui écrivent à Malines qu'elle fasse selon son bon plaisir, « sans avoir aucun regard sur eux[1] ».

Mais Marguerite tient à son église et à son tombeau. Elle a du mal à réaliser son œuvre. De fait, dans la construction de Brou, on distingue trois phases : les projets bressans (de 1505 à 1509) ; les plans des maîtres français Jean Perréal et Michel Colombe (de 1509 à 1512) ; enfin, avec l'arrivée de Loys van Boghem, le triomphe de l'école flamande (de 1512 à 1532).

Les projets bressans sont marqués au sceau de l'économie : plans modestes, entrepreneurs locaux, travail à forfait. Un premier marché, passé en mars 1505 avec quatre maçons, prévoit la construction d'un monastère en briques et d'une petite église abritant deux tombeaux, ceux de Philibert et de sa mère Marguerite de Bourbon. Un second marché, plus ambitieux, est conclu avec les mêmes maçons en avril 1506.

La construction de Brou prend une autre ampleur quand Marguerite décide, dans son testament du 5 février 1509, de reposer elle aussi en terre de Bresse à côté de son mari[2]. « Brou va alors s'exalter » : pour

---

1. Lettre au prieur du 26 juillet 1511, citée par Max Bruchet, *Marguerite d'Autriche, duchesse de Savoie*, p. 149.

2. « Nous élisons la sépulture de notre corps en l'église du couvent de saint Nicolas de Tolentin près de Bourg en Bresse

glorifier les maisons d'Autriche et de Bourgogne, il faut « une œuvre grandiose et un nom pour la signer[1] ». Marguerite doit recevoir une sépulture aussi belle que celle que la duchesse Anne de Bretagne éleva pour ses parents dans la cathédrale de Nantes.

Marguerite se tourne vers la France, se rappelle les leçons que Jean Perréal lui donna dans son enfance à Amboise. Perréal a terminé à Nantes le tombeau du duc François de Bretagne : il est au sommet de son art – et fou d'Italie. Comme Jean Lemaire dont il est l'ami, il revient de Venise et de Rome, ses cartons bourrés de dessins et la tête pleine de rêves. C'est un esprit encyclopédique qui connaît les auteurs de l'Antiquité : il s'inscrit dans le courant de la modernité italienne. La commande de Marguerite est la plus belle qu'un artiste puisse espérer : quand Jean Lemaire la lui transmet, il l'accepte d'enthousiasme.

Mais il ne pourra pas consacrer à son nouveau travail le temps nécessaire : attaché au service de Louis XII, il doit accompagner le roi dans ses expéditions[2]. Il vit comme un grand seigneur et ne supporte pas la critique : du talent mais aussi du caractère. Quand il arrive à Brou, il ne salue personne : avec les

– que nous avons fondé et faisons construire. Nous voulons être inhumée près du corps de feu notre très cher seigneur et mari le duc Philibert de Savoie, que Dieu absolve, à sa gauche ; et, à sa droite, sera le corps de feu madame Marguerite de Bourbon sa mère, et le corps de mon seigneur et mari au milieu » (Marie-Françoise Poiret, *Le Monastère royal de Brou*, p. 9).

1. Max Bruchet, *Marguerite d'Autriche, duchesse de Savoie*, p. 153.

2. Jules Baux, *Histoire de l'église de Brou*, p. 188.

moines et les maçons, les rapports tournent vite à l'aigre.

En octobre 1511, il arrête le plan de l'édifice, mesurant sur le terrain « par cordeaux pour mieux juger de tout ». Jean Lemaire l'assiste : Marguerite l'a nommé « solliciteur » des édifices de Brou – son correspondant sur place. Lemaire se rend souvent à Malines pour prendre ses instructions. Il court aussi l'Europe à la recherche des marbres et des albâtres les plus précieux.

Quelle est la part de Perréal dans la construction de Brou ? J'ai longuement visité l'église en juillet 2000, avec l'architecte des monuments historiques, Eric Palot, et le conservateur du musée, Marie-Françoise Poiret. Leurs avis concordent : Perréal a donné à Brou l'ampleur et le souffle qui caractérisent le monument.

Mais la grande affaire pour Marguerite, c'est la réalisation des tombeaux : Brou est un reliquaire destiné à accueillir la sépulture des ducs de Savoie. Or Perréal est un peintre, non un sculpteur : il dessine, il ne travaille pas la pierre. Il fait appel au grand sculpteur avec lequel il a collaboré à Nantes, Michel Colombe. Ce dernier a près de quatre-vingts ans ; il est chargé d'honneurs et de gloire, mais accablé par la goutte, incapable de se rendre à Brou.

Lemaire rédige le contrat par lequel Marguerite d'Autriche lui passe commande le 3 décembre 1511 de la réalisation des tombeaux. C'est un morceau de littérature qui vante les qualités de Colombe et de ses trois neveux : « ouvriers en perfection, l'un en taille d'imagerie, l'autre en maçonnerie, le troisième en enluminure ». Colombe s'engage à réaliser le tombeau de Philibert d'après les dessins de Perréal – ou du moins à établir un « patron en petit volume », qui sera soumis à

Marguerite. Pour l'exécution définitive, ce ne sera pas lui, mais son premier assistant, Guillaume Regnault, qui se rendra à Brou. Il demande du temps ; en mai 1512, il écrit à Malines : « Je suis vieux et malade. Je n'ai plus de femme auprès de moi pour m'aider ! »

Lemaire et Perréal vont compromettre le projet français, le premier par ses propos irréfléchis, le second par son orgueil et ses absences. Lemaire est trop confiant : il se croit irremplaçable. A Malines, il force le ton, réclame pour Perréal de nouveaux crédits. A Brou, les moines ne veulent plus collaborer ni avec l'un ni avec l'autre : ils mènent campagne contre eux. C'est beaucoup ! Marguerite s'aperçoit que Perréal a dissimulé le coût du projet et que Lemaire lui a menti.

Elle l'écarte brutalement. Le pauvre « indiciaire » doit chercher fortune auprès d'Anne de Bretagne : lui qui a vanté les qualités de Marguerite, chanté la puissance de la Bourgogne, est condamné à compiler l'histoire de la Bretagne ! Il est amer : il a tant « ramoné » et « pelotté » au service de Marguerite. Le voici rejeté sans pension, éloigné sans considération…

Seul, Perréal est incapable de s'imposer ; il entretient un climat de discorde qui compromet l'avancement du chantier. Les moines freinent la réalisation des travaux. Ils appellent l'église la « belle gueuse » ; ils écrivent à Marguerite : « Vous nous avez donné du pain, de l'eau, de la cire. Il nous reste à avoir du vin, sans lequel nous ne pouvons accomplir le sacrifice divin. » Ils convoitent la vigne de Jasseron – qu'ils obtiennent en 1515[1].

---

1. Max Bruchet, *Marguerite d'Autriche, duchesse de Savoie*, p. 151.

Marguerite se décide enfin à changer d'équipe – et de maître d'œuvre. Il lui faut un homme stable, attaché au chantier et qui ait sa confiance. Proche d'elle aussi : ce sera Loys Van Boghem, l'un des maîtres maçons les plus réputés de Brabant. Van Boghem a quarante ans, du talent, de l'autorité. Il est âpre au gain, mais va se rendre nécessaire et obtiendra ce qu'il voudra. Il deviendra l'architecte du projet au sens moderne du terme, commandant tous les corps de métiers.

Il gagne Bourg en octobre 1512, établit en novembre les nouveaux plans de l'église – les plans définitifs. Il a analysé les causes de l'échec de son prédécesseur : il s'attache les moines en déplaçant le bâtiment pour ne pas retirer de lumière au dortoir du couvent. Il ne loge pas au monastère : il demande à Chivilliard, le maître des comptes, de l'héberger dans sa propre maison ; il le met dans sa poche. Il loue le travail que les maîtres bressans ont réalisé avant lui : on n'a pas imaginé pareil entregent et pareille efficacité avant son arrivée.

Marguerite approuve ses plans, lui passe commande en juin 1513. La première pierre de la future église est posée le mois suivant par Louis de Gorrevod, évêque de Maurienne.

Au début, tout paraît aller vite, mais Marguerite veut tout voir, tout contrôler. L'église devait être construite en cinq ans : il en faudra vingt pour l'achever ! Elle ne sera consacrée que le 22 mars 1532 – après la mort de la princesse. En 1522, ni le chœur ni les chapelles ne sont voûtées et la façade n'est pas commencée. Jean de Marnix effectue plusieurs inspections sur place ; il charge Louis de Gleyrens de la tenue de la comptabilité et du maniement des fonds. Plusieurs centaines d'ouvriers travaillent désormais sur le chantier, originaires de la Bresse, du Lyonnais, de la Bourgogne, des Pays-Bas et même d'Italie pour les ouvriers spécialisés.

Pas plus que Perréal, Van Boghem n'est capable de sculpter les statues des tombeaux : il est maçon, architecte, meneur d'hommes – mais non sculpteur. Or Brou est une église funéraire, décidée, construite pour abriter des tombeaux. Là encore, après des artistes français, des flamands sont choisis – par Marguerite et proches d'elle : Jean Van Roome établit les dessins ; les « imagiers » flamands sculptent le décor architectural et les petites statues à la base des tombeaux. En 1526, Conrad Meyt reçoit la mission d'exécuter les grandes statues.

Par les comptes, nous connaissons avec précision les marchés, les factures, les règlements. C'est le trésorier de l'archiduchesse, Diégo Florès – avant sa disgrâce survenue au début de 1516 – qui est chargé de traiter avec Van Roome. Marché est conclu pour « une somme de 150 philippus ». L'artiste doit être payé dans les meilleurs délais mais la commande, passée en 1513, ne sera définitivement réglée qu'en juillet 1516[1].

Les tombeaux de Philibert et de Marguerite comportent deux niveaux : à l'étage supérieur, « la figure et représentation au vif » du duc et de la duchesse – « en marbre blanc » ; au-dessous, « la figure de la mort », les corps nus dans leur linceul – en albâtre. Cette « forme moderne » de sépulture, qui apparaît dans le paiement de juillet 1516, est précisée dans le marché conclu avec Conrad Meyt le 14 avril 1526[2].

1. Max Bruchet, Marguerite d'Autriche, duchesse de Savoie, p. 171.

2. A Brou, la double représentation du mort paraît une tradition

Van Roome est pour l'essentiel un peintre ; Meyt est un sculpteur, l'un des plus grands du XVIe siècle. Originaire de Worms, il s'est fixé dans les Pays-Bas : il a exécuté plusieurs commandes pour Marguerite, qui se l'est attaché. Il va disposer d'une grande liberté de création. C'est une forte personnalité, d'une humeur difficile : il arrive à Brou son contrat en poche et s'oppose à Van Boghem. Depuis quatorze ans, ce dernier est le maître du chantier : il trouve en face de lui un homme d'un caractère entier qui, pas plus que lui, n'est prêt à composer.

Avec l'albâtre venu de Saint-Lothain, Meyt commence par sculpter les « figures de la mort » et la statue de Marguerite de Bourbon. Van Boghem lui fait attendre deux ans le marbre de Carrare dont il a besoin pour la « représentation au vif » de Philibert et de Marguerite : en Italie, les blocs ne sont pas disponibles ! Meyt s'adresse à Malines : une mission arrive pour apaiser le conflit. Elle donne raison au maître allemand, qui pourra désormais choisir librement ses collaborateurs, ses matériaux et travailler à sa guise. Mais deux ans auront été perdus…

Meyt fait appel à des Italiens, Onoffrio Campitoglio et Gilles Vambelli : avec l'aide de ces derniers, il réalise l'une des œuvres majeures de la sculpture occidentale, l'un des chefs-d'œuvre de la Renaissance du Nord.

Splendeur des tombeaux ! Beauté des corps, sensua-

---

reprise des funérailles princières : au-dessus du cercueil, un mannequin, dont le visage et les mains sont des moulages de cire, est présenté sur un lit de parade, revêtu des habits royaux (Marie-Françoise Poiret, *Le Monastère royal de Brou,* p. 32).

lité des têtes, des épaules, des cuisses de Philibert : un homme de l'amour, à la fois puissant et tendre. Il est mort à vingt-quatre ans : Meyt le représente dans la force et la beauté de son âge. Marguerite, en 1526, a déjà quarante-six ans : Meyt lui donne l'âge du Christ mort et ressuscité. Philibert la regarde et elle aussi le regarde, le visage serein, les yeux mi-clos. Dans l'attente de la Résurrection, Philibert et Marguerite sont éternellement jeunes[1].

Quand on entre dans l'église, la nef est lumineuse mais sobre ; les verrières sont incolores. Le regard est attiré vers le chœur, les tombeaux, les vitraux, séparés de la nef par un jubé et une porte de chêne. La visite de Brou s'apparente à une marche vers la lumière – une théologie de la mort et de la Résurrection. Les tombeaux, les vitraux emplissent de joie le cœur de celui qui les contemple ; ils apportent la paix, ils sont une promesse de vie éternelle.

1. *Idem*, p. 43.

CHAPITRE XIII

L'approche de la mort

En août 1529, quittant Cambrai, Marguerite regagne Bruxelles. Elle apporte la paix et, dans les rues qui conduisent au palais, elle est acclamée. Elle a obtenu que la France règle les dommages de guerre subis par les habitants des Pays-Bas : les paiements interviendront avec retard, les procédures n'aboutiront pas toutes, mais le sentiment prévaut que Marguerite a bien défendu les provinces.

Dès son retour à Bruxelles, elle convoque les Etats généraux mais l'épidémie qui ravage les Pays-Bas et les inondations de l'hiver empêchent leur réunion.

Charles Quint est entré en vainqueur à Bologne le 6 novembre 1529. Il découvre l'Italie sous la conduite de Gattinara. Afin de ressembler à un empereur romain, il a coupé ses cheveux et taillé sa barbe. A Bologne, il va à la rencontre de Clément VII, politique comme lui, indécis comme lui, donnant comme lui la priorité aux affaires de famille.

Il a besoin d'argent pour payer ses troupes, acheter l'accord des princes italiens, lever une armée contre Soliman le Magnifique. Il esquisse le partage de l'Empire qu'il réalisera entre les deux branches des Habsbourg : à son fils – qui a trois ans – l'Espagne, les Pays-Bas, Naples et les Indes ; à son frère – qui en a vingt-six – l'Allemagne et l'Autriche[1].

Il n'a pas les moyens de sa politique : pour les obtenir, il s'adresse à sa tante. Il octroie à Marguerite une gratification de quatre mille livres pour la « récompenser de son zèle et de son habileté »... Dans le même temps, il lui demande des crédits nouveaux pour financer la guerre contre les Turcs et lui suggère de lever un « décime » sur les biens du clergé. L'empereur est aux abois : les lettres de change qu'il tire sur les banquiers d'Anvers ne sont pas honorées.

Marguerite doit engager le combat contre les Etats généraux – après celui qu'elle a livré à Cambrai contre Louise de Savoie. Ce dernier combat, elle ne le gagnera pas : le pays est trop exsangue.

Elle-même est épuisée : le 7 janvier 1530, elle se retire à Malines. La douleur à la jambe, qui l'a fait tant souffrir, reprend. Va-t-elle bénéficier d'un répit ?

L'empereur exige qu'elle amplifie la lutte contre l'hérésie luthérienne. S'il envisage un compromis avec les protestants en Allemagne, il ne l'accepte pas dans les Pays-Bas. Le fourrier du roi de Danemark, Guillaume de Zwoll, s'est opposé aux théologiens de Louvain – avec succès. Le gouvernement ne peut laisser faire : Zwoll est arrêté, condamné et brûlé vif à Malines. D'autres exécutions suivent à Anvers et Bois-le-Duc. Marguerite n'aime pas cette violence religieuse, mais elle obéit aux ordres de son neveu.

1. Jean-Pierre Soisson, *Charles Quint*, p. 160-161.

De nouveau, l'année 1529 est marquée par les inondations et la peste. Dans l'hiver, les digues de Hollande rompent et le « plat pays » est submergé. C'est alors que survient une épidémie de « suette anglaise », qui décime Anvers et se propage à Gand, Bruges et Malines : les morts succèdent aux morts par milliers. Les villes ferment leurs portes et les campagnes sont livrées au pillage. Chacun, chez soi, lutte pour sa survie. Sur fond de famine et de révolte : à Malines, l'émeute de juillet 1530, que conduisent les femmes de la ville, se solde par des centaines de victimes. La crise, une fois encore, emporte les Pays-Bas.

Marguerite n'a plus la force de gouverner. Elle rêve de silence et de repos. A bout d'énergie, elle envisage de se retirer à Bruges dans le couvent des Annonciades.

Elle sent que la mort approche et se prépare à l'accueillir. Elle demande à la mère supérieure Ancelle de « faire prier ses bonnes filles à ses intentions, car le temps de sa fin est venu[1] ». L'empereur a quitté Bologne, remonte vers l'Allemagne, annonce son arrivée dans les Pays-Bas. Avant de s'effacer, Marguerite veut lui rendre compte et lui remettre la charge du gouvernement. Elle souhaiterait aussi se rendre à Brou pour voir l'église qui abritera son tombeau, mais « la mort traverse ses projets[2] ».

Les Etats généraux, enfin assemblés, lui refusent toute aide nouvelle : face à leur opposition, elle paraît sans ressort. Ses jambes sont lourdes et douloureuses : elle peine à se déplacer. Déjà, en 1527, Pierre Desmaî-

1. Alexandre Henne, *Histoire du règne de Charles Quint en Belgique*, p. 341.

2. *Idem*, p. 342.

tres l'a soignée pour une blessure à la jambe et, à Cambrai, pour une infection au pied. Elle l'appelle auprès d'elle : il s'installe à Malines, où les meilleurs médecins des Pays-Bas le rejoignent. Ils seront bientôt sept à ne plus quitter le chevet de la régente.

Charles Quint, au loin, ne se rend pas compte des progrès de la maladie – ou ne veut pas les connaître, tout à son projet de guerre contre Soliman.

Marguerite ne le reverra pas, comme elle ne se rendra pas à Brou. Elle ne quitte plus sa chambre : seule, face à la mort qui vient. Elle, si forte, s'abandonne : le sentiment qu'elle a accompli sa tâche la gagne. Elle n'a plus la volonté d'assumer le poids du pouvoir.

Le 24 octobre 1530, elle règle les derniers litiges du traité de Gorcum et reçoit les envoyés du duc de Gueldre. L'hiver approche, avec la grisaille, le froid et la souffrance.

Le 20 novembre, Marguerite est prise d'un accès de fièvre qui dure quatre heures et la laisse épuisée. Les médecins décident d'intervenir pour « évacuer les humeurs de sa jambe[1] ». Ils ouvrent la plaie : elle est soulagée, la fièvre tombe.

Elle reprend la nuit suivante – plus forte. La gangrène se déclare. « Le feu, qui s'est mis dans sa jambe, monte dans tout le corps » : c'est en ces termes que Lalaing et Carondelet rendront compte à Charles Quint de l'évolution de la maladie – après la mort de Marguerite.

Très vite, les médecins sont impuissants à juguler le mal, à limiter les souffrances. Le 23 novembre, ils envisagent l'amputation de la jambe mais renoncent : Marguerite ne supporterait pas l'opération.

1. *Idem*, p. 342.

Dans son lit, elle gémit et les sœurs qui la veillent – les « sœurs noires » de Malines – épongent sans cesse son front[1]. Elle repose sur « dix grands oreillers de duvet » ; deux petits ont été glissés sous sa jambe malade.

Dans la nuit du 27 au 28 novembre, Lalaing prévient Charles Quint que la fin est proche. Marguerite est consciente par intermittence. Elle délire, évoque le souvenir des hommes qu'elle a aimés : son frère, Juan et Philibert, son père Maximilien aussi. Dans un coma de momie déjà en bandelettes, elle aperçoit des mains qui l'attirent, d'autres qui la retiennent. Elle murmure des vers de Pétrarque : « Le temps vole et la mort est sur mes épaules. »

Le 28 novembre, un léger répit se produit : Marguerite peut dicter un codicille à son testament de 1509[2]. Elle songe à celles qui ont veillé sur elle : ses demoiselles d'honneur, ses femmes de chambre, les sœurs de Malines. Elle n'oublie pas les membres de son hôtel et décide que « tous seront pourvus sur les biens qu'elle laissera, en récompense de leurs services, raisonnablement pour vivre le reste de leur vie ».

Quand Charles Quint, son seul héritier, lira cette clause, il hésitera à l'appliquer et n'aura de cesse de réduire les charges du testament. Et, pourtant, tout est pour lui ! Son frère Ferdinand hérite seulement d'une bague. Les biens de la famille ne doivent pas être dispersés : jusqu'à son dernier jour, Marguerite n'aura pas d'autre volonté.

Elle multiplie les legs pieux pour les églises et les

---

1. *Idem*, p. 343.

2. Testament de Dame Marguerite d'Autriche, duchesse douairière de Savoye, Bibliothèque royale, ms. 15865-66, p. 1-21.

couvents de Savoie : pour la restauration de l'église Notre-Dame, l'entretien de la maladrerie de Bourg. Elle dote « cent jeunes pucelles, prêtes à marier » de Bresse et de Franche-Comté[1].

Enfin, « afin de ne pas abolir le nom de la maison de Bourgogne », elle supplie l'empereur de garder entre ses mains le comté de Bourgogne « tant qu'il vivra » et de réunir en un tout les Pays-Bas et la Franche-Comté. Cette requête – sa dernière – sera exaucée à Augsbourg le 26 juin 1548 lorsque Charles Quint créera le Cercle de Bourgogne : les provinces des Pays-Bas deviendront partie intégrante de l'Empire, mais ne seront pas soumises à l'administration et à la justice impériales[2].

Marguerite désigne comme exécuteurs testamentaires Henri de Nassau, Antoine de Lalaing, Jean de Berghes, Louis de Praët, Pierre de Rosimbos, ainsi que son aumônier et son trésorier.

Le 30 novembre, elle reçoit les derniers sacrements : elle attend désormais « le bon plaisir de Dieu ». Elle confie le gouvernement à Antoine de Lalaing. Charles n'est pas venu de Spire, qui n'est pas si loin, Charles pour lequel elle s'est tant battue !

A son intention, Marguerite dicte sa dernière lettre, dans laquelle s'expriment à la fois la résignation, la tendresse et le souci du bien public :

« L'heure est venue où je ne puis plus vous écrire de ma main : j'arrive au terme de ma vie. Résolue à recevoir ce qu'il plaira à Dieu de m'envoyer, je n'ai que le

---

1. Ghislaine De Boom, *Marguerite d'Autriche-Savoie et la Pré-Renaissance,* p. 232.

2. Jean-Pierre Soisson, *Charles Quint,* p. 257.

regret de ne pouvoir vous revoir. Cette lettre est la dernière que je vous adresse.

« Je vous institue comme mon unique héritier. Je vous laisse les territoires que vous m'avez confiés, intacts et même agrandis, après un règne pour lequel j'attends la reconnaissance de Dieu, votre contentement et le jugement de la postérité. »

Lettre admirable ! Marguerite oublie son corps, et le vertige du pouvoir, une fois encore, la soulève. Il retombe et la voici avec elle-même, face à elle-même, pour le seul moment qui soit digne d'être vécu : « O toi, ma monture, quel est l'ennemi que nous voyons s'avancer vers nous, en ce moment où tu frappes du sabot le pavé des rues ? C'est la mort[1]. » La mort, ennemi de l'homme, contre laquelle chacun de nous chevauche, la main levée et les cheveux au vent, comme ceux de Marguerite avançant radieuse à la rencontre de Philibert !

Elle a gémi, pleuré, crié. A l'approche de la mort, toutes ses souffrances s'effacent : seule la joie demeure. Elle n'a jamais possédé les choses et, maintenant, elle va les détenir.

Dans la nuit du 30 novembre au 1er décembre, entre minuit et une heure, elle « rend son âme à Dieu[2] ».

---

1. Virginia Woolf, *Les Vagues*, dans l'édition française de 1974, Stock, p. 317-318.

2. Les lettres d'Antoine de Lalaing et Jean de Carondelet, qui rendent compte à Charles Quint de la maladie et de la mort de Marguerite, ont été publiées par Louis-Prosper Gachard dans *Collection de documents inédits concernant l'histoire de Belgique*, 1838, tome I, p. 291-299.

Épilogue

Au printemps 1532, le tombeau de Brou est enfin terminé. Marguerite peut gagner sa dernière demeure par la France : la paix de Cambrai permet désormais la traversée du royaume. Autour d'Antoine de Lalaing, quelques fidèles précèdent le chariot sur lequel le cercueil est arrimé et que protègent des archers. Le convoi évite les villes et progresse au pas des chevaux. Par petites étapes : le 9 juin, il arrive à Bourg – trente ans après la « joyeuse entrée » de Marguerite dans la capitale de la Bresse.

Aux portes de la ville, comme en août 1502, l'attendent le gouverneur, le président et les membres du Conseil de Bresse, les syndics. A la lueur des torches, la dépouille de la duchesse douairière de Savoie gagne l'église de Brou : les obsèques vont durer trois jours. Antoine de Saix, prieur du monastère, prononce l'oraison funèbre. C'est un homme cultivé, mais qui s'exprime avec grandiloquence. Il compare Marguerite d'Anjou et Marguerite d'Autriche : deux femmes de tête ! Naturellement, la seconde l'emporte sur la première : sa présence résonne encore comme « le doux son de la harpe[1] ».

Les commentaires de Charles Quint sont plus sobres – et dépourvus de toute passion. L'empereur écrit à sa sœur Marie de Hongrie, lui confiant la succession de sa tante : « Je la considérais comme ma mère. Elle manque au gouvernement des pays dont elle avait la charge[2]. »

« Autant en emporte le vent
Qu'il n'a qu'ung baisier seulement,
Combien qu'il soit donné de bouche,
Se le cueur ne donne la touche
Et y met son consentement[3]. »

1. Emmanuel de Quinsonas, *Matériaux pour servir à l'histoire de Marguerite d'Autriche*, première partie : « Un pèlerinage à Romain-Motier », p. 401.

2. Lettre du 3 janvier 1531, citée par Louis-Prosper Gachard.

3. Marcel Françon, *Albums poétiques de Marguerite d'Autriche*, p. 208 (ms. 11239 de la Bibliothèque royale de Belgique).

ANNEXES

LA MUSIQUE À LA COUR DE MARGUERITE

Deux manuscrits de la Bibliothèque royale de Bruxelles témoignent, de nos jours encore, de la richesse de la musique jouée à la Cour de Marguerite (Ms. 228 et Ms. 11239[1]).

Ils sont l'œuvre de Petrus Alamire, un musicien allemand qui s'installa à Anvers à la fin du XVe siècle. Alamire est un nom d'emprunt, qui renvoie à l'enseignement musical du Moyen Age : la combinaison de la lettre A, qui désigne la note *la*, et des syllabes de solmisation[2] *la-mi-ré* – que l'on retrouve dans les trois hexacordes[3] – occupe dans cette formation une position clé.

Alamire s'appelle en réalité Petrus Van den Hove ; il crée à Anvers un atelier de copistes, d'enlumineurs et de miniaturistes, qui diffuse dans toute l'Europe les partitions des maîtres « franco-flamands ». Personnage hors du commun : il est musicien et calligraphe, chef d'entreprise, commerçant et même espion au service du roi d'Angleterre... Grâce à son

---

1. *Album de Marguerite d'Autriche*, MS. 228 de la Bibliothèque royale de Belgique, édition fac-similé, Peer, Alamire 1997.

Chansonnier of Marguerite of Austria, MS. 11239, édition fac-similé, Peer, Alamire 1984.

2. *Solmisation* : système musical qui consiste à chanter une mélodie sur les syllabes ut, ré, mi, fa, sol, la (sans le si), empruntées à l'hymne de la Saint-Jean d'été.

3. *Hexacorde* : suite de six sons sans rapport d'octave (ex : do-ré-mi-fa-sol-la).

travail, huit cent cinquante compositions des XVe et XVIe siècles sont parvenues jusqu'à nous.

L'*Album de Marguerite d'Autriche* (Ms. 228) s'ouvre sur un motet de Pierre de La Rue, *Ave sanctissima Maria*, orné d'une miniature représentant la princesse en prière devant la Vierge. Il figure dans l'inventaire de la bibliothèque de Marguerite de 1523-1524, et non dans celui de 1516 : il a donc été composé entre ces deux dates. Il comprend les polyphonies des plus grands musiciens de l'époque : Jean Ockeghem (v. 1420-1497), Josquin Desprez (v. 1440-1521), Gaspar Van Weerbecke (v. 1445 – mort à une date inconnue), Loyset Compère (v. 1450-1518), Pierre de La Rue (v. 1460-1518), Alexandre Agricola (v. 1486-1506).

Jean Ockeghem, né dans le Hainaut, entreprend son éducation musicale à Anvers. Très jeune, il se rend en France et entre au service de Charles VII. Pendant quarante ans, jusqu'à sa mort, il compose pour trois rois : Charles VII, Louis XI, Charles VIII. Entre Guillaume Dufay et Josquin Desprez, il ouvre la voie au style polyphonique du XVe siècle. Tous les musiciens de la Pré-Renaissance subiront son influence. Il est le premier représentant de l'école « franco-flamande », qui s'épanouira à la Cour de Marguerite.

Josquin Desprez est le grand maître de cette école, marquée par la découverte de la musique italienne et l'affranchissement, que cette dernière suscite, des techniques musicales du Moyen Age[1]. Josquin séjourne à Milan, Rome, Florence, Ferrare. Héritier de tout le XVe siècle, il entre de plain-pied dans la Renaissance.

Musicien prolixe, il écrit plus de vingt messes, plus de cent motets, plus de soixante-dix chansons. Quand il regagne les Pays-Bas de sa naissance, il est nommé chanoine de la collégiale de Saint-Quentin, puis prévôt de celle de Condé-sur-Escaut – où il meurt en août 1521. Plusieurs de ses chansons figurent dans l'*Album de Marguerite d'Autriche*.

---

1. *Histoire de la musique*, sous la direction de Roland-Manuel, tome I, Des origines à Jean-Sébastien Bach, Paris, La Pléiade, 1993, p. 985.

Né à Audenarde, Gaspar Van Weerbecke est mentionné en 1472, dans la chapelle du duc de Milan – à laquelle appartient aussi Josquin Desprez, dont il devient l'ami. Puis il entre au service de Philippe le Beau : les comptes de 1495 à 1497 font état de son nom. A nouveau, il gagne l'Italie, s'installe à Rome, dirige la chapelle du pape. Son nom est cité une dernière fois en 1514 – date à laquelle sa trace se perd[1].

Loyset Compère, formé à Saint-Quentin, effectue lui aussi le voyage d'Italie : il sert les Sforza à Milan, avant de gagner la France et de devenir chantre du roi Charles VIII en 1486. Marguerite est alors la « petite reine » de France. Puis Compère séjourne à Cambrai, Douai, Saint-Quentin, la ville de sa naissance, où il est nommé chanoine.

Pierre de La Rue est le compositeur préféré de Marguerite : l'*Album* comprend ses plus belles chansons, certaines écrites sur des poèmes de Jean Lemaire de Belges, toutes empreintes de mélancolie. La mort de Maximilien lui inspire un superbe motet à sept voix, *Proch dolor*, noté en valeurs noires en signe de deuil. A côté d'un canon à trois voix – *Celum terra mariaque succurite pio* : « Le ciel, la terre et la mer, venez au secours de l'homme pieux » –, quatre voix déplorent la mort de l'empereur.

A la différence des autres compositeurs de son époque, Pierre de La Rue ne quitte guère les Pays-Bas, à l'exception des deux voyages qu'il effectue en Espagne dans la suite de Philippe le Beau. Il est sans doute le plus « bourguignon » des musiciens de la Cour de Marguerite.

Alexandre Agricola est originaire d'Allemagne. Il sert les Sforza à Milan, devient chantre de la cathédrale de Florence, puis entre au service de Philippe le Beau, qu'il accompagne, comme Pierre de La Rue, en Espagne – où il meurt de la peste à Valladolid en 1506.

L'*Album de Marguerite d'Autriche* comprend une seule pièce en flamand : *Myn hert altyt heeft verlanghen* – « Mon cœur désire toujours » –, qui servira de modèle à une messe

1. *Histoire de la musique*, tome I, p. 1008-1009.

de Matthias Gascogne. Toutes les autres chansons sont en français : Marguerite, élevée à Amboise, est une princesse de langue et de culture françaises.

Le deuxième manuscrit de la Bibliothèque royale (Ms. 11239) – appelé *Chansonnier de Marguerite d'Autriche* – est un album de rondeaux et de motets, décoré de fraîches initiales, de fleurs semées en marge, de banderoles où s'inscrivent les noms des musiciens : de nouveau, Loyset Compère, Pierre de La Rue, Alexandre Agricola – mais aussi Antoinc Brumel (v. 1460-v. 1520), Antoine Brugier (première moitié du XVIe siècle), Heinrich Isaac (mort en 1517). Sur la première page, la présence de l'écu de Savoie permet de dater le recueil des années de mariage de Marguerite avec Philibert de Savoie – les années heureuses de Pont-d'Ain, de Chambéry et de Turin.

Antoine Brumel est le musicien le plus connu : il séjourne à Chartres, Laon, Paris. En janvier 1498, il est maître de chœur à Notre-Dame. Il appartient à la vieille tradition des musiciens flamands formés en France.

Antoine Brugier et Heinrich Isaac, pour leur part, sont plus proches des musiciens italiens : Brugier est chantre de la chapelle du pape Léon X, Isaac est attaché aux Cours de Ferrare et de Florence[1].

La musique jouée à la Cour de Malines est une musique d'inspiration française – « franco-flamande » –, comme Marguerite elle-même.

Mais elle a rayonné sur toute l'Europe, aux dimensions de l'empire de Charles Quint, à la rencontre des musiques espagnole et, plus encore, italienne. Ainsi, Adriaan Willaert (v. 1490-1562), né à Bruges, devient maître de la chapelle de Saint-Marc : il le demeure pendant trente ans et fonde l'école de Venise.

---

1. Ghislaine De Boom, *Marguerite d'Autriche et la Pré-Renaissance*, p. 125.

INDEX

ADRIEN VI : Adriaan Floriszoon d'Utrecht (1459-1523), pape en 1522, précepteur de Charles Quint.

AGRIPPA, Cornelius : humaniste, conseiller indiciaire de Marguerite, auteur de *De nobilitate et praecellentia feminei sexus declamatio*.

Aire : ville de l'Artois, dont le maréchal de Crèvecœur s'empare en juillet 1482.

Aix-la-Chapelle : ville d'Allemagne, où les empereurs sont couronnés, Charles Quint le 23 octobre 1520.

ALBE, Fernando Alvarez de Toledo, duc d' (1507-1582) : général de Charles Quint.

ALEXANDRE VI : Rodrigo Borgia (1431-1503), pape de 1492 à 1503, signe la bulle autorisant le mariage de Marguerite d'Autriche et de Philibert de Savoie.

ALFARO, Miguel Zurita de : médecin de Charles Quint.

Almazán : ville d'Espagne à la frontière de la Castille et de l'Aragon, résidence du prince Juan d'Espagne.

Alost (Aalst) : ville de Flandre, où s'engagent en mai 1482 les négociations du mariage de Marguerite d'Autriche et du dauphin.

ALPHONSE V DE PORTUGAL : voir Portugal.

AMBOISE, Georges d' (1460-1510) : « principal ministre » de Louis XII, archevêque de Rouen, puis cardinal. Conclut

avec Marguerite d'Autriche la première paix de Cambrai en décembre 1508.

ANGULA, Martín Fernandez de : président du Conseil de Juan d'Espagne, évêque de Cordoue.

ANNE DE BRETAGNE (1477-1514) : duchesse de Bretagne, épouse Charles VIII en 1491, puis Louis XII en 1499.

ANNE DE FRANCE (1461-1522), dame de Beaujeu : fille aînée de Louis XI, régente pendant la minorité de Charles VIII.

Anvers : ville de Flandre, première place financière des Pays-Bas.

ARGENSON, René de Voyer d' (1694-1757) : ministre de la guerre de Louis XV. Prélève à Bruxelles, pour son compte personnel, les manuscrits qui permettront la création de la bibliothèque de l'Arsenal.

ARMSTORFF, Paul : chambellan de Charles Quint, décide l'archevêque de Mayence à soutenir la candidature à l'empire de Charles Quint en 1520.

Arras : capitale de l'Artois, prise en 1477 par Louis XI, qui lui donne le nom de « Franchise ».

Arras, traité d' : conclu en décembre 1482, livre à Louis XI l'Artois, la Franche-Comté, l'Auxerrois, le Charolais et le Mâconnais par le mariage de Marguerite avec le dauphin.

Audenarde : ville des Pays-Bas, où Charles Quint rencontre dans l'hiver 1521 Jeanne van der Gheynst.

AUFFRAY, Jean d' : seigneur des Pays-Bas, participe aux négociations du traité d'Arras en 1482.

Ávila : ville d'Espagne, où Juan d'Espagne est enterré en 1497 dans le couvent de Santo Tomás.

BADE, Bernard de : administrateur du duché du Luxembourg. Destitué par Marguerite, rétabli dans ses droits par Charles Quint.

BADOZ, Lorenzo : médecin *converso* de Séville.

BAPTEUR, Jean : auteur des enluminures de l'*Apocalypse figurée*.

BARANGIER, Louis († 1522) : seigneur d'Aubigny, premier secrétaire de Marguerite.

BARBARI, Jacopo di : peintre de Marguerite.

BARBEROUSSE, Kheireddin (1476-1546) : amiral en chef de l'escadre ottomane.

Barcelone, traité de : conclu en juin 1529 entre Charles Quint et le pape Clément VII.

BAUX, Jules : archiviste du département de l'Ain au XIXe siècle, auteur d'*Histoire de l'église de Brou.*

BAYARD, Gilbert : évêque d'Avranches, secrétaire de Louise de Savoie, prépare les négociations de la *paix des Dames*.

BEATIS, Antonio de : chanoine napolitain, accompagne le cardinal d'Aragon aux Pays-Bas en 1517.

BÉATRICE DE PORTUGAL : voir Portugal.

BEAUJEU, Pierre de Bourbon, seigneur de : voir Bourbon.

BELLAY, Guillaume du (1491-1543) : diplomate, gouverneur général du Piémont. Auteur de *Mémoires* avec son frère Martin.

BERGHES : famille des Pays-Bas bourguignons :

— Antoine de Berghes († 1532) : abbé de Saint-Trond, puis de Saint-Bertin.

— Henri de Berghes (1449-1502) : évêque de Cambrai, chancelier de la Toison d'or.

— Jean de Berghes (1452-1532) : seigneur de Bergen op Zoom, membre du Conseil privé et exécuteur testamentaire de Marguerite.

BERTHAUME, Jeanne de : demoiselle d'honneur de Marguerite d'Autriche pendant son séjour en France.

Bidassoa : fleuve qui sépare la France et l'Espagne, sur lequel a lieu l'échange entre François Ier et ses enfants après le traité de Madrid.

BLIOUL, Laurent du († 1542) : audiencier de Philippe le Beau, puis secrétaire de Marguerite.

Blois, traités de : en septembre 1504 et octobre 1505, conclus entre Louis XII et Ferdinand le Catholique.

Bois-le-Duc, insurrection de : en 1525 contre Marguerite d'Autriche à propos de la cave du chapitre de Saint-Jean.

Bologne : ville d'Italie, où Charles Quint reçoit la couronne impériale des mains du pape Clément VII le 24 février 1530.

BONNIVET, Guillaume de (1488-1525) : amiral de France, tué à Pavie en 1525.

BOURBON : maison princière de France :

— Charles de Bourbon (1401-1456) : duc de Bourbon et d'Auvergne, épouse Agnès de Bourgogne, fille de Jean sans Peur.

— Charles de Montpensier, duc de Bourbon (1490-1527) : connétable de France, se révolte contre François Ier, passe au service de Charles Quint. Meurt lors du sac de Rome.

— François de Bourbon, comte de Saint-Pol : commandant en chef de l'armée française en Italie, battu à Landriano en 1529 par Antonio de Leyva.

— Isabelle de Bourbon (1435-1465) : épouse Charles le Téméraire à Lille le 30 octobre 1454, mère de Marie de Bourgogne.

— Louis de Bourbon (1438-1482) : évêque de Liège, frère d'Isabelle de Bourbon.

— Marguerite de Bourbon († 1483) : épouse de Philippe de Bresse, mère de Louise de Savoie et de Philibert le Beau.

— Pierre de Bourbon, seigneur de Beaujeu (1439-1503) : époux d'Anne de France.

— Suzanne de Bourbon : fille de Pierre et d'Anne de France, épouse du connétable de Bourbon, son cousin, auquel elle lègue ses biens à sa mort en avril 1521.

Bourg : capitale de la Bresse, siège du Conseil de Bresse.

BOURGOGNE, maison de :

— Adolphe de Bourgogne (1489-1540) : seigneur de Beveren, amiral, membre du Conseil privé des Pays-Bas.

— Antoine de Bourgogne : dit « le Grand Bâtard », fils

naturel de Philippe le Bon. Après la mort du Téméraire, entre au service de Louis XI.

— Philippe de Bourgogne (1465-1524) : amiral, lieutenant général en Gueldre, évêque d'Utrecht.

BOUSANTON : famille des Pays-Bas :

— Charlotte Le Veau de Bousanton : fille de Gilles et de Jeanne de Bousanton, demoiselle d'honneur de Marguerite pendant son séjour en France.

— Gilles de Bousanton : membre de l'hôtel de Charles le Téméraire, de Philippe le Beau et de Charles Quint.

— Jeanne de Jousne de Bousanton : nourrice de Philippe le Beau et de Marguerite.

BRANDEBOURG, maison princière d'Allemagne :

— Albert de Hohenzollern (1490-1545) : archevêque de Mayence de 1514 à 1545. Archichancelier d'Empire, préside de droit le collège des électeurs.

— Joachim de Hohenzollern, margrave de Brandebourg (1484-1535).

BRANDON, Charles : vicomte de Lille, puis duc de Suffolk. Capitaine et diplomate anglais. Courtise Marguerite d'Autriche, avant d'épouser Marie d'Angleterre, veuve de Louis XII.

BRANTÔME, Pierre de Bourdeille, seigneur de (v. 1540-1614) : mémorialiste français, auteur du *Recueil des Dames,* des *Vies des hommes illustres et grands capitaines français*.

BRESILLE, Antoinette et Gabrielle : demoiselles d'honneur de Marguerite pendant son séjour en France.

BRIMEU, Guy de (1434-1477) : seigneur de Humbercourt, lieutenant de Charles le Téméraire au pays de Liège, gouverneur général des pays mosans, maréchal héréditaire de Brabant. Conseiller de Marie de Bourgogne, exécuté à Gand en avril 1477.

Brou, église de : construite par Marguerite d'Autriche après la mort de son mari Philibert de Savoie, dans laquelle elle est enterrée en juin 1532.

BRUCHET, Max : conservateur des archives du Nord, publie en 1927 *Marguerite d'Autriche, duchesse de Savoie*.

Bruges : ville des Pays-Bas, où meurt Marie de Bourgogne.

Bruxelles : capitale du Brabant, dans laquelle Marguerite naît le 10 janvier 1480.

BRUXELLES, Philibert de : député aux Etats généraux.

BUFFET, Jacques : mayeur de Dijon, reçoit Marguerite en 1501.

BÜREN, Floris d'Egmont, seigneur d'Isselstain, comte de († 1539) : capitaine-général des Pays-Bas.

Burgos : ville de Castille, où Juan d'Espagne épouse Marguerite d'Autriche en mars 1497 ; où Philippe le Beau meurt en septembre 1506.

Cambrai, paix de : signée en juillet 1529, dite *paix des Dames*, entre Marguerite d'Autriche, pour Charles Quint, et Louise de Savoie, pour François Ier.

CARONDELET, famille de Franche-Comté, originaire de Bresse :

— Jean Ier Carondelet (1428-1502) sert Charles le Téméraire, Maximilien, Philippe le Beau. Premier président du Parlement de Malines. Chancelier de Bourgogne en 1480. Assure la tutelle de Philippe le Beau. Dirige l'Hôtel de Marguerite. De son mariage avec Marguerite de Chassey, il a onze enfants, dont Jean II et Ferry Carondelet.

— Jean II Carondelet (1468-1544) : fils de Jean Ier. Humaniste, ami d'Erasme. Entre au Conseil des Pays-Bas en 1497, où il siège depuis plus de quarante ans et qu'il préside en 1522. Doyen de Besançon, prévôt de Saint-Donat de Bruges, archevêque de Palerme et primat de Sicile en 1519.

Casa del Cordón : résidence des connétables de Castille à

Burgos, où Juan d'Espagne épouse Marguerite d'Autriche en mars 1497.

CAULIER, Jean : vice-président du Conseil privé des Pays-Bas.

CERF, Jeanne de : dame d'atour de Marguerite d'Autriche.

CHALON, Philibert de, prince d'ORANGE (1502-1530) : commandant en chef de l'armée impériale en Italie.

Chambéry : capitale des ducs de Savoie.

Champmol, chartreuse de : nécropole des ducs de Bourgogne, fondée à Dijon en 1383 par Philippe le Hardi.

CHARLES LE TÉMÉRAIRE : quatrième et dernier duc Valois de Bourgogne, né à Dijon le 11 novembre 1433, fils de Philippe le Bon et d'Isabelle de Portugal. Epouse en 1440 Catherine de France ; en 1454, Isabelle de Bourbon ; en 1468, Marguerite d'York. Meurt devant Nancy le 5 janvier 1477.

CHARLES QUINT : né à Gand le 24 février 1500, fils de Philippe le Beau et de Jeanne la Folle. Duc de Bourgogne en 1506, roi de Castille et d'Aragon en 1516, empereur d'Allemagne en 1519. Meurt à Yuste le 21 septembre 1558.

CHIÈVRES, Guillaume de Croy, seigneur de (1458-1521) : marquis d'Aerschot, chevalier de la Toison d'or. S'oppose à Marguerite d'Autriche, régente des Pays-Bas. Devient le premier chevalier du Saint-Empire nommé par Charles Quint après son couronnement. Meurt à Worms pendant la réunion de la diète, dans la nuit du 27 au 28 mai 1521.

CHIMAY, Charles de Croy, prince de : voir CROY.

CISNEROS, fray Francisco Jímenez de (1436-1517) : franciscain, archevêque de Tolède, cardinal (*Le Cardinal d'Espagne*, de Montherlant).

CLÉMENT VII : Jules de Médicis (1478-1534), pape en 1523.

CLÈVES, Philippe de (1456-1528) : seigneur de Ravenstein, devient membre du Conseil privé en 1515.

CLOPET, Jean : chancelier de Savoie.

COLOMBE, Jean : auteur des enluminures de l'*Apocalypse figurée* et des *Très Riches Heures du duc de Berry*.

COLOMBE, Michel : sculpteur français, auquel Marguerite d'Autriche commande en décembre 1511 la réalisation des tombeaux de Brou.

COMMYNES, Philippe de (1447-1511) : le plus grand chroniqueur du XVe siècle. Sert d'abord Charles le Téméraire, qu'il abandonne en août 1472 pour rejoindre Louis XI.

Comunidades, révolution des (1519-1521) : révolte des communes d'Espagne contre le gouvernement de Charles Quint.

Conversos : Juifs convertis.

Cortès : assemblée des communes d'Espagne, qui vote le *servicio*.

COURTEVILLE, Jean de : ambassadeur, envoyé de l'empereur Maximilien auprès de son petit-fils Charles, roi d'Espagne, en 1518.

CRÈVECŒUR, Philippe de : seigneur d'Esquerdes, ami d'enfance et capitaine de Charles le Téméraire. Rejoint à la mort de ce dernier Louis XI, qui le nomme maréchal de France. Meurt en 1494.

CROY, maison de : d'origine picarde, joue un rôle décisif aux XVe et XVIe siècles dans l'administration de l'Etat bourguignon, puis de l'Empire :

— Adrien de Croy, seigneur de Beaurain : premier chambellan de Charles Quint, gouverneur de Lille.

— Charles de Croy († 1527), prince de Chimay : gouverneur de Charles Quint de 1506 à 1509. Oncle de Guillaume de Chièvres.

— Ferry de Croy († 1524), seigneur du Rœux, maître de l'hôtel de Charles Quint, gouverneur de l'Artois.

— Guillaume de Croy : voir CHIÈVRES.

— Guillaume de Croy, évêque de Cambrai, cardinal en

1517, archevêque de Tolède en 1518. Meurt pendant la diète de Worms en 1521.
— Michel de Croy († 1596), seigneur de Sempy, diplomate au service de Philippe le Beau, puis de Marguerite.
— Robert de Croy, archevêque de Cambrai en 1530 lors de la paix des Dames.

DANEMARK, famille régnante du :
— Christian II (1481-1559) : épouse Isabelle d'Autriche.
— Isabelle de Danemark (1501-1525) : sœur de Charles Quint, a trois enfants (Jean, Dorothée et Christine), élevés par Marguerite.
— Jean de Danemark : l'enfant préféré de Marguerite, « le fils qu'elle aurait souhaité ». En 1530, conduira le deuil de sa tante.

DES BARRES, Guillaume : secrétaire de Marguerite d'Autriche.

DESMAÎTRES, Pierre : chirurgien des Pays-Bas, opère Marguerite en 1527, puis à Cambrai en 1529. Appelé à Malines au chevet de la régente en 1530.

DEZA, Diego de : dominicain de Salamanque, précepteur de Juan d'Espagne.

DÜRER, Albrecht (1471-1528) : peintre et graveur allemand.

EGMONT, Charles d' (1467-1538) : duc de Gueldre. Adversaire de Maximilien Ier et de Charles Quint.

ÉLÉONORE D'AUTRICHE (1498-1558) : fille aînée de Jeanne la Folle et de Philippe le Beau. Epouse Manuel de Portugal, puis François Ier.

ÉRASME (1469-1536) : humaniste né à Rotterdam. Ecrit en 1509 l'*Eloge de la Folie*. Conseiller de Charles Quint en 1516, auquel il dédie l'*Institution du prince chrétien*. Assiste en 1520 au couronnement de l'empereur à Aix-la-Chapelle. Ecrit en 1524 *De Libero Arbitrio* contre Luther. Meurt à Bâle le 12 juillet 1536.

FANCELLI, Domenico : sculpteur italien, réalise en 1512 le tombeau de Juan d'Espagne à Ávila.

FERDINAND II D'ARAGON, dit le Catholique (1452-1516) : roi d'Aragon et de Naples. Epouse en 1469 sa cousine Isabelle de Castille, puis en secondes noces Germaine de Foix, qui ne lui donne pas d'enfant.

FILLASTRE, Guillaume (v. 1400-1473) : évêque de Tournai, chancelier de l'Ordre de la Toison d'or. Ecrit, à la demande de Charles le Téméraire, l'*Histoire de la Toison d'or*.

Flessingue : port de Hollande, où Charles Quint embarque pour l'Espagne en septembre 1517.

FLORANGE, Robert de La Marck, seigneur de (v. 1491-1537) : maréchal de France, prisonnier à Pavie.

FOIX, Germaine de (1488-1538) : nièce de Louis XII, seconde épouse de Ferdinand d'Aragon.

Francfort : ville d'Allemagne, où Charles Quint est élu empereur le 28 juin 1519.

FRANÇOIS Ier (1494-1547) : roi de France en 1515. Fils de Charles de Valois, comte d'Angoulême, et de Louise de Savoie. Epouse Claude de France, puis Eléonore d'Autriche, sœur de Charles Quint.

FRÉDÉRIC III (1415-1493) : chef de la maison de Habsbourg, roi des Romains en 1440, empereur germanique en 1452. Règne cinquante-trois ans. S'oppose à Charles le Téméraire, puis marie son fils Maximilien à Marie de Bourgogne.

FUGGER, Jacob, dit le Riche (1459-1525) : banquier allemand. Assure le financement de l'élection de Charles Quint en 1519.

Gand : ville des Pays-Bas, où Charles Quint naît le 24 février 1500.

GATTINARA, Mercurino de (1465-1530) : président du Parlement de Dole, président du Conseil privé (1516). Grand chancelier de Charles Quint (1518).

GODEFROY, Jean : conservateur des archives de Lille, publie en 1712 les *Lettres du roy Louis XII*.

Gorcum, traité de : signé le 30 octobre 1528, met fin à la guerre de Gueldre.

GORREVOD, famille de Savoie, d'origine comtoise :

— Laurent de Gorrevod († 1529) : gouverneur de Bresse. Chevalier d'honneur de Marguerite d'Autriche en 1516, comte de Pont-de-Vaux en 1521, grand maître de l'Hôtel de Charles Quint en 1522.

— Louis de Gorrevod († 1537) : évêque de Maurienne, célèbre le mariage de Philibert de Savoie et de Marguerite d'Autriche en 1501. Cardinal en 1530.

GRANVELLE, Antoine Perrenot de (1517-1586) : évêque d'Arras en 1540. Succède à son père en 1550 comme Secrétaire d'Etat de Charles Quint. Deviendra chef du Conseil des Pays-Bas sous Philippe II. Archevêque de Malines en 1560 et Cardinal en 1561. Achète l'Hôtel de Marguerite.

GRANVELLE, Nicolas Perrenot de (1486-1550) : maître des requêtes de l'Hôtel de Marguerite en 1521. Succède à Gattinara comme garde des Sceaux en 1530 : « Il a ses petites passions, principalement en ce qui concerne les affaires de Bourgogne et un grand désir de laisser ses enfants riches » (lettre de Charles Quint du 6 mai 1543).

GRAPHEUS, Cornelius : humaniste, membre du Cercle de Malines.

Grenade : ville d'Espagne, conquise en janvier 1492 par les Rois Catholiques – où ils sont enterrés.

GRICIO, Gaspar de : secrétaire de Juan d'Espagne.

Gueldre, duché de : limité au nord par la Frise et le Zuyderzee, au sud par la Meuse, à l'est par le Rhin et à l'ouest par l'évêché d'Utrecht et la Hollande.

GUÉRIN, Jean : maître d'hôtel de Louis XI, négocie le traité d'Arras de 1482.

GUICCIARDINI, Francesco (1483-1540) : homme politique florentin proche de Clément VII, auteur d'*Histoire d'Italie* (1492-1534).

GUILLART, Charles : président du Parlement de Paris.

Guinegate, batailles de : livrées par Maximilien Ier contre les Français en août 1472 et en août 1513.

HALLEWIN, Jeanne de : gouvernante de Marie de Bourgogne, puis de sa fille Marguerite.

HENRI VII (1457-1509) : roi d'Angleterre (1485-1509).

HENRI VIII (1491-1547) : roi d'Angleterre (1509-1547).

HOREBOUT, Gérard : peintre flamand né à Gand, membre du Cercle de Malines. Deviendra à Londres le « premier peintre » du roi Henri VIII.

HUGONET, Guillaume : chancelier de Bourgogne en 1471, exécuté à Gand en avril 1477.

HURDAING, Anne de : dame d'atour de Marguerite.

ISABELLE D'AUTRICHE : voir Danemark.

ISABELLE DE CASTILLE, dite la Catholique (1451-1504) : fille de Jean II et d'Isabelle de Portugal. Epouse Ferdinand d'Aragon en 1469. Reine de Castille en 1474.

ISABELLE DE PORTUGAL : voir Portugal.

JEANNE d'ARAGON, reine de Castille, dite la Folle (1479-1555) : fille des Rois Catholiques, épouse Philippe le Beau en octobre 1496. Perd la raison après la mort de ce dernier en septembre 1506.

JUAN d'ESPAGNE (1478-1497) : fils des Rois Catholiques, épouse Marguerite à Burgos en mars 1497, meurt à Salamanque en octobre de la même année.

LA BARRE, Antoine de : maître d'hôtel de Charles Quint. Porte à Marguerite d'Autriche les instructions d'avril

1523 « pleines de caresses et d'assurances d'une paix prochaine ».

LA BAUME, Guy de († 1516) : chambellan de Philippe le Beau, puis chevalier d'honneur de Marguerite.

LALAING, Antoine de (1480-1540) : comte de Hoogstraeten. Chevalier de l'ordre de la Toison d'or, chevalier d'honneur de Marguerite.

LA MARCHE, Olivier de (1428-1502) : capitaine des gardes de Charles le Téméraire. Chroniqueur de la Cour de Bourgogne.

LA MARCK, Erard de : évêque de Liège.

LA MARCK, Robert de : seigneur de Sedan.

LA MOTA, Pedro Ruiz de : évêque de Badajoz, confesseur de Charles Quint.

LAMY, Périnet : auteur des enluminures de l'*Apocalypse figurée*.

LANNOY : famille des Pays-Bas :

— Charles de Lannoy (1488-1527) : vice-roi de Naples, le vainqueur de Pavie.

— Jean de Lannoy († 1492) : chevalier de la Toison d'or, gouverneur de Hollande. Conduit pour Maximilien les négociations d'Arras en 1482.

LA TRÉMOILLE, Georges de (1427-1481) : lieutenant général de Champagne, premier chambellan de Bourgogne.

LAUWEREYS, Josse : président du Grand Conseil de Malines.

LAUWERIN, Jérôme : membre du Conseil privé, puis contrôleur général des Pays-Bas.

LA VACQUERIE, Jean de : président du Parlement de Paris, participe aux négociations du traité d'Arras en 1482.

LE GLAY, André : conservateur des archives de Lille, publie en 1839 la *Correspondance de l'empereur Maximilien Ier et de Marguerite d'Autriche.*

LEMAIRE DE BELGES, Jean : neveu de Molinet, entre au service de Marguerite d'Autriche en 1503 à trente ans.

Historien, pamphlétaire, poète, « chevalier errant de la littérature ».

LE SAUCH, Jean de : secrétaire du Conseil privé, porte à Charles Quint en 1522 un rapport sur la situation financière des Pays-Bas.

LE SAUVAGE, Jean : chancelier de Bourgogne en janvier 1515. Meurt de la peste en Espagne en juin 1519.

LEYVA, Antonio de (1480-1536) : commandant en chef de l'armée impériale à Landriano, puis à Pavie.

Lierre : ville des Pays-Bas, où Philippe le Beau épouse Jeanne la Folle le 20 octobre 1496.

Limbourg : province des Pays-Bas.

LIMBOURG, Paul, Herman et Jean, « les frères de » : auteurs des enluminures des *Très Riches Heures du duc de Berry*.

LONGIN, Simon : receveur général des Pays-Bas.

LOUIS II de Hongrie (1506-1526) : roi de Bohême et de Hongrie. Epouse Marie d'Autriche, sœur de Charles Quint. Vaincu par Soliman à la bataille de Mohács.

LOUIS XI (1423-1483) : roi de France.

LOUIS XII (1462-1515) : roi de France.

LOUISE DE SAVOIE : voir SAVOIE.

LUTHER, Martin (1483-1546) : réformateur allemand. S'oppose à Charles Quint à la diète de Worms en 1521.

LUXEMBOURG, Jacques de († 1517) : seigneur de Fiennes, gouverneur de Flandre et d'Artois.

Maastricht : ville des Pays-Bas, chef-lieu du Limbourg.

MACHIAVELLI, Niccoló, MACHIAVEL (1469-1527) : diplomate florentin. Ecrit *Le Prince* en 1513.

Madrid, traité de : signé en janvier 1526, par lequel François Ier « restitue » la Bourgogne à Charles Quint.

Malines : capitale judiciaire des Pays-Bas, dans laquelle Marguerite installe en 1507 son gouvernement.

Malines, ligue de : conclue en avril 1513 par l'empereur

Maximilien avec les rois d'Angleterre et d'Aragon contre le roi de France.

MANUEL, Juan : seigneur de Castille, ami de Philippe le Beau. Arrêté en janvier 1513 par Marguerite. Ambassadeur à Rome, conduira le rapprochement de Charles Quint et du pape Clément VII.

MARENDE, Jean : graveur, auteur de la médaille offerte en juillet 1502 par la ville de Bourg à Philibert et Marguerite de Savoie.

MARGUERITE D'AUTRICHE : née à Bruxelles le 10 janvier 1480, « petite reine » de France, princesse d'Espagne, duchesse de Savoie, gouvernante des Pays-Bas. Meurt à Malines le 1er décembre 1530.

MARGUERITE DE BOURBON : voir BOURBON.

MARGUERITE DE PARME (1522-1586) : fille naturelle de Charles Quint, née à Oudenarde en août 1522. Epousera Alexandre de Médicis, puis Octave Farnèse.

MARGUERITE D'YORK (1446-1503) : fille de Richard d'York, sœur d'Edouard IV, roi d'Angleterre. Epouse Charles le Téméraire à Damme le 2 juillet 1468. Duchesse douairière de Bourgogne en janvier 1477.

MARIE DE BOURGOGNE (1457-1482) : fille unique de Charles le Téméraire, duchesse de Bourgogne en 1477. Epouse la même année Maximilien de Habsbourg. Mère de Philippe (22 juin 1478), de Marguerite (10 janvier 1480) et de François (10 septembre 1481), mort quelques mois après sa naissance. Décède des suites d'un accident de chasse à Bruges le 27 mars 1482.

MARIE DE HONGRIE (1505-1558) : sœur de Charles Quint, épouse Louis de Hongrie. Gouvernante des Pays-Bas en 1530.

Marignan, bataille de : livrée par François Ier contre les Suisses les 13 et 14 septembre 1515.

MARNIX, Jean de († 1531) : seigneur de Toulouse, secrétaire

de Marguerite d'Autriche, puis trésorier général des Pays-Bas.

MARSCHALCK, Barbe de : dame d'atour de Marguerite d'Autriche.

MARTYR DE ANGHIERA, Pierre (Pedro Mártire de Angheriá) (1457-1526) : historien italien, né à Arona, mort à Grenade. Précepteur de Juan d'Espagne. Dans ses *De orbe novo decades*, décrit la découverte du Nouveau Monde.

MAXIMILIEN Ier (1459-1519) : empereur d'Allemagne en 1493. Epouse en 1477 Marie de Bourgogne, qui lui donne deux enfants, Philippe le Beau et Marguerite, qu'il marie aux enfants des Rois Catholiques d'Espagne. Epouse en secondes noces Bianca Sforza, nièce de Ludovic le More.

Medina del Campo : ville d'Espagne, où Isabelle la Catholique meurt le 17 novembre 1704.

MENDOZA, Diego Hurtado de : archevêque de Séville, préside au mariage de Marguerite et de Juan.

MEYT, Conrad : sculpteur originaire de Worms, s'établit dans les Pays-Bas, puis réalise à Brou les statues des tombeaux de Philibert et de Marguerite de Savoie.

Mézières, siège de : en août 1521, oppose Henri de Nassau à Bayard.

MICAULT, Jean : receveur général des finances de 1507 à 1535. Seigneur d'Indevelde. Trésorier de l'ordre de la Toison d'or. Meurt en 1539 et est enterré dans l'église Sainte-Gudule de Bruxelles.

MICHELANT, Henri : conservateur au cabinet des manuscrits de la Bibliothèque nationale, publie en 1871 l'*Inventaire des vaisselles, joyaux, tapisseries, peintures, manuscrits de Marguerite d'Autriche*.

MOLINET, Jean (1475-1507) : « Indiciaire » de Bourgogne.

Mons, insurrection de : en 1525, contre Marguerite à l'occasion de la construction du clocher de Saint-Germain.

MONTMORENCY, Anne de (1493-1567) : baron, puis duc de Montmorency. Connétable de France en 1538.

MORE, Thomas (1478-1535) : avocat, professeur de droit. Publie *L'Utopie* en 1516. Membre du Conseil du roi Henri VIII, devient chancelier d'Angleterre en 1529 après l'éviction de Wolsey.

NASSAU, Henri de (1483-1538) : capitaine général des Pays-Bas, grand chambellan de Charles Quint.

OVIEDO, Gonzalo Fernández de : page de Juan d'Espagne, auteur de *Libro de la cámara real del príncipe don Juan*.

PACE, Richard (1482-1536) : secrétaire du roi Henri VIII. Envoyé en mission en 1519 avant l'élection à l'Empire de Charles Quint.

PANNEMAKER, Pierre de : cartonnier de Marguerite.

Pavie, bataille de : le 24 février 1530 entre François Ier et les troupes impériales, au cours de laquelle le roi de France est fait prisonnier.

PAVYE, Michel de : doyen de Cambrai, confesseur de Charles Quint. Prononce à Bruxelles le 14 mars 1516 l'oraison funèbre de Ferdinand d'Aragon.

PERRÉAL, Jean (1463-1530) : peintre et valet de chambre de Louis XII. Attaché au service de Marguerite d'Autriche en octobre 1484.

PÉTRARQUE (1304-1374) : poète italien. Marguerite possède deux éditions – en italien et en français – des *Triomphes*.

PHILIBERT LE BEAU : voir ducs de SAVOIE.

PHILIPPE Ier LE BEAU (1478-1506) : archiduc d'Autriche, souverain des Pays-Bas, roi de Castille. Epouse Jeanne la Folle le 20 octobre 1496 à Lierre.

PINGUETTE, Françoise : demoiselle d'honneur de Marguerite pendant son séjour en France.

PLAINE, Gérard de : président du Conseil des Pays-Bas,

chancelier de Brabant. Négocie en 1500 le mariage de Philibert de Savoie et de Marguerite d'Autriche.

POLHAIM, Wolfgang von : grand maréchal de la Cour de l'empereur Maximilien, négocie le mariage de ce dernier avec Anne de Bretagne en 1490.

PORTUGAL, famille régnante de :

— Alphonse V : épouse Isabelle d'Aragon en 1490, meurt l'année suivante d'une chute de cheval.

— Béatrice de Portugal : fille du roi Manuel et de Marie d'Aragon, sœur cadette d'Isabelle. Epouse Charles III, duc de Savoie, en octobre 1521.

— Isabelle de Portugal (1503-1539) : fille du roi Manuel et de Marie d'Aragon. Epouse Charles Quint à Séville en mars 1526.

— Manuel de Portugal : épouse Isabelle d'Aragon, fille aînée des Rois Catholiques, puis sa sœur Marie.

Pont-d'Ain, château de : aux confins de la Bresse et du Bugey, résidence des ducs de Savoie.

PRAET, Louis de Flandre, seigneur de : membre du Conseil privé des Pays-Bas.

QUINTANA, Pierre de : secrétaire du roi Ferdinand le Catholique, ambassadeur du roi d'Aragon auprès de Louis XII et de Maximilien Ier.

RAY, Claude de : membre du Conseil privé des Pays-Bas, envoyé en mission par Marguerite d'Autriche à Bourg en 1524.

RENÉ DE SAVOIE, dit le Bâtard : voir SAVOIE.

ROBIJNS, Jean : doyen de Saint-Rombaut, humaniste ami d'Erasme, membre du Cercle de Malines.

Romainmôtier, abbaye de : où Philibert de Savoie épouse Marguerite en décembre 1501.

ROSIMBOS, Pierre de : premier maître d'hôtel et chef des

finances de Marguerite. L'un des exécuteurs testamentaires de la régente.

RUFFAUT, Jean : trésorier général des Pays-Bas. Hérite à la mort de Marguerite des *Très Riches Heures du duc de Berry*.

RUZÉ, Louis : maître de la chambre aux deniers de Marguerite, « petite reine » de France.

SAIX, Antoine du : prieur de Brou, prononce l'éloge funèbre de Marguerite d'Autriche en juin 1532.

SAVOIE, ducs de (1417-1553) :

— Amédée VIII, en 1417. Epouse Marie de Bourgogne, fille de Philippe le Hardi. Elu pape par le concile de Bâle en 1440 sous le nom de Félix V.

— Louis II, en 1451. Epouse Anne de Lusignan, princesse de Chypre.

— Amédée IX, en 1465. Epouse Yolande de France, sœur de Louis XI.

— Philibert Ier le Chasseur, en 1472. Epouse Bianca Sforza. Meurt à dix-sept ans sans enfant.

— Charles Ier le Guerrier, en 1482. Epouse Blanche de Montferrat.

— Charles II, en 1488.

— Philippe II, dit de Bresse, en 1496 (fils de Louis de Savoie et d'Anne de Lusignan). Epouse Marguerite de Bourbon en 1471, puis Claude de Brosse en 1485.

— Philibert II le Beau, en 1497. Epouse Marguerite en 1501. Meurt sans enfant.

— Charles III, en 1504. Epouse Béatrice de Portugal, belle-sœur de Charles Quint.

SAVOIE, famille de :

— Charlotte de Savoie (v. 1442-1483) : reine de France, épouse en 1457 le dauphin Louis, futur Louis XI.

— Louis de Savoie : comte de Genève.

— Louise de Savoie (1476-1531) : fille de Philippe de

Bresse et de Marguerite de Bourbon, épouse Charles de Valois. Mère de François Ier.

— Michel de Savoie : prieur commanditaire de Romainmôtier, puis évêque de Sisteron.

— Philiberte de Savoie : fille de Philippe de Bresse et de Claude de Brosse, épouse Jean de Médicis.

— Philippe de Savoie : frère de Charles III, évêque de Genève.

— René de Savoie, dit le Bâtard : fils de Philippe II de Bresse et de Libera Portoneri di Carignano. Evincé du pouvoir par Marguerite d'Autriche.

SECOND, Jean : poète, graveur, peintre, jurisconsulte, membre du Cercle de Malines.

SEGRÉ, famille de :

— Jacques d'Epinay : maître de l'hôtel de Marguerite, la « petite reine » de France.

— Jeanne de Courraudon, son épouse : gouvernante de Marguerite durant son séjour en France.

SELVE, Jean de (1475-1529) : président du Parlement de Paris. L'un des négociateurs du traité de Madrid.

SEYSSEL, Claude de (1450-1520) : évêque de Marseille.

SFORZA, Bianca : duchesse de Milan, seconde épouse de l'empereur Maximilien.

Strasbourg, traité de : conclu le 5 août 1505 en présence de l'empereur Maximilien, constitue la charte du douaire de Marguerite.

SUALLEMBERG : helléniste, membre du Cercle de Malines.

TENDILLA, comte de : ambassadeur à Rome des Rois Catholiques, recommande à la reine Isabelle le sculpteur Domenico Fancelli pour exécuter à Avila le tombeau du prince Juan.

Toison d'or, Ordre de la : créé le 10 janvier 1430 par Philippe le Bon à l'occasion de son mariage avec Isabelle de Portugal.

Tordesillas : château d'Espagne, où Jeanne la Folle est enfermée de février 1508 à sa mort en avril 1555.

TUNSTALL, Cuthbert (v. 1476-1559) : évêque de Londres, ambassadeur du roi Henri VIII. Participe en 1529 à la négociation de la paix des Dames.

VAN BOGHEM, Loys : maître maçon de Brou, maître d'œuvre bruxellois choisi par Marguerite.

VAN CRAENEVELD : helleniste, membre du Cercle de Malines.

VAN DER GHEYNST, Jeanne : maîtresse de Charles Quint, mère de Marguerite de Parme.

VAN ORLEY, Bernard († 1541) : peintre de Marguerite, dont il exécute plusieurs portraits.

VAN ROOME, Jean : peintre, réalise les dessins des tombeaux de Brou.

VAN VLADERAKEN, Jean : bourgeois de Bois-le-Duc, à l'origine du « traité de pacification » de juillet 1525.

VELASCO, Bernardino Fernandez de, comte de Haro : connétable de Castille, accueille Marguerite d'Autriche à son arrivée en Espagne en mars 1497.

VELÁZQUEZ, Juan, précepteur de Juan d'Espagne.

VEYRÉ, Philibert de, dit la Mouche († 1512) : chambellan et ambassadeur de Philippe le Beau.

Villasenil : village de Castille, où Juan d'Espagne rencontre Marguerite en mars 1497.

VIRY, Amé, baron de : conduit la négociation du mariage de Philibert de Savoie avec Marguerite en 1501, chambellan de l'archiduc Charles.

VIVES, Juan Luis (1492-1540) : humaniste espagnol.

Wels : ville d'Autriche, où Maximilien Ier meurt le 12 janvier 1519.

WOLSEY, Thomas (1472-1530) : chapelain du roi Henri VII. Archevêque d'York, cardinal en 1515. Chancelier du roi Henri VIII de 1515 à 1529.

Worms : ville d'Allemagne sur le Rhin, où se tient la Diète de 1521 qui met Luther au ban de l'Empire.

ZITTOZ, Michel, dit le Flamand : peintre au service d'Isabelle de Castille, puis de Marguerite.

ZWOLL, Guillaume de : fourrier du roi de Danemark, condamné pour hérésie et brûlé vif à Malines.

MARGUERITE, CINQ SIÈCLES D'ÉTUDES

En 1533, sur l'ordre de Charles Quint, les documents concernant le gouvernement de Marguerite d'Autriche sont transportés à Lille et confiés à la chambre des comptes[1]. Pendant près de deux siècles, ils ne sont pas exploités.

En 1712, Jean Godefroy, conservateur des archives de Lille, publie les *Lettres du roy Louis XII et du cardinal George d'Amboise.*

André Le Glay devient en 1835 directeur des archives : il donne un caractère mondial au dépôt dont il reçoit la charge. Il publie en 1839 la *Correspondance de l'empereur Maximilien Ier et de Marguerite d'Autriche.*

En 1849, la Société des bibliophiles de Mons édite, avec un commentaire d'Emile Gachet, les *Albums et Œuvres poétiques de Marguerite d'Autriche.*

En 1860, se fondant sur l'analyse des comptes, Alexandre Henne écrit son *Histoire du règne de Charles Quint en Belgique* et Emmanuel de Quinsonas ses *Matériaux pour servir à l'histoire de Marguerite d'Autriche.*

En 1871, Henri Michelant, conservateur au département des manuscrits de la Bibliothèque nationale, publie l'*Inventaire des vaisselles, joyaux, tapisseries, peintures, manuscrits de Marguerite d'Autriche.*

En 1921, le premier état des papiers de la chancellerie de

1. Max Bruchet, *Marguerite d'Autriche, duchesse de Savoie*, p. 2.

Marguerite d'Autriche paraît dans le *Répertoire numérique de la Chambre des comptes de Lille*.

En 1927, Max Bruchet écrit son étude magistrale sur *Marguerite d'Autriche, duchesse de Savoie* et, en 1934, sa collaboratrice Eugénie Lancien publie *L'Itinéraire de Marguerite d'Autriche.*

En 1935, Ghislaine De Boom, conservateur à la Bibliothèque royale de Belgique, publie *Marguerite d'Autriche-Savoie et la Pré-Renaissance.*

La même année, Grasset édite une biographie de *Marguerite d'Autriche, une Princesse belge de la Renaissance*, par Henry Carton de Wiart, qui appartient au gouvernement de Belgique. Le comte Carton de Wiart s'appuie sur des archives anglaises, qui décrivent la liaison de Marguerite avec Charles Brandon.

Enfin, en 1995, Marguerite Debae, du cabinet des manuscrits de la Bibliothèque royale, dresse la reconstitution de la bibliothèque de Marguerite d'Autriche.

LISTE DES OUVRAGES CONSULTÉS

Cette bibliographie a été établie avec le concours d'Eric Melot.

Album de Marguerite d'Autriche (Ms. 228 de la Bibliothèque royale de Belgique), Introduction de Martin Picker, Alamire, Peer, 1997.

ALCALA GALVE (Angel) et SANZ HERMIDA (Jacobo), *Vida y muerte del príncipe don Juan ; historia y literatura*, Valladolid, Consejería de éducación y cultura, 1999.

ALTMEYER (Jean-Jacques), *Marguerite d'Autriche, gouvernante des Pays-Bas. Sa vie, sa politique, sa cour,* Liège, Revue belge, tomes XI à XV, 1839-1840.

ARNOULD (Maurice-A), « Les Lendemains de Nancy dans les Pays de par-deçà » (janvier-avril 1477), dans *Marie de Bourgogne, 1477,* Anciens pays et assemblées d'Etats LXXX, Heule, UGA, 1985.

BAUTIER (Pierre), *Jacopo de Barbari et Marguerite d'Autriche. Les débuts de l'italianisme dans l'art des Pays-Bas,* Bruxelles, ext. Revue d'art, 1923.

BAUX (Jules), *Histoire de l'église de Brou*, Bourg-en-Bresse, Francisque Martin-Bottier, 1862 (pour la troisième édition, que j'ai utilisée).

BESSON (André), *Marguerite d'Autriche ou la Belle Marguerite*, Paris, Nouvelles éditions latines, 1968.

BLOCKMANS (W.P.), « La signification "constitutionnelle" des privilèges de Marie de Bourgogne (1477) », dans *Marie de Bourgogne, 1477,* Anciens pays et assemblées d'Etats LXXX, Heule, UGA, 1985.

BOCCACE, *Décaméron,* traduction, introduction et notes sous la direction de Christian Bec, Paris, Le Livre de Poche, 1994.

BRASSART (François), « Documents concernant le voyage de l'archiduchesse Marguerite en Espagne en 1497 et celui que fit en ce pays l'archiduc Philippe le Beau en 1501 », extrait du tome XI, n° 4, 4e, dans *Bulletins de la Commission royale d'histoire de Belgique*, Bruxelles, F. Hayez, 1883.

BRÉSIN (Louis), *Chroniques de Flandre et d'Artois,* analyse et extraits pour servir à l'histoire de ces provinces de 1482 à 1560, par Eugène Mannier, Paris, J.-B. Dumoulin, 1880.

BRUCHET (Max), *Le Projet de mariage de Marguerite d'Autriche et d'Henri VII, roi d'Angleterre*, Annecy, Revue Savoisienne, 1920.

— *Marguerite d'Autriche, duchesse de Savoie*, Lille, Imprimerie L. Danel, 1927.

BRUCHET (Max) et LANCIEN (Eugénie), *L'Itinéraire de Marguerite d'Autriche, gouvernante des Pays-Bas.* Introduction de Henri Courteault, directeur des Archives, Lille, Imprimerie L. Danel, 1934.

CARDAILLAC (Louis), *L'Espagne des Rois catholiques, le prince don Juan, symbole de l'apogée d'un règne, 1474-1500*, Paris, Editions Autrement, 2000.

CARTON DE WIART (Comte Henry), *Marguerite d'Autriche, une princesse belge de la Renaissance,* Paris, Grasset, 1935.

CAUCHIES (Jean-Marie), *Philippe le Beau, le dernier duc de Bourgogne*, Turnhout, Brepols, 2003.

CAZAUX (Yves), *Marie de Bourgogne, témoin d'une grande entreprise à l'origine des nationalités européennes*, Paris, Albin Michel, 1967.

CHAGNY (André), *Correspondance politique et administrative de Laurent de Gorrevod, conseiller de Marguerite d'Autriche et gouverneur de Bresse*, 1re partie 1507-1520, Lyon, H. Lardanchet, 1913.

CHAGNY (André) et GIRARD (Françoise), *Une princesse de la Renaissance. Marguerite d'Autriche-Bourgogne, fondatrice de l'église de Brou (1480-1530)*, Chambéry, M. Dardel, 1929.

Chansonnier of Marguerite of Austria (ms. 11239 de la Bibliothèque royale de Belgique). Introduction de Martin Picker, Alamire, Peer, 1988.

COCHIN (Henry), *François Pétrarque (1304-1374)*, Paris, Société d'Edition d'Enseignement supérieur, 1961.

COCKSHAW (Pierre), « A propos des pays de par-deçà et des pays de par-delà », *Revue belge de philologie et d'histoire*, Bruxelles, 1974.

DEBAE (Marguerite), *La Bibliothèque de Marguerite d'Autriche, essai de reconstitution d'après l'inventaire de 1523-1524*, Louvain-Paris, Editions Peeters, 1995.

DE BOOM (Ghislaine), *Marguerite d'Autriche-Savoie et la Pré-Renaissance*, Paris, Librairie E. Droz, Bruxelles, G. Van Campenhout, 1935 (avec une préface d'Henri Pirenne).

DU BELLAY (Martin et Guillaume), *Mémoires,* quatre volumes, Paris, éd. V.L. Bourrilly et Fl. Vindry, 1908-1919.

DURRIEU (Comte Paul), *La Miniature flamande au temps de la cour de Bourgogne, 1415-1530,* ouvrage publié avec le concours de la Commission de la Fondation Piot, Bruxelles-Paris, G. van Oest et cie, 1921.

EICHBERGER (Dagmar), « Margaret of Austria's portrait collection : female patronage in the light of dynastic ambitions and artistic quality », *Oxford Journal of Renaissance Studies*, volume X, numéro 2, 1996.

ÉRASME (Didier), *Eloge de la folie, Adages, Colloques, Réflexions sur l'art, l'éducation, la religion, la guerre, la philosophie, Correspondance,* édition établie par Claude Blum, André Godin, Jean-Claude Margolin et Daniel Ménager, Paris, Robert Laffont, 1992.

FAVIER (Jean), *Louis XI*, Paris, Fayard, 2000.

FERNANDEZ DE OVIEDO Y VALDES (Gonzalo), *Libro de la cámara real del Príncipe Don Juan*, Madrid, Sociedad de Bibliófilos Españoles, 1870.

FRANÇON (Marcel), *Albums poétiques de Marguerite*

d'Autriche, Cambridge, Mass., Harvard University Press ; Paris, Droz, 1934.

GACHARD (Louis-Prosper), *Maladie et mort de Marguerite d'Autriche, gouvernante des Pays-Bas*, tome 1 de la *Collection de documents inédits concernant l'histoire de la Belgique*, Bruxelles, L. Hauman et cie, 1833-1835.

GACHET (Emile), *Albums et œuvres poétiques de Marguerite d'Autriche, gouvernante des Pays-Bas,* publié avec le soutien de la Société des Bibliophiles belges de Mons, Bruxelles, Librairie scientifique et littéraire, 1849.

GODEFROY (Jean), *Lettres du roy Louis XII et du cardinal George d'Amboise avec plusieurs autres lettres, mémoires et instructions écrites depuis 1504 jusques et compris 1514*, 4 volumes, Bruxelles, 1712.

GUÉRIN (Pierre), *Marguerite d'Autriche-Bourgogne, archiduchesse de Brou*, Lyon, Bellier, 1992.

GUICHENON (Samuel), *Histoire généalogique de la royale maison de Savoye*, Lyon, Guillaume Barbier, 1660 (2 volumes) ; réédition à Roanne, édition Horvath, 1976 (3 tomes).

HENNE (Alexandre), *Histoire du règne de Charles Quint en Belgique*, tomes I et II, Bruxelles et Leipzig, E. Flatau, 1858-1860.

HUIZINGA (Johan), *L'Automne du Moyen Age* (avec un entretien de Jacques Le Goff), Paris, Payot, 1980.

IONGH (Jane de), *Marguerite d'Autriche,* Bruxelles, Charles Dessart, 1944.

JACQUART (Jean), *François Ier*, Paris, Fayard, 1981.

JACQUEMIN (Juliette), *Une princesse de jadis. Marguerite d'Autriche, fille de Maximilien, duchesse de Bourgogne, duchesse de Savoie, régente des Pays-Bas, protectrice des lettres et des arts, fondatrice de l'église de Brou,* Paris, Librairie de France, 1930.

JODOGNE (Pierre), *Jean Lemaire de Belges, écrivain franco-bourguignon*, Bruxelles, Académie royale de Belgique, 1972.

JUSTE (Théodore), *Histoire des Etats généraux des Pays-*

Bas (1465-1790), Bruxelles, Ed. Bruylant-Christophe et Cie, Paris, A. Durand, 1864.

KNECHT (Robert Jean), *Un prince de la Renaissance : François Ier et son royaume,* trad. par Patrick Hersant, Paris, Fayard, 1998.

LECAT (Jean-Philippe), *Quand flamboyait la Toison d'or*, Paris, Fayard, 1982.

LEGARÉ (Anne-Marie), « Les Cent Quatorze Manuscrits de Bourgogne choisis par le comte d'Argenson pour le roi Louis XV : Edition de la liste de 1748 », *Bulletin du Bibliophile*, no 2, Paris, 1998.

LE GLAY (André Joseph Ghislain), *Correspondance de l'empereur Maximilien Ier et de Marguerite d'Autriche, sa fille, de 1507 à 1519,* 2 volumes, Paris, J. Renouard et cie, 1839.

LEMAIRE DE BELGES (Jean), *Œuvres*, publiées par Jean Stecher, 4 volumes, Louvain, J. Lefever, 1882-1891, réimpression à Genève, Slatkine reprints, 1969.

— *Chronique de 1507*, édition critique par Anne Schoysman, collection « Anciens auteurs belges », Bruxelles, Académie royale de Belgique, 2001. Cette édition critique comprend des notes historiques et un index des noms propres par Jean-Marie Cauchies.

Marie, l'héritage de Bourgogne, Bruges à Beaune, ouvrage publié à l'occasion de l'exposition « Bruges à Beaune, Marie, l'héritage de Bourgogne », Beaune, Hôtel Dieu, 18 novembre 2000 – 28 février 2001, Paris, Somogy, 2000.

MARTÍNEZ BURGOS (Matías), *La casa del Cordón ó el Palacio de los Condestables de Castilla*, Burgos, Hijos de Santiago Rodriguez, 1938.

MICHELANT (Henri-Victor), *Inventaire des vaisselles, joyaux, tapisseries, peintures, manuscrits de Marguerite d'Autriche*, Compte rendu des séances de la commission royale d'histoire de Belgique, Bruxelles, F. Hayez, 1871.

MICHELET (Jules), *Renaissance et Réforme,* Histoire de France au XVIe siècle (avec une préface de Claude Mettra,

« La Renaissance ou l'infini des rêves »), Paris, Robert Laffont, 1982.

MIGNET (François Auguste Alexis), *Rivalité de François Ier et de Charles Quint,* deux volumes, Paris, Didier et cie, 1875.

MOLINET (Jean), *Chroniques*, édition Georges Doutrepont et Omer Jodogne, 3 volumes, collection « Anciens auteurs belges », Bruxelles, Académie royale de Belgique, 1933-1937.

NODET (Docteur Victor), *Les Tombeaux de Brou*, Bourg-en-Bresse, Imp. du courrier de l'Ain, 1906.

PALLOT (Eric), *La Toiture vernissée de l'église de Brou à Bourg-en-Bresse, le contexte d'une restitution*, document dactylographié, septembre 1997. Eric Pallot, architecte en chef des monuments historiques, a conduit les travaux de restauration de l'église de Brou.

PANOFSKY (Erwin), *La Vie et l'art d'Albrecht Dürer*, Paris, Hazan, 1987.

PÉTRARQUE, *Canzoniere* (avec une préface de Jean-Michel Gardair), Paris, Gallimard, 1983.

PIRENNE (Henri), *Histoire de Belgique,* tome III : *De la mort de Charles le Téméraire à l'arrivée du duc d'Albe dans les Pays-Bas (1567)*, troisième édition revue et corrigée, Bruxelles, Maurice Lamertin, 1923.

PIZAN (Christine de), *La Cité des Dames,* texte traduit et présenté par Thérèse Moreau et Eric Hicks, Paris, Stock, 1986.

POIRET (Marie-Françoise), *Le Monastère de Brou, le chef-d'œuvre d'une fille d'empereur*, Paris, CNRS Editions, 1994.

— *Le Monastère royal de Brou. L'église et le musée*, Paris, Editions du patrimoine, 2000.

QUINSONAS (Comte Emmanuel de), *Matériaux pour servir à l'histoire de Marguerite d'Autriche, duchesse de Savoie, régente des Pays-Bas*, trois volumes, Paris, Delaroque Frères, 1860. L'ouvrage est dédié à Jules Baux, archiviste du département de l'Ain, auteur de l'*Histoire de l'église de Brou*.

ROUSSELET (Père Pacifique), *Histoire et description de*

l'église royale de Brou, élevée à Bourg en Bresse, sous les ordres de Marguerite d'Autriche, entre les années 1511 et 1536, Bourg-en-Bresse, Bottier, 1767[1].

RUIZ AYUCAR (Eduardo), *Sepulcros artísticos de Avila*, Avila, Diputación Provincial, 1964.

SOISSON (Jean-Pierre), *Charles le Téméraire*, Paris, Grasset, 1997.

— *Charles Quint*, Paris, Grasset, 2000.

TARALON (Jean), PRACHE (Anne), BLONDEL (Nicole), *Les Vitraux de Bourgogne, Franche-Comté et Rhône-Alpes, Corpus Vitrearum* (volume n° III), Paris, Editions du CNRS, 1986. Le catalogue des notices pour le département de l'Ain – et donc pour l'église de Brou – a été réalisé par Véronique Chaussé (p. 247-254).

THIBAUT (Francisque), *Marguerite d'Autriche et Jehan Lemaire de Belges, ou de la littérature et des arts aux Pays-Bas sous Marguerite d'Autriche*, Genève, Slatkine Reprints, 1970 (Réimpression de l'édition de Paris, Ernest Leroux, 1888).

TILMANT (Lucien), *Les Albums poétiques de Marguerite d'Autriche*, Bulletin du Cercle archéologique, littéraire et artistique de Malines, tomes XI et XII, 1901-1902.

TROMBERT (Florence), « Une reine de quatre ans à la Cour de France, Marguerite d'Autriche, 1484-1485 », dans *Autour de Marguerite d'Ecosse, reines, princesses et dames du XVe siècle,* actes du colloque de Thouars, mai 1997, Paris, Champion, 1999.

VANDER LINDEN (Herman), *Itinéraires de Marie de Bourgogne et de Maximilien d'Autriche,* compte rendu des séances de la commission royale d'histoire de Belgique, Bruxelles, Maurice Lamertin, 1934.

VAN HASSELT (André), *Essai sur l'histoire de la poésie française en Belgique,* dans le tome XIII des Mémoires

---

1. J'ai trouvé l'édition originale de l'*Histoire de Brou* par le père Rousselet en juillet 2001 dans une brocante organisée à Saint-Honoré-les-Bains à l'occasion du Salon du livre.

couronnés par l'Académie royale des sciences et belles-lettres de Bruxelles, Bruxelles, F. Hayez, 1838.

VIVES (Joan Luís), *Introduction à la sagesse,* présentation de Patrick Gifreu, avant-propos d'Etienne Wolff, Monaco, Le Rocher, 2001.

WAUTERS (Alphonse Jules), « Marguerite d'Autriche, gouvernante des Pays-Bas et le peintre Pierre Van Coninxloo », extraits du *Bulletin des Musées royaux du Cinquantenaire*, n°s 1 et 2, Bruxelles, Etablissement Charles Rossignol, 1914.

WELLENS (Robert), *Les Etats généraux des Pays-Bas des origines à la fin du règne de Philippe le Beau (1464-1506)*, Heule, UGA, 1974.

REMERCIEMENTS

A mon ami Pierre Cockshaw, conservateur en chef de la Bibliothèque royale de Belgique, pour avoir relu mon manuscrit et vérifié le texte des poèmes de Marguerite d'Autriche,

A Monique Martinet, qui m'a accompagné dans mes recherches,

A Marie-Françoise Poiret, conservateur du musée de Brou, pour avoir composé le cahier des illustrations,

A Gérard Mottet, professeur émérite à l'Université de Lyon, pour avoir établi les cartes de cet ouvrage, avec le concours de Julien Mercé,

A Eric Melot, pour la bibliographie,

A Anne Charchaude, pour la dactylographie du manuscrit.

LISTE DES COPYRIGHTS DU CAHIER PHOTO

Image 1 : *Maximilien Ier, empereur d'Allemagne.* Joos van Cleve. Kunsthistorisches Museum, Wien. Archivphoto-nr.

Image 2 : *La rencontre de Maximilien et de Marie.* Österreichische Nationalbibliothek, Wien. Bildarchiv, ÖNB Wien.

Image 3 : *Marie de Bourgogne.* Huile sur bois. Peinture école française, XVe siècle. Chantilly, musée Condé. Photo RMN-R. G. Ojeda.

Image 4 : *Marguerite, reine de France.* Huile sur bois. Peinture école flamande, XVe siècle. Versailles et Trianon. Photo RMN-Gérard Blot.

Image 5 : *Charles VIII.* Musée de Brou, Bourg-en-Bresse.

Image 6 : *Anne de Bretagne.* Musée de Brou, Bourg-en-Bresse.

Image 7 : *L'empereur Maximilien.* Gravure d'Albrecht Dürer. Musée du Petit Palais. Photothèque des musées de la ville de Paris. Cliché : Pierrain.

Image 8 : *L'album de Marguerite d'Autriche.* Collections de la Bibliothèque Royale, Bruxelles.

Image 9 : *Erasme, prince des humanistes.* Fusain d'Albrecht Dürer. Louvre, D.A.G. Photo RMN-Michèle Bellot.

Image 10 : *La mort de Marguerite.* Collections de la Bibliothèque Royale, Bruxelles.

Image 11 : *Marguerite et Philibert, unis dans la mort.* Tombeau de Marguerite d'Autriche. Eglise de Brou. Hervé Negre.

Image 12 : *Marguerite et Philibert, unis dans la mort.* Vue ensemble Est du chœur. Eglise de Brou. Hervé Negre.

Image 13 : *Les tombeaux de Brou.* Visage de Marguerite d'Autriche/ gisant. Eglise de Brou. Hervé Negre.

Image 14 : *Les tombeaux de Brou.* Visage de Philibert Le Beau / Tombeau. Eglise de Brou. Hervé Negre.

Table

ANNEXES

Du même auteur :

LA VICTOIRE SUR L'HIVER, Fayard, 1978.

L'ENJEU DE LA FORMATION PROFESSIONNELLE, Fayard, 1987.

MÉMOIRES D'OUVERTURE, Belfond, 1990.

POLITIQUE EN JACHÈRE, Albin Michel, 1993.

VOYAGE EN NORVÈGE, Éditions de l'Armançon, 1995.

CHARLES LE TÉMÉRAIRE, Grasset, 1997.

CHARLES QUINT, Grasset, 2000.

Composition réalisée par IGS-CP

Imprimé en France sur Presse Offset par

BRODARD & TAUPIN

GROUPE CPI

La Flèche (Sarthe).
N° d'imprimeur : 32432 – Dépôt légal Éditeur : 64507-11/2005
Édition 01
LIBRAIRIE GÉNÉRALE FRANÇAISE – 31, rue de Fleurus – 75278 Paris cedex 06.
ISBN : 2 - 253 - 11505 - 3

31/1505/2